La Odisea de Homero García

Jesus Uriarte

Published by UriArte Publishing & Consulting, 2023.

LA ODISEA DE HOMERO GARCIA
Primera edición, agosto 2023
Copyright © 2023 Jesús A Uriarte
Todos los derechos reservados
Los personajes y eventos retratados en este libro son ficticios. Cualquier similitud con personas reales, vivas o muertas, es coincidencia y no es intención del autor.
Ninguna parte de este libro puede reproducirse, almacenarse en un sistema de recuperación o transmitirse de ninguna forma o por ningún medio, ya sea electrónico, mecánico, fotocopiado, grabado o de otro modo, sin el permiso expreso por escrito del editor.
Autor: Jesús Uriarte
Revisión editorial: Esteban A. Valdivia
Supervisión editorial: Jesús A. Uriarte
Diseño gráfico: Jhon Simancas

uriartepublishing@gmail.com
f Uriarte Publishing Consulting

Tabla de Contenido

La Odisea de Homero García 1
INTRODUCCIÓN 2
CAPÍTULO 1 4
CAPÍTULO 2 7
CAPÍTULO 3 13
CAPÍTULO 4 18
CAPÍTULO 5 22
CAPÍTULO 6 27
CAPÍTULO 7 33
CAPÍTULO 8 36
CAPÍTULO 9 44
CAPÍTULO 10 47
CAPÍTULO 11 49
CAPÍTULO 12 54
CAPÍTULO 13 58
CAPÍTULO 14 62
CAPÍTULO 15 68
CAPÍTULO 16 74
CAPÍTULO 17 78
CAPÍTULO 18 81
CAPÍTULO 19 84
CAPÍTULO 20 88
CAPÍTULO 21 92
CAPÍTULO 22 96
CAPÍTULO 23 101
CAPÍTULO 24 104
CAPÍTULO 25 109
CAPÍTULO 26 111
CAPÍTULO 27 113
CAPÍTULO 28 116
CAPÍTULO 29 119
CAPÍTULO 30 123
CAPÍTULO 31 128

CAPÍTULO 32	131
CAPÍTULO 33	135
CAPÍTULO 34	140
CAPÍTULO 35	143
CAPÍTULO 36	147
CAPÍTULO 37	151
CAPÍTULO 38	154
CAPÍTULO 39	161
CAPÍTULO 40	163
CAPÍTULO 41	167
CAPÍTULO 42	173
CAPÍTULO 43	176
CAPÍTULO 44	179
CAPÍTULO 45	183
CAPÍTULO 46	186
CAPÍTULO 47	191
CAPÍTULO 48	193
CAPÍTULO 49	196
CAPÍTULO 50	200
CAPÍTULO 51	203
CAPÍTULO 52	209
CAPÍTULO 53	213
CAPÍTULO 54	216
CAPÍTULO 55	218
CAPÍTULO 56	221
SOBRE EL AUTOR	224

Los valientes, ¿nacen o se hacen?

¿Será que las vicisitudes de la vida pueden convertir a una persona normal en un valiente?

El personaje principal de esta novela: un hombre simple, trabajador, de familia, sufre una gran transformación debido a la maldad de personas que representan a un gobierno tiránico y a su aparato político-represivo: el temido G-2 cubano.

El gobierno Castro-comunista de Cuba hace con su pueblo lo que le viene en gana, convirtiendo a sus opositores en criminales, con intenciones de perpetuarse en el poder a toda costa.

Ustedes, queridos lectores, tendrán con esta novela la oportunidad de reflexionar sobre esta cuestión y, de esa forma, valorar a los opositores de ese régimen, quienes desean vivir en libertad, aunque en ello les vaya su propia vida.

¡Patria y Vida!

El autor

INTRODUCCIÓN

Escribí esta novela de ficción pensando en los millones de cubanos que sufren una tiranía de más de sesenta años.

Todo es producto de mi imaginación, pero si bien lo consideramos estamos ante hechos que les ocurrieron a diferentes personas en situaciones disímiles, y que muchos han vivido día a día. En varias ocasiones fui testigo de lo que les ha sucedido a personas queridas, amigas o simplemente conocidas.

Los que tenemos la suerte de haber salido de Cuba tendremos la posibilidad de conocer ese proceso. Es una pena que los que por una u otra causa no han podido o no han querido (los menos) salir en busca de nuevos horizontes no tengan la oportunidad.

Se dicen cosas muy serias, muy deprimentes, muy tristes, porque es el sufrimiento de un pueblo con un gobierno impuesto a la fuerza, pero hemos intentado darle un poco de amenidad, a veces jocosidad, para que la lectura no sea tan negativa.

Deseo agradecer a todas las personas que me han ayudado e inspirado en esta empresa, nueva para mí por cierto, muy especialmente a mi hermano Taty, que con su entusiasmo sin límites me inculcó la idea de escribir y casi me obligó con sus buenas intenciones. A mi hijo Tonito que me alienta a cada momento para que continúe. A mis sobrinos Diana y Adolfo Noel, ellos me han dado un apoyo extraordinario; muy especialmente a Diana, quien hizo la primera revisión en Español – de mi Español, deficiente por cierto, después de más de doce años hablando Portugués; a mi cuñada Miriam por el soporte espiritual; a mi querida madre por haberme dado toda mi vida. A Aldito, Laura, Iván y familia, Miguel Márquez y familia, porque han sido silenciosos contribuyentes con mi modesta obra.

Dedico este libro a todos los cubanos que tanto fuera como dentro del país sufren por el régimen del tirano Fidel Castro. A los que no siendo cubanos sienten solidaridad por nosotros. También va mi libro a los que no comprenden la causa de nuestros disgustos, que no saben comprender lo duro que ha sido el exilio para los que no quisimos soportar sobre nuestros hombros la tiranía castrista; a aquellos que han perdido sus familiares más queridos, fusilados o asesinados vilmente por las huestes castristas; a los que han sufrido largas, penosas y humillantes jornadas de cárcel en las mazmorras de la sufrida isla. A los que simplemente han sido vejados por el hecho de pensar diferente de los que desgobiernan nuestra patria querida. A veces, confundidos por la propaganda Castro-comunista, piensan que los "malos" somos los que no soportamos el régimen dictatorial, producto de la propaganda eficiente y machacante del comunismo internacional y sus acólitos.

El libro se dedica además a algunos hermanos latinoamericanos que se han dejado embaucar con la ideología castrista, quienes a veces nos agreden verbalmente y nos tachan de "gusanos" por el simple hecho de desconocer la realidad de nuestra patria. Ellos, cuando visitan nuestra hermosa isla, se hospedan en los hoteles de lujo, se atienden en hospitales donde se paga solamente con dólares estadunidenses, solo hablan y se entrevistan con personeros del régimen, quienes repiten mentiras; se dejan guiar para que no entren en contacto con el cubano de a pie, el pobre, el sufrido, el que pasa hambre y necesidades por culpa del Gobierno, el cubano que a veces no puede expresar lo que siente, so pena de sufrir cárcel o ser expulsado de su empleo, de las universidades y ser repudiado por los que ostentan el poder y sus seguidores.

Se dirige esta obra a muchos europeos que aún tienen una visión errónea de la realidad y, por absurdo que parezca, para algunos ciudadanos libres quienes viven en los Estados Unidos y no entienden que los gobiernos comunistas son los más represivos y antidemocráticos del mundo.

Comencé a escribirlo en Río de Janeiro, Brasil, a fines del año 1999, con la esperanza de verlo publicado en ese hermoso país, que me dio acogida por más de nueve años, para que pudieran los queridos hermanos brasileros tener una idea real de lo que es el desgobierno de mi país, ya que muchos están confundidos debido a las fantasías publicitarias, mentirosas y perversas de ese régimen dictatorial.

Por causas del destino, siempre incierto, conseguí emigrar a los Estados Unidos, y es aquí, en la patria de la democracia plena, donde logré terminarlo.

Es para todos que escribo con verdadero placer este libro.

CAPÍTULO 1

Mi nombre es Homero García, uno más de los once millones de cubanos que viven en un país que tiene entre sus virtudes ser la isla más bella del mundo. Por lo menos eso es lo que yo pienso, porque nunca visité otro lugar, y cuando uno solo conoce lo suyo, considera que es lo mejor.

Soy oriundo de una familia de clase media que fue afectada por la Revolución, pero que consiguió estudiar en la Universidad (una de las pocas cosas que el régimen de Fidel les permite a las personas), formándome de estomatólogo.

Tengo una familia pequeña, yo, mi esposa y mi hijo de diez años, de nombre Vladimir; en esa época estaba de moda llamarles a los hijos con nombres de rusos, y Vladimir era el nombre de Lenin, máximo exponente de la Revolución Bolchevique.

Mi vida transcurría de una forma monótona, sin grandes problemas, solamente experimentaba la misma situación de todos: falta de alimentos, de ropa, de dinero, etc. Eso no era un gran problema, porque estábamos todos en la misma situación; y yo, que era una persona simple, me adaptaba de una manera inconsciente a todas las vicisitudes que la vida cotidiana nos imponía. En definitiva, era culpa de los "yanquis", que con su bloqueo brutal nos condenaban a pasar necesidades innecesarias; mentirosos hijos de puta.

Había heredado en vida de mi padre, quien tenía grandes problemas de la vista, que le impedían manejar, un Studebaker Commander del año 1957, azul a dos tonos, que era una belleza. Su motor V8 hacía que al apretar el acelerador las ruedas chirriaran de la fuerza que le imprimían. Ni que pensar en correr, porque cuando te dabas cuenta ya estabas a más de ciento cincuenta kilómetros. Me sentía muy orgulloso cuando conseguía pasear en él por las calles de mi pequeña ciudad en el occidente del país. En parte por lo bonito que era, por otro lado, por lo conservado que yo lo tenía y, además, por el detalle de que era el único de su tipo en todos los alrededores, lo que daba un aire de exclusividad que aumentaba mi ego.

Era aparentemente feliz, porque estaba trabajando en lo que me gustaba y unía lo útil a lo agradable; mis compañeros de trabajo eran excelentes; mi familia era adorable y podía de vez en cuando practicar una de las cosas que más me gustaban a mí y a mi hijo, la pesca.

¡Quién iba a pensar por un momento siquiera que ese gusto por la pesca iba a traerme tantas dificultades en el futuro!

El fin de semana era soleado, fresco y lindo, propicio para hacer lo que tanto gustábamos Vladimir y yo, pescar.

Dolores, mi esposa, tenía que hacer trabajo voluntario en la empresa en que trabajaba y, sin pensarlo mucho, nos levantamos bien temprano en la mañana; preparamos unos sándwiches de pan con carne de puerco que había sobrado del día anterior; hicimos un refresco de unos tamarindos que habíamos traído de casa de mi padre días antes y, con una media botella de ron caney que tenía escondida desde hacía unas semanas, montamos en nuestro magnífico y querido Studebaker. Fuimos a una represa que estaba a unos cinco kilómetros de la ciudad, en la carretera que va para Viñales, armados de varas de bambú, nailon y anzuelos.

Cuando estábamos en el trayecto a la represa, en una recta de más o menos un kilómetro, incitado por Vladimir, que estaba ansioso por llegar y le gustaba que yo corriera, aceleré el carro y lo impulsé a más de ciento veinte kilómetros por hora. Disfrutamos de lo lindo viendo desplazarse aquella magnífica máquina, que era el orgullo tanto mío como de la familia toda.

En el kilómetro cinco reduje la marcha y doblamos a la derecha, entrando por un camino de tierra que tenía muchos baches, por lo que reduje al mínimo para no sufrir con los bandazos que daba. Era como si me martillaran en el corazón cada vez que la suspensión estrepitaba. Por fin llegamos a la orilla de un lago artificial que tenía unos dos kilómetros de diámetro y forma más o menos redondeada.

Escogimos el lugar de costumbre, o sea, el muro de contención de concreto, pues allí se concentraban la mayoría de los peces. Estacioné el carro debajo de unos árboles frondosos para resguardarlo del sol, teniendo a nuestro alrededor varias matas de mango macho que nos ofrecían unos ejemplares maduritos, de color amarillo rojizo, que nos dejaron con la boca llena de agua.

Nos dimos a la tarea de excavar en la orilla, en busca de gusanos para carnada, lo cual fue relativamente fácil. Colocamos las carnadas en los anzuelos y a las diez de la mañana ya teníamos pescados tres lindos ejemplares de trucha que avalaban la estancia.

Cerca del mediodía, estábamos preparándonos para hacer nuestra merienda, cuando divisamos a un kilómetro y medio de distancia un paracaídas de tamaño mediano con una caja de color oscuro de uno o dos metros. Esta descendió en un lugar que no logramos identificar desde donde estábamos. Nos quedamos intrigados con aquello, pero unos pocos minutos después de su caída, vimos ir en dirección a donde suponíamos había caído, un jeep ruso, verde olivo, de los que utiliza el ejército. Le hice el comentario a mi hijo, seguro se trataba de alguna maniobra militar del ejército o de las MTT (Milicias de Tropas Territoriales). Terminamos nuestra merienda y continuamos con nuestra fructífera pesquería después de comernos unos sabrosos mangos maduros, dulces como turrones de azúcar.

A las cinco de la tarde llegamos felices a casa con siete lindas truchas y las preparamos con sal y limón en espera de que mi esposa llegara para hacer una comida bien sabrosa: arroz blanco, potaje de frijoles negros del día anterior, papas cocidas y pescado fresco frito. Íbamos a disfrutar de lo lindo aquel día maravilloso que Dios nos había proporcionado.

Eso pensábamos...

CAPÍTULO 2

Mi esposa estaba bañándose, la mesa estaba puesta, la comida pronta para servirse... En ese momento tocaron de una forma brusca a la puerta. Fui hasta ella y miré por el ojo mágico para ver quién tenía la osadía de llamar de aquella forma grosera e imperativa en mi casa.

Sentí cierta angustia al ver por el ojo mágico de la puerta varias personas vestidas de uniforme verde olivo. En ese momento pensé que se trataba de alguna equivocación y, como el que no debe no teme, abrí la puerta sin ningún rasgo de temor.

Una de aquellas personas, que ostentaba el grado de capitán según vi en sus insignias, me preguntó en tono severo y áspero:

—¿Usted es el dueño del Studebaker azul que está parqueado frente a esta casa?

—Es mío —respondí con inocencia.

En un abrir y cerrar de ojos, dos soldados que lo acompañaban entraron en la sala, me sujetaron fuertemente por ambos brazos y me inmovilizaron.

—Llévenselo —dijo el Capitán, que parecía el jefe del grupo.

Me levantaron en peso y de una forma rápida que no dio tiempo a avisar a mi esposa e hijo, quienes estaban en el cuarto. Me llevaron hacia un Alfa Romeo blanco y carmelita con una inscripción circular en la puerta que decía Departamento de Seguridad del Estado, y en el centro las siglas G-2.

No tuve tiempo de decir nada. Fue tan rápida la acción que me quedé sin habla por el momento. Yo no estaba acostumbrado a nada de aquello. Era una persona totalmente pacífica que no tenía ninguna noción de lo que era la vida política, y mucho menos de actividades militares. Lo único que sabía era que había que hacer las guardias de las MTT, las guardias del CDR (Comité de Defensa de la Revolución), los trabajos voluntarios del centro y de la cuadra, y eso los hacía mecánicamente como todos en el barrio, como todos en el centro de trabajo.

Cuando por fin recuperé el habla, ya el automóvil del G-2 había partido y lo único que me salió de la garganta fue una pregunta estúpida:

—¿Qué problema hay con mi carro?

En mi mente inocente solo había una posibilidad, y era que tenía un sentimiento de culpa por haber pasado del límite de velocidad cuando iba por la carretera de Viñales hacia la represa.

—El problema no es con su carro y usted lo sabe muy bien —replicó el Capitán.

—Disculpe, pero no sé de qué me está hablando —dije con una voz que casi no me salía.

—Sabes muy bien el porqué y no te hagas el bobo, porque nosotros no lo somos —ahora fue un soldado el que habló.

—Por favor, si no me explican lo que está pasando nunca los entenderé.

—Mejor te callas la boca, que ya tendrás oportunidad de hablar todo lo que sabes cuando llegues al Departamento —el que hablaba ahora era el Capitán.

Llamaban Departamento a las oficinas que tenía la Seguridad del Estado en la carretera que iba para La Habana.

—Pero yo...

—Cállate la boca, que va a ser mejor para ti —me dijo ahora en tono amenazador uno de los soldados.

De momento divisé la entrada de la temida casa del G-2, una construcción de vivienda moderna que otrora perteneciera a un rico propietario, preso en aquel momento por actividades contrarrevolucionarias.

El carro, después de ser chequeado por la guardia que estaba en la entrada, se deslizó por un corredor que antes parecía había sido garaje, y llegó hasta un parqueo interior, lo que sería el patio de la vivienda.

Al detenerse el carro, fui prácticamente extraído de este por los soldados y conducido a un cuarto que estaba protegido por balaustres de hierro; semejaban los de una cárcel.

Sentado en un taburete que me indicaron, y escoltado por los dos agentes, esperé unos cinco minutos sin hablar, hasta que apareció un agente de uniforme nuevo o al parecer acabado de limpiar y planchar, calzado con unas botas militares negras y brillantes.

Parecía tener unos cuarenta años, tenía una insignia de comandante en la charretera y su rostro era el de una persona que había sufrido mucho en la vida, a pesar de que los rasgos del rostro no eran desagradables.

—¿Cómo es su nombre y cuál es su profesión? —me preguntó de sopetón.

—Homero García y soy estomatólogo —respondí al momento, automáticamente.

—¿Usted es dueño de un Studebaker azul, año 1957? —preguntó acto seguido.

—Es el carro que me dio de regalo mi padre hace dos años —contesté con cierto deje de orgullo.

—Hoy de mañana, cerca del mediodía, ¿qué estaba usted haciendo en su carro en la orilla de la represa del kilómetro cinco de Viñales? —solicitó con voz grave.

Yo desvié la mirada hacia un punto en la pared para concentrarme en la pregunta —para mi estúpida— que me estaba haciendo aquel señor.

—Mírame a los ojos cuando me respondas —dijo en forma enérgica.

Yo miré a sus ojos con una especie de temor e incredulidad y contesté medio gagueando:

—Pescando en la represa —dije sin mencionar que estaba con mi hijo, porque algo en mi interior me conminaba a callármelo.

—¿Qué hiciste con el contenido de la caja? —dijo espaciando una a una las palabras.

—¿Qué caja? —respondí inocentemente.

—Si lo que quieres es burlarte de nosotros, te diré que puede costarte caro —habló con un aire de superioridad consciente.

—Yo no sé de qué caja me habla —dije sinceramente.

—Nosotros tenemos métodos para hacer hablar hasta un mudo, así que, por favor, no nos hagas perder el tiempo y dime dónde guardaste las armas.

Cuando lo oí hablar sobre "cajas y armas", me subió un frío por la columna vertebral que me dejó todo erizado. ¿Qué cosa era aquello? No tenía sentido para mí.

En mi mente atormentada por algo que no entendía, no me "entraban" esas palabras.

—Chico, tú no eres comemierda. Eres un profesional universitario y por lo que vemos hablas y entiendes bien el español —me dijo el agente interrogador.

Yo quise tener una postura un poco digna y le refuté que no era ningún comemierda.

El agente, al ver que yo estaba intentando encararlo, se levantó de un sopetón y me dio una bofetada en el rostro; aún siento el estremecimiento que me causó.

Una rabia inmensa me sacudió. ¿Qué era aquello que estaba ocurriendo? Me sacaron de mi casa de una forma arbitraria, me trajeron a un lugar sin que entendiera el porqué, me preguntaban cosas que yo no sabía y, por último, me maltrataban.

Yo no era un delincuente. Yo no había hecho nada que fuera ilegal y desacostumbrado. Yo solamente había ido pacíficamente a pescar con mi hijo a una represa, algo que era habitual en mí.

¿Qué estaba pasando en mi vida?

¿Aquello era sueño o realidad? No era un sueño, porque los sueños no duelen y mi rostro se estaba quemando del dolor. Además, las personas que estaban a mí alrededor eran reales; y si fuera un sueño, debía ser una de las pesadillas más desagradables de mi vida.

El soldado que estaba a mi lado derecho, en un acto que me pareció de adulonería con su jefe, me cogió por la camisa y me levantó prácticamente de la silla. Pegando mi rostro al suyo, me dijo:

—¡Si quieres jueguito, lo vas a tener, maricón!

Yo nunca fui valiente, ni siquiera en la escuela, pero en aquel momento me subió una quemazón a la cara y de una forma instintiva empujé al soldado, el cual perdió el equilibrio y cayó de culo en el suelo.

El otro soldado, cuando se percató de mi acción, me rodeó con su brazo fuertemente por mi cuello y me apretó hasta que casi perdí el aliento. Me parecía que iba a morir asfixiado por la falta de aire, y, cuando estaba a punto de desfallecer, el Comandante le ordenó que me soltara.

Respiré varias veces hasta que mis pulmones se llenaron de oxígeno, de un empujón me sentaron de nuevo en el taburete y me colocaron un par de esposas en las muñecas después de sujetar mis brazos a la espalda.

¿Qué era aquello, Dios mío?, pensaba con la mente entorpecida y la visión borrosa.

Manejar a exceso de velocidad no debía ser porque de lo que hablaban era de una caja y de armas. Pescar no es ningún delito y yo no pesqué armas ni cajas sino truchas. Entonces alguna cosa que yo desconocía era la causa de toda aquella confusión.

El Comandante volvió a sentarse y concentró de nuevo su mirada en la mía.

—Por favor, disculpen si hice algo incorrecto, pero es que no entiendo lo que está pasando conmigo —dije en tono lastimero.

El oficial mantuvo la mirada como si escrutara mi cerebro y me dijo en una forma que denotaba que estaba conteniendo su irritación:

—Vamos a ver si nos entendemos, voy a hacerte la pregunta una vez más, pero te voy a advertir que no admitiré más jodederas —hizo una pausa, colocó las manos en forma de V invertida en sus labios y comenzó a preguntar de una forma como si lo hiciera a un niño de cinco años.

—¿Dónde cojones llevaste las armas que llegaron en paracaídas?

La palabra paracaídas surtió el efecto de un detonador. De momento recordé de forma nítida y clara que cuándo estábamos pescando Vladimir y yo, vimos un paracaídas caer como a un kilómetro de donde estábamos. Comencé a darme cuenta de que podría haber un error en aquellos oficiales de la Seguridad. Era solo explicarles lo que había visto y con seguridad me soltarían inmediatamente, porque yo no tenía nada a ver con aquello.

—Ahora que usted mienta lo de un paracaídas, estando en la represa vi que a un kilómetro de distancia cayó uno —dije casi con una sonrisa en los labios.

—Déjate de risitas hipócritas y di la verdad, porque si no te vamos a descojonar todo —me insultó el oficial.

Mi rostro se petrificó y solo pude balbucir unas cuantas palabras sueltas —yo no estoy riéndome de ustedes, créanme, por favor.

—La próxima vez que nos quieras hacer de comemierdas te vas a arrepentir —levantó el puño en señal de amenaza.

Ahí, con palabras entrecortadas y sin poder hilvanar una idea coherente, le expliqué lo que había visto: yo pensaba que era una maniobra del ejército..., después había visto un jeep ruso que parecía del ejército ir en el sentido del lugar del paracaídas.

El oficial me observó atentamente cuando le explicaba. Yo pensaba que estaba siendo convincente, ya que era la verdad pura.

—¿Cuál era la chapa del jeep? —preguntó nuevamente—, ¿era civil o militar? —continuó.

—Realmente no sé decirle porque pasó lejos de mí y como no era importante para mí en esos momentos no me fijé —dije consciente de que estaba siendo honesto.

—Así que la CIA manda un cargamento de armas y tú nos vas a hacer creer que un jeep del ejército las recogió —y añadió—. ¿Tú crees que porque eres universitario, un doctorcito de mierda, nos vas a engañar? —se recostó en la pared con la butaca en que se sentaba—. Nosotros no somos estudiados como tú, tuvimos que rayar la yuca en la Sierra para poder llegar aquí, pero de bobos no tenemos ni un pelo, ¿sabes?

—Estoy diciendo la verdad, créame —dije en estado de desesperación al ver que no creían una sola palabra de lo que les decía.

—Llévenselo —dijo a los soldados—, no tengo hoy más paciencia para oír estupideces —y con un gesto de la mano derecha ordenó que me sacaran de aquel cuarto.

Casi a empujones me llevaron a una celda que estaba al final de un corredor estrecho y oscuro. El lugar era de dos metros cuadrados, tenía una humedad impregnada en las paredes y el piso seguramente por la falta de ventanas; ni el sol ni la claridad entraban. Además de húmeda, la celda estaba sucia y con un penetrante olor a carne podrida.

Cuando cerraron la reja de la celda, y me retiraron las esposas, me senté en una especie de camastro de hierro forrado con vinil, duro y frío, y mi mente comenzó a dar vueltas como si estuviera en un tiovivo. Me recordé cuando mi hijo Vladimir tenía dos o tres añitos, que le gustaba que yo lo llevara a los "caballitos" y lo sujetara; me daba un poco de mareos, al punto de temer que mi hijo cayera del caballito de madera. Así me sentía en aquellos momentos.

Era una situación inexplicable. No tenía pies ni cabeza.

CAPÍTULO 3

Dolores salió del cuarto y llamó a Vladimir para cenar lo más rápido posible, puesto que estaba exhausta del día de trabajo que había tenido. Habían ido a la recogida de tabaco, que era una tarea muy fuerte, y mucho más para una mujer que no estaba acostumbrada a ese tipo de actividad, además de haberse levantado a las cinco de la mañana para poder llegar a tiempo, pues la salida había sido a las seis y media.

Al percatarse de que yo no estaba, le preguntó a Vladimir:

—¿Dónde fue que se metió tu padre a esta hora con el hambre y el cansancio que tengo?

—No sé, mami —contestó mi hijo.

—Debe haber ido a casa de Chucho a tomarse un traguito de ron como es su costumbre —acto seguido pidió a Vladimir que me procurara con la mayor urgencia.

Vladimir regresó y le informó que yo había salido con unos hombres. Dolores, un poco molesta por lo que suponía una desconsideración de mi parte —salir a aquella justa hora de comer—, comenzó a lanzar improperios y se dirigió al portal de la casa para ver si conseguía saber con quién y hacia dónde había ido.

Al salir al portal vio a nuestra vecina, que con un rostro muy preocupado se acercó y le informó que yo había sido llevado por unos miembros de la Seguridad del Estado.

—La gente del G-2 se llevaron a Homero —dijo Dolores con una mezcla de ansiedad y temor—. Pero, ¿por qué hicieron eso? —dijo ahora con palabras entrecortadas por la angustia.

—Yo no te puedo decir, lo único que vi fue que lo montaron medio que a la fuerza en un "alfita" (Alfa Romeo que utilizaba la seguridad del estado en aquellos tiempos) y se lo llevaron —contestó nuestra atribulada vecina.

Dolores, ya en estado de pánico, fue a casa de mi amigo Chucho para pedirle que por favor la llevara a las oficinas de la Seguridad, puesto que ella no sabía manejar bien y no tenía cartera de conducir.

A pesar de la gran amistad que sentíamos uno por el otro, mi amigo Chucho se resistió un poco, pero al final se dispuso a colaborar, no sin antes pedirle que por favor no lo inmiscuyera en problemas con la gente del temido G-2.

Llegaron a las oficinas de la Seguridad (lugar donde me encontraba detenido), y preguntaron al militar que estaba en la garita si me habían traído a aquel lugar después de darle mi nombre y mis señas personales.

—Compañera, lo siento, pero aquí no está esa persona que usted busca —dijo con una forma medio sarcástica.

—Pero… ¿A qué otro lugar podían haberlo llevado? —preguntó Dolores.

—Lo siento, pero no puedo darle más informaciones —dijo en una forma que denotaba que había finalizado con sus respuestas.

En ese momento salió un oficial de la casa-oficina y, al oír la conversación, le preguntó a Chucho si el carro aquel era suyo.

—No, es del esposo de nuestra vecina —dijo tímidamente señalando a Dolores.

—Entonces deme las llaves; ese carro está siendo investigado —dijo y acto seguido cogió las llaves del carro, se las entregó a otro soldado que estaba a su lado y le ordenó que lo entrara en el patio.

—Compañero, no entiendo lo que está ocurriendo, ¿por qué me está quitando nuestro carro? —dijo un poco airada Dolores.

—No estamos quitando nada compañera, simplemente ese carro va a quedarse aquí unos días para investigación, y no me pregunte más porque no puedo contestarle —diciendo esto, le dio orden al soldado que atendía la entrada de no contestar a más ninguna pregunta y que despidiera a mi amigo y mi esposa.

—Compañeros, por su bien les pido que se marchen, si no me veré obligado a tomar medidas —dijo con tono áspero.

Chucho aconsejó a Dolores marcharse y no continuar con la insistencia porque "alguna cosa extraña está pasando", dijo con un temblor visible en la voz.

El soldado que estaba conduciendo el carro hacia el patio de la casa del G-2, al parecer no sabía manejar y al maniobrar chocó con un poste de concreto, abollando el guardafangos delantero derecho y destruyendo el farol de ese lado. Desde lejos, Dolores y Chucho asistieron a aquella barbarie y vieron al soldado dibujar una sonrisa burlona. El oficial que le ordenó entrarlo no hizo comentarios al respecto, viró la espalda y entró en la edificación principal.

Como la casa de la Seguridad estaba distante unos kilómetros de nuestro barrio, tuvieron que "pedir botella" —en jerga cubana hacer autostop, pedir un aventón— lo que consiguieron después de varios intentos.

Dolores estaba llorando descontroladamente por lo acontecido y por la forma deshumana con que había sido tratada. Ella sabía que yo estaba allí y los soldados del G-2 no querían admitirlo. El porqué no podía ni adivinarlo. Era todo muy extraño y después de tomarse una taza de tilo para los nervios, le preguntó a Vladimir lo que habíamos hecho durante el día.

—Mami, papi y yo lo único que hicimos fue pescar todo el día —dijo inocentemente mi hijo.

—Dime la verdad, mi hijo, ¿ustedes no entraron en ningún lugar ni se encontraron con alguien por el camino ni nada? —siguió interrogando Dolores a Vladimir.

—Te juro que no, mami, solamente pescamos en la represa —contestó Vladimir con la inocencia propia de un niño.

Dolores tomó una determinación a pesar del cansancio que sentía, iría a hablar con mi amigo de infancia, Perucho, que era miembro del G-2, con la esperanza de contar con su ayuda para demandar ese misterioso episodio.

Llegó a casa de Perucho con bastante trabajo, puesto que los domingos el transporte, de por sí precario, era peor aún. Fue recibida por su esposa Marta, una magnífica persona, muy educada y decente.

—Dolores, ¿qué haces por aquí un día como hoy? ¿En qué puedo servirte? —dijo Marta con aquella educación propia de ella.

—Vengo a ver si Perucho me da una ayuda, porque estoy desesperada —dijo y explicó a nuestra amiga lo que estaba pasando.

—Perucho salió desde temprano y no ha regresado ni a almorzar. Tú sabes cómo es su trabajo —habló en un tono de compasión al ver el estado en que se encontraba mi esposa.

Le dijo con mucha pena que no le recomendaba que esperara a Perucho porque ella misma no tenía noción de la hora en que él llegaría; pero le prometió que en cuanto llegara le iba a pedir que investigara lo mío. Ella la llamaría a casa de un policía vecino nuestro que era el único que tenía teléfono en mi cuadra, sin que importara la hora. Trató de confortarla con frases de aliento y la despidió con verdadero cariño.

Dolores confiaba en mí, sabía que yo no era persona de meterme en dificultades ni problemas, mucho menos de política. Igualmente, sabiendo la amistad que había existido siempre entre Perucho y yo, aquel haría alguna cosa por solucionar o por lo menos investigaría lo que estaba ocurriendo.

No consiguió pegar los ojos en toda la noche. Su ansiedad y temor se lo impidieron. De mañana, llamó a su trabajo, explicó la situación que se le había presentado y se disculpó por no asistir.

También llamó a mis padres y les contó lo sucedido, causando gran desesperación, fundamentalmente en mi madre, que es muy emotiva.

A las once de la mañana recibió una llamada de Marta, quien le explicaba que Perucho desconocía lo que me había ocurrido, pero que en cuanto supiera alguna cosa sobre el particular la llamaría nuevamente.

No era posible que un oficial de alto rango en el G-2 no supiera lo que estaba ocurriendo en su departamento; era algo inaudito, y ese razonamiento le dio a Dolores muy mala espina. Algo terrible estaba sucediendo y ella no sabía lo que era. Los nervios estaban, a cada minuto que pasaba, más tensos.

Después de almuerzo, a eso de las tres de la tarde, recibió la visita de su jefe, el cual era miembro del Partido Comunista, pero parecía una persona decente y confiable. Estuvo preguntando lo que había pasado y prometió que iría a interesarse con sus compañeros del Núcleo del Partido en el asunto.

—No te preocupes, ya que todo el mundo sabe que Homero es una magnífica persona, incapaz de hacer nada que no esté correcto, por lo que supongo sea algún malentendido —dijo en tono tranquilizador José María, el jefe de Dolores.

A esa altura, Dolores estaba indignada y a su vez temerosa de que algo no estuviera funcionando. Esa intuición propia de las mujeres le decía que la cosa no era tan simple así, como le querían hacer creer los "compañeros".

Pasó un día, otro, y muchos más, y a pesar de que no paró ni un instante de buscar en todo lugar, pedir ayuda para personas amigas que tenían influencias en las esferas del Gobierno, ir una y otra vez a las oficinas de la Seguridad, donde siempre le decían lo mismo: «Compañera, nosotros no sabemos nada de su esposo, por favor, no venga más por aquí".

—Yo presiento que ustedes no me están diciendo la verdad, y hasta que mi marido aparezca vendré todas las veces que quiera —dijo a un oficial que la atendió al insistir en ello.

Los días pasaban, la angustia iba aumentando, los nervios se disparaban ahora con mucha intensidad. Solicitó una licencia sin sueldo en su trabajo, porque tal y como estaban las cosas era imposible concentrarse y dedicarse a nada que no fuera saber lo que estaba pasando conmigo.

Aquello era peor que la muerte, porque a esta es posible resignarse. Lo que no tenía pies ni cabeza era aquella absurda situación en la que, por esas cosas de la vida, se encontraba mi familia. ¡Aquello era una barbarie!

CAPÍTULO 4

Pasadas varias horas, después de estar en aquella celda pensando en la situación a la que el destino me había llevado, y más acostumbrado a la oscuridad reinante y a los ruidos extraños que escuchaba, sentí una voz que provenía de un cuarto o celda al lado de la mía. Agucé el oído, puesto que la sentía distante, como un susurro, y pude entender lo que me comunicaban.

Se estableció un diálogo extraño y, por demás, absurdo, lo cual cuento con bastante exactitud si mi memoria no me falla.

—Pirata, pirata, te habla un amigo —eran las palabras que llegaban a mí de una forma lejana, por así decirlo. Posiblemente se debía al hecho de que las paredes de la celda eran muy gruesas y no dejaban oír bien.

No debía ser conmigo, porque yo no me llamaba de esa forma, por lo que de inmediato no contesté. De nuevo la misma voz y la misma frase fue repetida dos veces.

—Pirata, no tengas miedo, soy amigo —insistía una y otra vez.

En mi mente aún confusa por los acontecimientos recientes, comenzó a tener un poco de sentido aquel apelativo que me querían dar, puesto que durante la carrera en la Universidad, varios de mis amigos me decían cariñosamente el Pirata, debido a mi manía de conseguir con la bibliotecaria de la Facultad libros prestados, lo cual no era permitido. De ahí surgió aquel apodo de Pirata, porque yo conseguía lo que otros no podían, basado en la "amistad profunda" que me unía a Teresita, la hermosa bibliotecaria, que era la mujer más asediada en toda la Universidad.

Al notar la insistencia de aquella persona, y pensando absurdamente, reconozco que podía ser una persona conocida, digo absurdamente, porque yo no lograba ver a nadie, solamente escuchaba aquella voz. Le contesté medio irritado:

—Compadre, yo no sé quién tú eres, ni por qué me dices Pirata, que era mi apodo en la Universidad, pero ¿qué es lo que quieres?

—Mi hermano, dime si pudieron recibir el "paquete" —preguntó la voz.

—¿De qué paquete estás hablando? Yo no sé de paquete alguno —contesté sinceramente y con un poco de malestar por aquellas cosas absurdas que estaban ocurriendo conmigo últimamente.

—Está bien, me gusta eso de que no confíes en nadie, pero lo único que me gustaría saber es si está en lugar seguro —continuó aquel diálogo fantasmagórico.

—Seas quien seas, te pido que me dejes en paz, puesto que no me siento muy bien de los nervios y puedo ser grosero, lo cual no me gusta —dije a modo de terminación de la conversación.

Esa noche no conseguí dormir, puesto que por un lado los pensamientos me atormentaban, y por otro era imposible dormir en aquella celda que tenía una especie de cama fría, dura y estrecha.

El tiempo pasó y nunca pude saber si fueron horas, años o siglos, y después de transcurrido aquel intervalo desde mi llegada a la celda, introdujeron una bandeja de plástico con una jarra, de plástico también, con café con leche o algo parecido, y un pedazo de pan duro y medio rancio por una pequeña hendidura en la parte inferior de la puerta de la celda. Yo no tomo leche, tengo intolerancia a la lactosa, y aquel pan era incomible. Además no tenía ni el más mínimo apetito, por lo que dejé la bandeja intacta.

Pasado un tiempo, sentí abrir la puerta de la celda y un militar que no tenía distintivo (debía ser soldado raso) me dijo secamente:

—Sal y acompáñame.

Tuve que hacer un esfuerzo para caminar derecho, la incomodidad de aquel lugar y la humedad habían producido unos dolores articulares que me impedían desplazarme con facilidad.

Llegamos a la misma oficina donde había sido interrogado la vez anterior; me colocaron esposas, las cuales fijaron a una silla de metal que estaba sujetada al piso de la habitación con cemento.

Unos minutos después, entró un oficial con grados de capitán, barbudo, de espejuelos oscuros, que impedían ver sus ojos, el cual ordenó al soldado que me había traído que saliera de la habitación.

—Tengo todo el tiempo del mundo para conversar —recalcó la frase—, así que espero que seas cooperativo —dijo con aire de suficiencia.

Algo me decía por dentro que no debía hablar y solamente esperar que el oficial barbudo lo hiciera.

—Tengo una grabación que quiero que escuches con atención, porque puede facilitar las cosas —dicho esto, apretó una tecla de una grabadora enorme que estaba en una mesa al lado de su butaca y sentí una conversación que de momento no entendí bien, pero después me percaté de que era mi voz.

Yo pensaba que era en los libros de ciencia-ficción donde se veían aquellas cosas y no en la vida real, pero ahora me di cuenta de mi error.

De esa forma oí la pequeña y confusa conversación que tuve con "la voz" en la celda.

—Ya escuché, admito que una persona que no sé de quién se trata me hizo unas preguntas que no entendí. ¿Y yo que tengo que ver con eso? —dije con voz cansada e impersonal.

—Eso mismo te pregunto yo, ¿qué tienes que ver con el paquete?

—Le digo lo mismo que contesté en la celda a la persona que me habló, no sé de qué me están hablando —dije un poco irritado pero con cautela, tenía el temor de que me maltrataran de nuevo.

—Estamos los dos hablando el mismo idioma, o sea, el español, oímos los dos la grabación donde te reconocían por el Pirata, entonces, ¿qué más tienes que negar?

—Ese apodo de Pirata me lo decían a mí en la Universidad, fue lo que le aclaré a la voz que quería dialogar conmigo —enfaticé.

—Tú sabes bien que el encargado de recibir las armas era el Pirata, y tú eres esa persona, ¿por qué insistir en que no sabes nada? —y agregó—: Tú eres una persona inteligente, de nivel universitario, y aunque me veas barbudo y con uniforme, también soy universitario, por lo tanto no nos engañemos más.

—Yo no estoy engañando a nadie, simplemente estoy diciendo la verdad. No sé por qué me trajeron aquí, no sé nada de ningún "paquete" y no sé quién es la persona que quería comunicarse conmigo en la celda ni sus intenciones —dije de una forma que yo supuse era convincente, primero porque era la pura verdad y, segundo, porque quería acabar con aquella pesadilla de una vez.

El oficial barbudo se levantó lentamente de su butaca, dio la vuelta al escritorio, pasó por detrás de mí con pasos calculados, como pensando, al llegar a la pared dio media vuelta como lo hacen los militares, pasó de nuevo por detrás de mí, se situó esta vez de pie enfrente al escritorio, encorvó su cuerpo para situar su cara casi a la altura de la mía, fijó su mirada, que estaba escondida detrás de sus gafas, y después de unos instantes que me parecieron estudiados, me dirigió nuevamente la palabra.

—Debes saber que para nosotros no es difícil hacer hablar a alguien —hizo una pausa y continuó—, tenemos nuestros métodos y bien que podríamos utilizarlos contigo, ¿por qué no? No eres mejor que nadie; pero como el asunto que nos compete es delicado no los vamos a utilizar. Tienes suerte después de todo.

Eran palabras que me martillaban los sentidos, tanto porque me sentía mal, quizás debido a hipertensión arterial, o al cansancio, o a la impotencia que sentía y no podía controlar... El caso es que aquello estaba convirtiéndose en un martirio, en una agonía difícil de soportar por mucho tiempo.

Como si fuera una película de horror y misterio, por mi mente pasaron infinidad de situaciones, desde mi vida pacata llena de cosas sin importancia, habituales, hasta el pensamiento más absurdo...

Por fin, el barbudo llamó con voz alta al soldado, que estaba seguramente detrás de la puerta, y le ordenó:

—Llévenselo para "la sola".

CAPÍTULO 5

"La sola" era una habitación aún más oscura, húmeda y pequeña que la anterior, y además sin mueble alguno. Ni cama, ni silla, nada, solamente un agujero en una esquina de unos seis a ocho centímetros que imaginé sería, como pude comprobar posteriormente, para hacer mis necesidades más elementales.

En aquel lugar no se oía ruido alguno, por lo menos durante algún tiempo que no supe calcular, pero de momento comenzó un tlic, tlic, tlic, que parecía como una gota de agua cayendo en una olla o cazuela. Era espaciado, continuo, constante, al parecer infinito...

En un principio no me era tan desagradable, pero después de cierto tiempo, quizás horas, o días o meses, no sé decir, comencé a enloquecer. Las que parecían gotas de agua al principio, se convirtieron después en martillazos, más tarde mandarriazos, al final en bombas atómicas constantes, una detrás de otra...

Estaba desesperado, enloquecido, debilitado, porque además de que la comida que me servían por la rendija de la puerta era incomible, no había forma de poder comer con aquel martirio. Pensé que ya no iba a poder soportar más aquello y que moriría. Deseaba una soga para ahorcarme, o un revolver para dispararme un tiro en la sien o un veneno mortal que me hiciera descansar de una vez por todas, pero ni tenía soga, ni con qué hacer una, porque de ropa me dejaron solo el calzoncillo. Además, no había lugar alguno donde pudiera colgarme.

El tiempo pasaba y no lo podía contabilizar. Podían ser horas, días o semanas, para mí era igual. Estaba al borde de la locura total, no conseguía pensar en nada, concentrarme en una idea fija, lo único que mi cerebro repetía era "que pare ese goteo, que pare ese goteo, que pare ese goteo...", lo cual inconscientemente coincidía con el tlic maldito.

Primero me senté con la espalda apoyada en la pared y las manos en la cabeza, intentando tapar mis oídos, después me acosté en el piso frío y mojado por la humedad reinante, dando vueltas de un lado para otro con la finalidad de parar con aquello, lo cual lógicamente no conseguía. Así pasé todo el tiempo, mi olfato se perdió como por arte de magia; no percibía los olores fétidos que emanaban del agujero en el piso, ni los de los alimentos que me dejaban con el fin de que los comiera, que con el pasar del tiempo se podrían. Alguna que otra vez, recuerdo como en sueño que intenté comer algo por causa del hambre, pero ni fuerzas ni voluntad me restaban ya. Además, quería morir.

Aquel sonido maléfico cesó de momento. Un silencio mortal invadió todo el espacio. En mi mente, si es que tenía aún cerebro, la impresión que me daba era que había muerto. Gracias a Dios aquello había parado.

Un ruido metálico como la apertura de una cerradura comenzó a sentirse, un chirriar de metales rozando, y de momento una claridad como un relámpago en noche oscura invadió el recinto. Era como si me estuvieran clavando dos puñales, uno en cada ojo. Cerré los párpados con la fuerza que aún me restaba y poco tiempo después los abrí al sentir una voz que parecía venir de ultratumba y que decía algo que no conseguía entender.

Conseguí con mucho esfuerzo vislumbrar una silueta que parecía humana, parada enfrente de mí. Parecía que estaba de lado, por causa de la posición que yo había adoptado. Por fin entendí la orden que me estaban dando: "Levántate, que vamos a pasear". Dicho esto me sentí presionado por el brazo derecho por lo que parecía una garra, en vez de una mano, y me halaba para arriba, lo que me producía un dolor lancinante. Al ver que no podía levantarme solo, llamó a otro soldado, el cual me sujetó por el otro brazo y, entre los dos, me levantaron. Yo no podía mantenerme en pie. No tenía fuerzas. Además, me dolían todos los huesos, articulaciones, músculos y hasta la piel.

A rastras me llevaron hasta la misma habitación de siempre, medio inconsciente, con la mente embotada, turbada. Me sentaron en la misma silla metálica, me colocaron las esposas y, poco tiempo después, sentí unos pasos de alguien que se acercaba. Era el mismo barbudo, ahora sin gafas oscuras. A duras penas conseguí levantar el rostro y abrir los ojos, y me encontré con unos ojos negros como la noche, semicerrados, con los párpados superiores casi rozando los inferiores (como las personas que tienen miastenia gravis), hundidos en unas cuencas profundas, explicación por la cual esa persona usaba invariablemente las gafas oscuras, que, por no sé qué causa, esa vez no llevaba.

—Eres flojo —me dijo, hizo una pausa y continuó—. Prefieres morir a hablar, ¿verdad? —hizo otra pausa un poco más larga—. O eres un pendejo, que es lo más probable, o tienes una resistencia extraordinaria.

Yo no le respondía, no porque no quisiera, sino debido a que no conseguía ni siquiera mover un músculo de la cara. Era tal la debilidad que tenía...

—Te voy a hacer la pregunta de nuevo. ¿Dónde escondiste la caja con las armas? Es la última vez que lo hago, te lo juro por mi madre.

En mi mente obstruida no se formaba ninguna idea. Parecía que me había idiotizado totalmente. Por fin una frase llegó a mi mente, conseguí metabolizarla y, después de hacer un esfuerzo casi sobrehumano, articulé con la lengua trabada, como si estuviera con una borrachera total. Salió así como deben salir las cosas del fondo del alma:

—Me cago en el coño de tu madre, hijo de puta.

Silencio total. No se oía ni el rozar de las alas de una mosca detrás del mal olor que despedía mi cuerpo.

De momento oigo un teléfono que se descuelga y la voz del barbudo hablando con quien al parecer era su jefe inmediato superior, por la forma sumisa con que lo hacía.

—Los resultados son negativos. ¿Qué hago? —Después de una pausa, en la que supuse estaba recibiendo instrucciones, colgó el auricular y llamó a los soldados que me habían traído.

—Llévenlo para la suite. Tratamiento especial. ¿OK?

Los soldados me condujeron a un cuarto espacioso, claro, amueblado normalmente; cama con colchón y sábana blanca, un escaparate de dos puertas y un baño con una bañadera blanca, donde me introdujeron, abrieron la llave de una ducha tibia, me dieron un jabón de olor Nácar y me dejaron bajo aquel chorro bendito, donde con un esfuerzo extraordinario conseguí enjabonarme. Posteriormente me dieron una toalla limpia con la que a duras penas me sequé.

Me ayudaron a vestir el pantalón, que me parecía el que llevaba a mi llegada y un pulóver blanco de algodón, y me condujeron a la cama, donde me acosté, sintiendo como si estuviera en una nube, quedándome dormido al instante.

No sé cuánto tiempo permanecí durmiendo, solo sé que sentí una voz insistente que me despertaba de aquel maravilloso sueño:

—Levántate para que comas, la mesa está servida —dijo un soldado que era cara nueva para mí.

Un poco más repuesto, pero aún con mareos y dificultad para moverme, ayudado por el soldado, llegué a la mesa y me senté en una silla de mimbre. Vi frente a mí una bandeja de aluminio con varias divisiones donde había arroz blanco, frijoles colorados, picadillo de carne de res, papas fritas y un pan con dulce de guayaba. ¡No podía creerlo! El hambre me había vuelto con una intensidad asombrosa; comencé a devorar aquella, para mí, súper sabrosa comida. Después de comer, me dirigí tambaleante al lecho, y me volví a dormir con la placidez de sentir mi barriga llena.

Era de noche o de madrugada y me despertaron los deseos de orinar. Me levanté y fui al baño, hice mi necesidad y volví a la cama, ahora con pensamientos; ¡volvieron mis pensamientos! Mi mente estaba funcionando nuevamente. Comencé a reflexionar y de momento una alegría me invadió el alma. Seguro que ya se dieron cuenta de que soy inocente de lo que me acusan. Al fin se convencieron de que yo no tengo que ver nada con armas ni paracaídas ni nada parecido. Ah, no. De todas formas ellos me iban a oír. Tenían que aprender que no es correcto hacer acusaciones injustas a una persona decente.

Volví a quedarme dormido, ahora con la sensación de que aquello había sido una pesadilla.

Pasaron tres días y yo en aquel cuarto siendo tratado de la misma forma, pero sin lograr que alguien me dijera algo. Yo le preguntaba una y otra vez al soldado que al parecer habían asignado para "cuidarme", pero mis esfuerzos fueron en vano. Ni una palabra logré extraer de su boca. Parecía mudo.

Era de mañana temprano, porque el sol había hacía pocos minutos, cuando el soldado me trajo el desayuno y me dijo (habló por primera vez en tres días): "Prepárese que vamos a salir".

Sentí una mezcla de alegría y rabia, alegría porque por fin parece que iba a salir de allí y reunirme con mi querida familia, y rabia porque había sufrido injustamente durante todo el tiempo que estuve allí; ambos sentimientos llenaron todo mi ser.

Me lavé la cara y me afeité, porque sorpresivamente me habían situado una máquina de afeitar, me cepillé los dientes por primera vez desde que había salido de mi casa y salí de la habitación, "la suite", ya recuperado en un cincuenta por ciento y con la ilusión de encontrarme a mi salida, o esperándome en mi casa, a mi esposa Dolores y mi querido hijo Vladimir. Dios aprieta pero no ahoga. Fue el pensamiento que tuve en aquel momento.

CAPÍTULO 6

Era imposible adivinar que aquel trato especial que había recibido era para llevarme a un juicio, de los que acostumbran a hacer en Cuba. No quiero entrar en detalles, esas farsas dan ganas de vomitar a cualquier persona civilizada que viva en un país democrático. Me situaron un abogado, que incluso yo conocía bien, ya que había pertenecido otrora al Minint (Ministerio del Interior); o sea, que si defendía a alguien era al Estado. Me hicieron no sé cuántas acusaciones de actividades en contra de las leyes revolucionarias, lógicamente sin pruebas, y la defensa del abogado que me situaron fue:

—Al ciudadano, por ser profesional y no haber incurrido anteriormente en delito alguno contra la Seguridad del Estado, la defensa pide que esta conducta sea un atenuante en la sentencia —o sea, el propio abogado de defensa era mi enemigo.

Fui condenado a cuatro años de reclusión en una granja de rehabilitación con derecho a practicar mi profesión. ¡Qué buena gente! Lo más irónico fue cuando el abogado defensor me dijo que estaba contento porque habían sido indulgentes conmigo. Tuve que contenerme para no mandarlo a la mierda.

De más está decir que no me dejaron hablar con mi familia, que eran los únicos que estaban presentes ese día del juicio.

La granja en que estaba preso era grande y tenía miles de prisioneros de diferentes categorías, pero, por suerte, no había maleantes de baja categoría. Me situaron en una nave donde cada uno tenía una celda independiente y una rutina que era: 6:00 horas: levantarse, 6:30 horas: desayuno, 8:00 horas: comienzo del trabajo en la consulta, 12:00 horas: almuerzo, 13.30 horas: segunda sesión de trabajo hasta las 17:30 horas, 18:00 horas: aseo personal, 19:00 horas: cena, y a las 20:00 horas: recogida para las celdas. Las visitas eran en domingos alternos, y permitían que los visitantes nos trajeran almuerzo.

Dolores y Vladimir venían siempre a las visitas, y mis padres cada vez que podían, porque tenían una edad muy avanzada para aquellos jaleos. Yo les pedía que, por favor, no me hablaran de cosas desagradables y que no mencionaran más las causas de aquel enredo, me daba una rabia inmensa y me afectaba la salud.

Durante la primera visita en que Dolores y yo pudimos conversar a solas, le conté todo tal y como había sido, explicándole que la única razón de existir en mi vida eran mis padres, mi hijo y ella. Que yo no estaba conforme con aquella arbitrariedad y que no pensaba pasarme cuatro años pagando una deuda que no me correspondía. Ella me suplicaba que no hiciera ninguna barbaridad, tenía miedo a que me mataran. Esa vez le dije:

—Mi amor, lo único que te pido es que te comportes con serenidad y naturalidad. No hagas nada que pueda perjudicarte a ti o a nuestro hijo, y si por alguna casualidad se presenta la oportunidad de irte a los Estados Unidos con él, no lo pienses dos veces —y pedí que me lo jurara solemnemente.

Ella aceptó de mala gana, sabiendo que yo tengo un carácter terco como una mula..., y que no iba a perdonarle si faltaba a su promesa.

Me convertí en un taciturno, no hablaba con nadie, en la consulta me comportaba con una frialdad y desgano que no eran propios de mi carácter. Yo siempre fui una persona alegre, comunicativa, cooperativa. Aquel trauma, que había sufrido y que llevaba a cuestas, me había cambiado radicalmente. A veces me odiaba a mí mismo por algunas conductas que tomaba en ocasiones injustificadas. Así transcurrieron dos meses.

Un día, antes de comenzar a atender en la consulta al primer paciente, vino un oficial que estaba a cargo del puesto médico y me ordenó que fuera con él. Se había presentado una situación en el Presidio del 5 de Luis Lazo y necesitaban un estomatólogo ese día. Aunque no fue de mi agrado, acepté sin decir nada, ya que desde mi entrada a la granja me había hecho el firme propósito de no hablar. No iba a dejar escapar ni el más mínimo sentimiento. Nunca sabrían cuáles eran mis verdaderos pensamientos, y mis reacciones serían siempre calladas y pensadas con profundidad. Las noches las dedicaba a forjarme este tipo de carácter y a pensar en todas las perspectivas de una posible fuga.

Me montaron en un jeep ruso de cuatro puertas. Mis acompañantes eran, además del chofer, un soldado vestido de paisano en el asiento del frente y un sargento gordo que casi no me dejaba espacio en el asiento trasero, a mi lado. Me colocaron unas esposas que las pasaron por el respaldo del asiento de enfrente para fijarlas, y salimos de la granja. Para mí era un paseo más, pero desconfiado como me habían obligado a ser, estaba con mis sentidos en estado máximo de alerta. Podía tratarse de otra sesión de interrogatorios como los anteriores a mi condena. Si esa era la causa, no iba a permitirlo. Algo tenía que hacer para impedirlo. Comenzamos a desplazarnos por la carretera de Luis Lazo, que es muy sinuosa, con muchas curvas cerradas y barrancos de gran profundidad. En un impulso, quizás demente y de improviso, al ver que el chofer estaba medio entretenido discutiendo una jugada del equipo Vegueros del día anterior, y como estaba muy pegado al barranco, le di una soberana patada que hizo que en fracciones de segundos el jeep se precipitara por este y, después de dar un brinco por encima de una roca, se virara dando varias vueltas, lo que hizo que el soldado de paisano, que estaba al frente, saliera despedido con fuerza. Después que el jeep dio bandazos a un lado y otro, chocara con un árbol con el guardafangos izquierdo y quedara virado de ese lado, quedé yo encima del soldado gordote. Todo fue muy rápido, casi no me di cuenta de nada, y cuando al fin el jeep paró, sentía mi cabeza dando vueltas aún. Un líquido caliente me tapaba el ojo derecho, sangre que manaba del cráneo del soldado, y sentía un dolor intenso en el pecho y el brazo derecho, así como en las muñecas, que estaban cortadas y despellejadas por las esposas. Era un milagro que estuviera vivo después de tantos tumbos.

Pasé un lapso que no sé definir, medio aturdido, y cuando comencé a analizar lo ocurrido me di cuenta de la envergadura del accidente provocado por mí. El chofer estaba prácticamente degollado por el vidrio del parabrisas, muerto. El gordo que me había servido de colchón en los tumbos, también estaba inconsciente, y, como pude comprobar después, muerto también. Rápidamente se me aclaró la mente, tenía que hacer algo y lo que primaba era liberarme de las esposas. Me quité los zapatos y las medias con mucho trabajo, porque me dolía todo el cuerpo y muy especialmente el pecho. Con los dedos del pie derecho hurgué en el bolsillo del pantalón del gordo y pude, después de varias tentativas, tomar las llaves de las esposas, las cuales abrí para liberarme. Pero, ¿dónde estaba el otro soldado de paisano que venía enfrente? Salí con mucho trabajo del jeep y recorrí el lugar con la mirada. A unos diez metros divisé su cuerpo y me dirigí con cuidado y muy adolorido a su encuentro. Estaba muerto al parecer, porque su cabeza ensangrentada había dado con alguna roca al salir disparado.

No lo pensé dos veces, le retiré la ropa de civil, que me quedaba un poco grande, era más robusto que yo; le puse la mía de presidiario, lo llevé a rastras hacia el jeep, le coloqué las esposas como si fuera yo mismo, recolecté todas las armas y municiones que tenían: un AK, dos pistolas Makarov y un revólver 38, y con un dolor profundo en el alma pero con la conciencia de que era lo que había que hacer, retiré la tapa del tanque de gasolina y con una manguera que encontré le saqué varios litros del inflamable líquido, lo regué por todo el jeep, incluyendo los cuerpos de los difuntos y, con un pedazo de estopa empapada en gasolina y unos fósforos que retiré de uno de ellos, prendí fuego al jeep y salí corriendo a ocultarme en una roca de gran tamaño. El jeep comenzó a arder como una antorcha y enseguida explotó con gran estruendo, disipando las llamas por todo su alrededor, por lo que tuve que salir andando lo más rápido que pude para no arder también.

Comencé a alejarme lo más pronto posible de la carretera, a la mayor velocidad que mis piernas y mi cuerpo me permitieron, con las armas, que pesaban mucho y me impedían desplazarme con facilidad. De lejos se veían las llamas del incendio que había provocado, que parece fue aumentando, porque la columna de humo se alzaba a unos cientos de metros. Tenía que aprovechar la confusión y alejarme lo más posible de aquel lugar, no podía adivinar si ellos iban a darse cuenta de mi estratagema. Por lo menos, entre una cosa y otra, iba a tener bastante tiempo disponible. Cada vez que veía un descampado o una vivienda de algún campesino, me retiraba para no ser percibido, aunque en aquella zona tan irregular divisé pocas casas.

Caminaba, y cuando me cansaba, paraba unos minutos, descansaba y volvía de nuevo a emprender mi camino, que pensaba yo era mi salvación. Entrada la noche me detuve, no tenía más fuerzas. Divisé entre la vegetación, allá, a lo lejos, una lucecita de lo que parecía ser una casa campesina. Después de descansar dos o tres horas, caminé en esa dirección, ahora con mucha cautela. Pude comprobar que era un pequeño bohío de tablas y yaguas con techo de guano, muy rústico, y, al lado, un varentierra, donde los campesinos acostumbran a guardar los productos que cosechaban. Con un cuidado extremo, llegué hasta el varentierra, y pude comprobar con satisfacción que tenían unas mazorcas de maíz recién recolectadas, aún estaban tiernas. Cogí varias y, en un saco que encontré, las guardé, así como las armas, con excepción del revolver 38; este me lo guardé en la cintura como medida de precaución. Volví a un lugar seguro, lejos de la casa, y procuré un escondite para descansar unas horas. Debajo de una roca se formaba un hueco de un metro de altura por dos de ancho. Me pareció seguro, porque casi lo encubrían varias ramas. Me tiré boca arriba; era la forma que yo usaba cuando quería tener un sueño ligero, y me dormí en un segundo.

Afortunadamente, los primeros rayos del sol me dieron de lleno en la cara y el sonido del trinar de los pájaros me despertó. Rápidamente, agarré el saco y me lo eché a cuestas, y a pesar de que me arreciaban los dolores, empecé a caminar tratando de acercarme a la ciudad. Mi primer pensamiento fue irme a mi casa, pero después lo rechacé por completo. Era una idea estúpida, y si quería salir bien de aquella arriesgada situación, debía pensar con más inteligencia.

Me dirigí en sentido al entronque de Las Ovas, quizás intuitivamente, pero después de caminar y pensar con calma, aunque sin distraerme un minuto siquiera, de manera que ninguna persona pudiera percatarse de mi presencia, me recordé de un viejo amigo de mi padre que vivía en una pequeña finquita antes de llegar al entronque y que distaba varios kilómetros de la carretera. Intenté rememorar la vez que vine con mi padre, que en aquel entonces se dedicaba, entre otras cosas, a comprar puercos para engordar. Visitamos a ese amigo, que como mi padre, también había sido afectado por las intervenciones del Gobierno y, por obligación, se había retirado a la única posesión que le quedaba: aquella diminuta finca, dedicándose a criar puercos para subsistir.

Pasé todo el día caminando y alimentándome con las mazorcas de maíz que había hurtado y alguna que otra fruta silvestre. Casi al atardecer entré en el camino, realmente era un trillo. Según pude reconocer, daba a la casa de Torcuato, el nombre del amigo de mi padre. Ya de noche llegué a las inmediaciones de la casa, como bien recordaba era un minúsculo recinto, de cuatro por cinco metros aproximadamente, de paredes de tablas de madera y techo de guano, construcción típica campesina. Pero como no vi luz alguna, decidí ir a un marabuzal que había a su alrededor y, utilizando un lomo de yagua como escudo, entré en aquel enmarañado de espinas y me dispuse a descansar hasta que amaneciera y decidiera qué acción emprender. Tenía que ser cauteloso, y antes de hacer algo que pudiera comprometer mi vida, era menester elaborar un plan y pensarlo muchas veces. Me rindió el sueño, el cansancio, el hambre y la sed. Antes de cerrar los ojos, vi la Osa Mayor dibujada en un cielo claro y estrellado. Pensé en lo que varias veces había dicho a Dolores: "Cuándo estés pensando en mí y te sientas triste, si el cielo está estrellado mira la Osa Mayor y te recordarás de todos los momentos dulces y apasionados que hemos pasado juntos". La Osa Mayor estaba designada a ser el enlace espiritual entre Dolores y yo.

A pesar del cansancio, de las vicisitudes, del accidente desagradable que yo había causado, el cual me daba mucho remordimiento por las vidas humanas perdidas, después de pedir perdón a Dios por mis actos, tuve un momento de plenitud en mi corazón al contemplar la constelación y ver en ella reflejado el rostro dulce, lindo, amoroso y franco de mi querida esposa. Supongo que en mi rostro se dibujó una mueca de alegría que simulaba una sonrisa y en ese momento me dormí con la misma facilidad con que se duerme en un confortable hotel 5 estrellas.

CAPÍTULO 7

Entrando por la primera calle a la izquierda, en el entronque de Las Ovas, un pequeño poblado a pocos kilómetros de la ciudad de Pinar del Río, estaba la bodega de Torcuato Pérez, un descendiente de un español que había llegado a Cuba junto con mi abuelo paterno. Ambos fueron amigos íntimos durante toda la vida. Torcuato y mi padre, que eran más o menos de la misma edad, pasaban de los sesenta años en esos primeros años de la Revolución, compartían los mismos sueños, convertirse en almaceneros y poseer cada uno su propio almacén de ventas al por mayor. Torcuato tenía entre los empleados a un joven, poco trabajador, pero muy ambicioso. Cuando mi padre y Torcuato hablaban se referían a él con cierto desprecio; ellos eran personas trabajadoras y luchadoras, incansables, y no veían con buenos ojos a aquellos jóvenes que no tenían amor alguno al noble sentimiento de la laboriosidad. Como ambos tenían una amistad de toda la vida, acostumbraban a visitarse o, mejor dicho, mi padre lo visitaba con frecuencia, porque el pobre Torcuato era muy gordo y padecía de enfisema pulmonar, por haber abusado mucho durante su vida del vicio de fumar tabacos.

Cuando el gobierno de Fidel comenzó a intervenir todas las propiedades de los cubanos, mi padre y Torcuato no escaparon de sus garras. Por ironía del destino, aquel joven trabajador de Torcuato, que era el ser más bajo y cínico que había sobre la faz de la tierra, fue el interventor de la bodega, despidiendo inmediatamente al dueño y tomando posesión con una soberbia y fiereza propias de las almas poseídas por el demonio. Así que al pobre hombre no le quedó más remedio que vender su casa, la única propiedad que le quedaba e irse a vivir a aquella finquita que tenía para criar puercos y algunas vacas de leche, cuidada por un casero que fue empleado suyo muchos años, pero que ya no rendía en la bodega por su edad avanzada. Había quedado viudo, y el único hijo que tenía, que estaba casado y sus dos nietos, al ver la situación que se avecinaba, se había marchado a los Estados Unidos, huyendo de lo que ya se podía percibir era un gobierno totalitario e injusto.

De uno de los viajes que mi padre hizo a su amigo en su finquita para comprarle puercos, aprendí el camino. Pasábamos horas y horas hablando de lo injusto que había sido la vida para ellos precisamente en los años finales, que era cuando ellos pensaban disfrutar algo de lo que habían logrado con tanto sudor y sacrificio día a día, sin descanso.

El pobre Torcuato sufría mucho cuando hablaba de su hijo y sus nietos, la única familia que le quedaba. Lamentaba mucho haber logrado solo aquel hijo, que a pesar de que tenía un corazón de oro, no fue tan ciego como su padre para no ver lo que se avecinaba con aquel loco que quería cogerse para sí, "para el pueblo", como decía en los discursos, todo lo que las personas habían construido, con esfuerzo y sacrificio unos, con maldades otros. Sabíamos que había gente que se había enriquecido a la fuerza, con mala voluntad y en ocasiones a costa de sufrimiento y muerte. Pero no eran los más y sí los menos.

El dictador quería, y lo logró, tener el control total de todas las riquezas del país, desde la más modesta propiedad, hasta la fábrica más majestuosa. No importaba que fuera de un nacional o un extranjero, lo quería todo. Control absoluto para gobernar con mano férrea. Estaba construyendo el socialismo, que, según decía, no era tan "justo" como el comunismo. ¡Madre mía!, si aquello que era una enajenación mental era más suave que el comunismo, ¿qué era lo que nos esperaba en el futuro? En aquel tiempo yo no era muy apasionado, por una u otra causa. Me daba lástima ver a aquellas gentes luchadoras de toda la vida sufriendo de aquel modo, sobre todo mi padre, pero a veces me confundía con la propaganda de Fidel y comparsa, que en eso de propaganda son los mejores del mundo, siendo capaces de hacer cometer barbaridades a las personas, del tipo de delatar a sus propios padres y hermanos que no estuvieran de acuerdo con las ideas de la Revolución.

Para lograr sus propósitos, la Revolución se nutría de gente baja y deshonesta como aquel empleado, Mario, aquel que, con saña y despotismo, intervino en nombre del Gobierno la bodega del pobre Torcuato. Esos eran los paladines de la Revolución, los que fusilaron, mataron, encarcelaron a tantos y tantos hombres y mujeres dignos, por el simple hecho de no aceptar que les robaran sus propiedades y tampoco permitir que les impusieran aquellas viles ideas.

También había aquellos que, aunque honestos, estaban confundidos por la propaganda sutil y aparentemente correcta del Gobierno. Entre todos contribuyeron a destruir la identidad nacional, los valores éticos y morales que nos legaron nuestros antepasados, los anhelos y ansias de muchos y muchos millares de hombres justos y trabajadores, que forjaron con sudor y lágrimas los cimientos de un país. Una Cuba que si bien no tenía un gobierno correcto, y mucho menos perfecto, al menos respetaba la propiedad privada.

CAPÍTULO 8

El calor que había dentro de aquel marabuzal, así como los mosquitos que me mordían más que picarme la piel, me despertó antes de salir el sol. Fue bueno, porque era muy peligroso que me sorprendieran por allí en aquellas circunstancias.

Con gran cuidado, sigilosamente, me acerqué a la casa y pegué mi oído a las paredes intentando oír algo. En una de las paredes, sentí así como una tos fuerte y persistente de alguien que supuse sería de Torcuato o del casero.

Me fui al lugar que me parecía más seguro, la letrina que había en el patio a escasos metros de la casa, y me dispuse a esperar a que alguien diera señales de vida. Un tiempo después de la salida del sol, ya un poco fuerte, sentí trajines de cazuelas o jarros en la parte posterior, que seguro pertenecía a la cocina. Unos minutos después vi que se abrió una ventana y que por ella se asomaba una persona que, a primera impresión no reconocí, pero después me di cuenta de que se trataba de Torcuato, solo que no aquel Torcuato gordo que estaba en mi mente sino uno delgado, pálido, demacrado, que a todas luces anunciaba una enfermedad avanzada. Pasé unos largos minutos esperando a ver si alguien más lo acompañaba, y al ver que no parecía ser así, me decidí a abordarlo sin darle algún susto.

Toqué delicadamente la puerta del frente y no obtuve respuesta. De nuevo, ahora con más fuerza, di unos toques espaciados que no parecieran alarmantes, y sentí una voz cansada, vieja, responder a mi llamado:

—¿Quién es?

Respondí con la voz más normal que podía:

—Soy yo, don Torcuato, el hijo de Rodolfo García.

—¿El hijo de quién? —preguntó nuevamente. Ahí me di cuenta de que debía estar con dificultades de la audición por su avanzada edad y le contesté ahora con voz más fuerte:

—El hijo de su amigo de toda la vida, Rodolfo García.

Sentí retirar una tranca de detrás de la puerta, y apareció aquel anciano, que casi no se parecía al Torcuato de años atrás. Me miró arrugando los ojos, casi cerrándolos, porque el sol de la mañana le daba en la cara y, cuando me reconoció, me dijo con una mueca que parecía una sonrisa:

—Entra, mi hijo. ¡Qué sorpresa más agradable! —acto seguido se hizo a un lado para dejarme entrar y me invitó a sentarme ofreciéndome una jícara de café acabado de colar.

—¿Pero qué haces por aquí, a estas horas de la mañana y con ese aspecto tan deprimente? —preguntó después de reparar en mi pésimo estado.

—Mi amigo, vengo en nombre de mi padre, que sé que es una de las personas que más aprecia, a pedirle un favor, pero si no puede hacérmelo, no tenga pena que no me sentiré molesto.

—Un pedido del hijo de mi amigo del alma, Rodolfo, es una orden para mí —dijo entonando la voz para darle más fuerza de expresión.

—Confío en el Señor, como lo hizo siempre mi padre. Voy a contarle todo y después decidirá si puede o no ayudarme.

Entonces, con el mayor lujo de detalles, le conté lo que me había sucedido y me quedé escrutando en su rostro para ver la reacción que mis palabras le causaban.

—Esta humilde casa está a tu entera disposición. Es una pena que mi edad y mi enfermedad no me permitan ayudarte como quisiera —dijo con la voz trémula de emoción al terminar yo mi relato.

Entre ambos comenzamos a planear lo que podíamos hacer para, en primer lugar, recuperarme, y además para no ser visto y mucho menos sorprendido por alguien que me delatara.

Me sugirió que descansara por el día, cuando él podía vigilar, y que para hacer algo esperara a la noche. Concordé con él en ese aspecto. También me dijo que para mayor seguridad podía dormir en el varentierra que tenía al lado del arroyo, distante unos sesenta metros de la casa. También concordé plenamente con él en ese aspecto.

Me dio una ropa usada que le sobraba, toalla, jabón de lavar, no tenía de baño, una colcha, porque de noche a veces había un poco de frío, sobre todo cuando llovía, y hasta una almohada que sobraba, perteneciente otrora al casero, ya fallecido algunos años atrás.

—No tengo mucha calidad de comida que ofrecerte, pero lo que yo como lo compartiré contigo y no te vas a acostar con la barriga vacía nunca —sus palabras me llenaron de emoción. Mis ojos se aguaron.

Pasé varios días en la finca reponiéndome de las heridas, del cansancio, de los remordimientos por los hechos de que fui actor principal, y porque debido a mi condición de cristiano y temeroso de Dios, pensaba que nunca iba a obtener el perdón divino.

En mis oraciones pedía a Dios que me perdonara. Fueron razones de peso las que me llevaron a, de una forma totalmente instintiva y de preservación personal, hacer lo que me daba tanta vergüenza recordar. Mi amigo Torcuato, más viejo y sabio que yo, me decía que no me atormentara con esas ideas, puesto que Dios sabría perdonar a una persona que no había hecho aquellas cosas de mala fe ni movido por instintos maléficos, sino como una reacción irracional a una agresión desmedida e injusta, cometida por mis enemigos. Esas palabras sabias de consuelo y estímulo me ayudaron un poco, pero realmente no creía, ni creo que yo fuera jamás capaz de hacer tamaña barbaridad.

Los días pasaban, mis fuerzas comenzaron a recuperarse, mis heridas sanaron y mi mente estaba un poco más calmada, por lo que inicié el trazado de un plan para mi futuro.

¿Qué iba a ser de mi vida? En Cuba no es posible estar fugitivo por mucho tiempo. Yo no sabía si habían descubierto o no mi artimaña de cambiar mi cuerpo para aparecer como muerto ante los ojos de todos. Además, si se lo creyeron, ¿cómo iba a hacer para circular por la calle sin documentos de identidad? Todos sabemos que en mi patria andar sin identidad es sinónimo de cárcel.

Recordé que entre los libros que más me impresionaron años atrás estaba El recurso del método, de René Descartes. Alguna que otra vez durante mi vida de estudiante había utilizado el método de Descartes para organizar mis estudios con muy buen resultado. Por tanto agarré un lápiz y una libreta vieja que tenía don Torcuato e hice un análisis de lo que podía y debía hacer.

Lo primero que recordé eran sus fundamentos:

Hay que partir de cero.

Hay que ponerlo todo en duda.

Pienso, luego existo.

Descartes decía:

- En primer lugar: no debemos admitir algo que no sea muy evidente.
- En segundo lugar: cada problema debe ser dividido en tantos problemas particulares como sea necesario para su solución.

- En tercer lugar: ordenar los pensamientos de lo simple a lo complejo.
- Y en cuarto lugar: enumerar todos los datos del problema y verificar que está correcto cada elemento de la solución, para asegurar que se ha obtenido la respuesta exacta.

Entonces no debo admitir que:

1. Me consideren muerto.
2. Sea tan estúpido como para andar por la calle libremente.
3. Vaya a caer en la bobada de irme a casa de mis padres o a mi casa propia, así como a la de algún pariente cercano o amigo íntimo.
4. Si me consideraban vivo no iba a entregarme mansamente.

Ahora vamos a dividir los problemas:
Puede ser que me consideren muerto o no.

a. Si se tragaron que yo era el carbonizado, mis perspectivas de peligro disminuían.
b. Si descubrieron mi jugada, el peligro era total, puesto que se darían cuenta de que no soy ningún idiota.

Analizando la segunda hipótesis, o sea, que anduviera por la calle libremente, lo descompondría así:

a. Para andar por la calle tengo que estar o disfrazado o irreconocible.
b. Tengo que estar con carné de identidad, que por supuesto no debe ser el mío.
c. Necesito andar siempre donde haya bastante gente evitando hacerlo solo.
d. Tengo que desconfiar de todo el mundo.

Tercera hipótesis:

Esta hipótesis es totalmente descartada por los riesgos que implica, a pesar incluso de que crean que estoy muerto.

Cuarta hipótesis:

Aquí no me queda más remedio que admitir que hay una sola opción y esa opción es no dejarme coger vivo, bajo ninguna circunstancia.

Este plan debo revisarlo un poco más adelante porque puede estar sujeto a variaciones, según se produzcan los acontecimientos futuros.

Ahora, después de estar un poco descansado y con mis heridas casi sanas, mi barba de tres semanas creciendo y por haber estado sometido a tantos sufrimientos y privaciones, así como al estrés derivado de ello, me di cuenta de que mis cabellos se habían puesto grises. Parecía que había envejecido veinte años. "Puede ser de gran ayuda", pensaba yo en ese momento, para poder pasar inadvertido, incluso si me encontrara por casualidad con algún conocido.

Un buen día, después de estar cansado de tanta inactividad, y como no podía dormir, lo que acostumbraba a hacer durante el día como había acordado con Torcuato, decido ir hasta la casa tomando las debidas precauciones, y para sorpresa mía estaba cerrada. No me dio buena espina aquello, por lo que extremé las medidas. Algo estaba pasando que no era normal, mi intuición me lo decía.

Me asomé por la única ventana que estaba abierta y pude oír un leve quejido que provenía del cuarto de Torcuato. No lo pensé dos veces, me introduje con cuidado por la ventana revólver en mano y comencé a deslizarme como si fuera un reptil, por el piso de la casa, que estaba húmedo y frío a pesar de la hora. Me asomé por la puerta, que estaba abierta, y deparé al pobre Torcuato, recostado en la cama, a medias, con la ropa puesta y una cara de estar sufriendo mucho.

Rápidamente fui hasta él y le pregunté:

—Torcuato, Torcuato, ¿qué le sucede, respóndame por favor? —él comenzó a balbucear unas palabras medio ininteligibles y haciendo un esfuerzo me dijo que estaba con mucho dolor en el pecho y que sentía que estaba muriendo.

—No, por favor. No me abandone ahora que tanto lo necesito —dije con una angustia que no pude disimular.

—Mi hijo, estoy a un paso del más allá, pero antes de partir, quiero decirte que bajo la cama hay una losa del piso que está suelta. Ábrela y dentro de una lata hay un dinerito. A ti te va a hacer más falta que a mí —diciendo esto sufrió una contorsión de dolor, se llevó la mano al pecho y su cabeza cayó de lado. Su mirada quedó fija y vidriosa. Intenté revivirlo con masajes cardíacos pero fue en vano. Mi amigo Torcuato había partido a reunirse con el Señor. Hice una oración, le cerré los ojos y lo acosté con suavidad en la cama, boca arriba.

Tuve que sentarme después para no caer al suelo, puesto que mis piernas se aflojaron. Era un golpe rudo en aquel momento. Perdí a mi único amigo y confidente en aquellos momentos.

Estuve por más de una hora en esa situación, rezando y mirando aquel cuerpo sin vida de un ser querido, que había entrado en mi historia de una manera muy especial. Pasado un buen tiempo, me di cuenta de que corría el peligro de que alguien me sorprendiera allí, y que me había descuidado. Eso no podía pasar más, una de las normas que me dicté era que no podía confiarme nunca si quería preservar mi vida.

Pedí permiso a Dios para hacer lo que estaba pensando. Mi amigo no tenía familia y prácticamente vivía solitario en aquellos parajes. Hubiera sido lo correcto, darle una cristiana sepultura, pero si lo llevaba al pueblo iba a delatarme. Además estoy seguro de que él concordaría conmigo en hacerme un último favor; utilizar su identidad. De ahí en adelante iba a convertirme en Torcuato Pérez.

No lo pensé dos veces y lo envolví en una colcha y una sábana, lo cargué hasta el medio del monte, lo más lejano posible del arroyo, que con sus crecidas desbordaba varios metros y podía descubrir el cadáver. En un pequeño montículo, cavé una tumba y con cariño y una devoción merecida al gran amigo, le di sepultura. Recé y pedí al Señor que lo perdonara, si es que aquel buen hombre había cometido en su vida algún pecado. No coloqué cruz alguna encima para no delatarme y fui de nuevo para la casa, a revisarla.

Recordando lo que me había dicho de la lata debajo de la cama, retiré una losa suelta y, tal como me explicado, encontré más de tres mil pesos, seguro todo lo que el pobre tenía ahorrado con mucho sacrificio. Los tomé, sabía que me iba a hacer falta dinero y, además, él me lo había ofrecido en su último deseo.

Busqué en los armarios y en una caja de tabacos encontré su carné de identidad, su certificado de nacimiento y de matrimonio, y los certificados de óbito de su esposa y de su amigo, además de la libreta de abastecimiento, algunos documentos que guardaba aún de la bodega que le fue intervenida, fotos familiares, etc.

Miré su carné de identidad y me di cuenta de que la diferencia de edad era muy grande y que esto sería un obstáculo. Debía con cuidado retirar el plástico, colocándolo encima del vapor de agua, en una máquina de escribir vieja que encontré, cambié la fecha de nacimiento, pero solo el año, de manera que fuera más compatible con la que aparentaba en aquellos momentos, unos cincuenta años. Faltaba una cosa esencial. Una foto mía. Como iba a conseguir esto. Tenía que arriesgarme y hacerme fotos de carné.

Ir a Pinar del Río, imposible, al entronque de Las Ovas no me parecía aconsejable, por tanto decidí ir a Viñales. Era un pueblo con muchos turistas nacionales y extranjeros y podía parecer más normal.

Me vestí con una ropa limpia pero no muy llamativa; me coloqué un sombrero de paja que mi amigo Torcuato me había regalado y, con aspecto de campesino, salí en lo que era mi primer contacto con lo cotidiano, desde que fui preso por primera vez. Tenía que actuar con la mayor naturalidad para no levantar sospechas, pero también era menester extremar las medidas de precaución para no ser víctima de la ingenuidad.

Llegué a la carretera y pedí botella a varios vehículos que pasaban, hasta que un camionero me aceptó. Al llegar a la entrada de Pinar del Río, al fondo del Hospital Provincial, pedí al chofer que me dejara, agradeciéndole su ayuda.

Me situé en una parada al frente de Rumayor Club y esperé durante más de una hora hasta que pasó un ómnibus de la ruta de Viñales. Monté con naturalidad, pagué el pasaje y sin descuidarme me hice el desentendido mirando para fuera de la ventanilla, evitando que una señora que estaba a mi lado me diera conversación. No quería entrar en contacto con nadie. El cubano es así, y más de la provincia de Pinar del Río, comunicativo, hablador y locuaz.

Al llegar al pueblo fui a un estudio fotográfico y me hice varias fotos de carné. Pedí a la joven que estaba en la recepción que me las hicieran lo más rápido posible, para lo que le dejé caer una propina de dos pesos, lo cual aceptó con mucha gracia, y, dos horas después, estaba en posesión de mis fotos. Entré en una imprenta y compré goma de pegar, goma de borrar, un lapicero azul (por el cual tuve que pagar un extra porque no estaban a la venta), dos libretas escolares y varios sobres de carta. Podía necesitar esto en algún momento, pensé.

Le lloré a un bodeguero que estaba solo en ese momento en una pequeña tienda, y pagando las cosas a un precio veinte veces más de lo que valían, conseguí hacer una pequeña compra de alimentos y una muda de ropa de caqui, así como un flamante par de botas rústicas del tamaño de mi pie, porque hasta ese momento uno de mis grandes sufrimientos era la de andar con zapatos fuera de mi talla. Mis pies lo agradecieron enormemente.

Estaba a cada momento recordando a mi amigo Torcuato. Hasta en el momento de su muerte había sido un ángel para mí. En un bar de los muchos que hay para turistas, conseguí una botella de Guayabita del Pinar. Necesitaba tener algún estímulo para vencer algún que otro momento de nostalgia.

No quise arriesgarme exageradamente, por lo que hice el camino de vuelta utilizando los ómnibus corrientes. A finales de la tarde llegué de nuevo a la casa de Torcuato, que ahora sería mi nueva morada, por lo menos hasta que algo pudiera acontecer que cambiara el rumbo de mi vida. No tenía ni la menor idea de lo que sería mi futuro.

Cambié la foto con mucho cuidado y coloqué la mía cubriendo de nuevo con plástico, el cual sellé con un cuchillo caliente por los bordes con mucha cautela. Me senté a la mesa a comer lo que había preparado de cena y, después de saciar mi apetito, comencé a repasar los últimos acontecimientos.

Después decidí que por esa noche iría a dormir al lugar acostumbrado y después vería qué hacer en el futuro. "Mañana será otro día", pensé. No hay cosa mejor que un día después de otro. Era preciso tener calma. Me acordé de un viejo dicho campesino: "quien mucho se apura, come carne cruda". Dormí y en sueños veía a mi amigo Torcuato ascender al cielo y sentarse al lado de un trono donde un señor de barba blanca le colocaba su mano en el hombro.

CAPÍTULO 9

El reloj que heredé de mi amigo señalaba las siete de la tarde cuando llegué a la carretera. Había pensado un método para comunicarme con Dolores, puesto que después de pensar mucho me di cuenta de que debía confiar en alguien y ese alguien era mi amada.

¿Cómo lo haría?, vamos a ver más adelante. Llegué a Pinar del Río y fui al barrio Vélez, porque en una de sus calles vivía un muchacho, Papito, que hacía unos papalotes muy buenos para vender. No quise arriesgarme a ir directamente con él y solicité a un muchachón de nueve o diez años, que me pareció apropiado por la cara de medio bobo que tenía, para que fuera a casa de Papito y le comprara un papalote, pero que fuera gris, negro o azul oscuro con rabo de cinta negra de máquina de escribir usada y una bola de hilo bien grande. Le dije que le iba a dar dos pesos si me lo conseguía rápido. Salió disparado y pocos minutos después me dijo que estaba todo arreglado, que el papalote costaría con rabo e hilo cuarenta pesos, lo cual era una exageración, pero no me importó. Le di el dinero y poco tiempo después se apareció con un "barrilete", papalote con franjas negras y azul oscuro, horizontales, que me pareció exacto a mis planes.

Le di cinco pesos en vez de dos y le expliqué que mi nieto estaba loco por un papalote y que me había dejado sin un centavo en el bolsillo. Dije esto porque parece que me equivoqué a primera vista con aquel tipo, el muchacho no era tan bobo así como me creía.

Eran las diez de la noche y, caminando siempre por los lugares más oscuros, llegué a un solar vacío que había cerca del fondo de mi casa. Aquel solar estaba lleno de hierba alta. Me adentré lo más posible para poder ver el fondo de mi casa sin ser visto.

Se me oprimía el corazón al mirar para el que fue mi hogar. Por mi mente pasaron millones de recuerdos dulces con mi familia. Unas veces me sentía en la sala de la casa en mi sillón preferido con Vladimir en mis piernas haciéndome preguntas clásicas de esa edad, y yo intentando dar una respuesta que estuviera a la altura de sus conocimientos. Otras, imaginaba que estaba en la cama con Dolores en mis brazos comentando los planes que hacíamos para el futuro, cómo íbamos a enfrentar la realidad de que Vladimir tuviera que becarse y tenerlo lejos, nuestros juramentos de amor eterno y tantas cosas lindas que compartimos en todos aquellos años de unión. Las lágrimas corrían a raudales por mi rostro y el pecho se me apretaba hasta oprimirme el corazón.

Pasé más de dos horas allí, contemplando mi casa y con la esperanza de que Dolores saliera al patio, pero nada ocurrió. Decidí regresar y volver la próxima noche. Quizás tuviera más suerte.

Siempre con los ojos y oídos alertas, volví la noche siguiente. Nada. No aparecía en el patio. Ni la ventana de la cocina se abrió. Será que no están alimentándose, pensé. No veía movimiento alguno en la cocina.

Mi tensión crecía a cada momento, a pesar de haberme hecho el firme propósito de no dejarme dominar por los nervios, era imposible. Necesitaba verlos aunque fuera de lejos. Necesitaba comunicarle por lo menos que estaba vivo. Yo había hecho una carta explicándole más o menos lo que había pasado, sin muchos detalles, para no angustiarla, y sin mencionar para nada el lugar donde estaba viviendo. Eso era suficiente para dar un aliento a su vida, que estaría, suponía yo, deteriorada psíquicamente.

Miré al cielo y vi la Osa Mayor, una brisa suave pero constante acariciaba mi rostro. De repente, miré hacia la casa y vi que la puerta del fondo se abría. Mi corazón comenzó a latir con fuerza y pude ver con estos ojos, que la tierra han de tragarse, la silueta magnífica, linda, preciosa de mi querida Dolores. No perdí tiempo alguno, aprovechando la suave brisa, intenté lo más rápido posible empinar el papalote, el cual en las primeras tentativas se trababa con los arbustos y la maleza circundante, hasta que por fin logré empinarlo y, con una destreza hasta ahora desconocida en mí, lo dirigí hacia el patio de la casa donde mi querida esposa estaba "contemplando la Osa Mayor". Fue comunicación magnética, telepática, espiritual, no sé; lo único que sé es que existió un lazo fuerte de unión entre nuestros cerebros. En la punta del rabo del papalote, había amarrado la carta que le había hecho y fui maniobrando y maniobrando hasta que el rabo quedó casi en frente de su cara. Al principio ella se asustó y pensó que quizás era algún bicho volador o algo así, pero después se dio cuenta —ella era muy suspicaz— y agarró el rabo del papalote, no sé con qué instinto, y viendo que tenía un papel que había colocado con letras grandes: "PARA DOLORES", y al lado: "entra rápido, lo lees y suelta el papalote".

Ella miraba para todos los lados intentando ver quién era, pero se dio cuenta de que era imprescindible hacer lo que decía aquel papel, rápidamente. Soltó el papalote, entró en la casa y la vi desde lejos leyendo mi mensaje.

Recogí rápidamente el papalote y sin pensarlo mucho salí raudo de aquel lugar, volviendo a mi casa, a la cual llegué de madrugada, no sin poco trabajo, por causa de las dificultades del transporte.

Había conseguido uno de mis objetivos. Hasta ahora las cosas marchaban bien, gracias a Dios, que me guiaba.

CAPÍTULO 10

D olores entró en la casa y comenzó a leer mi mensaje en la cocina. Decía:

Amor mío, en primer lugar, un beso bien grande para ti y nuestro querido Vladimir. En segundo lugar, estoy vivo. En tercer lugar, cierra la puerta, tráncate en el cuarto y, sobre todo, no comentes con nadie, ni siquiera Vladimir, nada de esto. ¿OK?

Como verás estoy vivito y coleando. No te voy a explicar algunas cosas por no martirizarte, ya debes haber sufrido mucho. La única persona que sabe de mí eres tú, por lo que, por lo más grande del mundo, no comentes nada con absolutamente nadie, ni mis padres siquiera. Después de leer esta carta, quémala. Por favor no me desobedezcas, puesto que puedo correr peligro y, además, ustedes también. Yo sé que eres inteligente y lo comprenderás. Quiero que sepas que te amo mucho y, tanto a ti como a mi hijo del alma, los llevo en el corazón, pero como sabes, o estoy dado por muerto o soy un fugitivo perseguido por todos los órganos represivos del país. Cualquiera de las dos hipótesis me da igual, porque no voy a permitir que me capturen. Puedes estar segura de ello. Quiero que me cumplas con lo prometido, deja que digan lo que digan, trata por todos los medios de abandonar el país. Comunícate con mi tío y padrino para ver si te puede ayudar. Mi mayor ambición en estos momentos sería saber que ustedes están a salvo en un país libre y democrático. Sólo cuando ustedes estén a salvo, seré feliz. Yo intentaré salir, pero para mí va a ser mucho más difícil este empeño. Pero lo conseguiré, primero porque tengo la ayuda de Dios, segundo porque tengo el firme propósito de hacerlo, y cuando una persona se hace un propósito logra su objetivo, unas veces con más dificultad y otras no, depende de la suerte y el destino. Te quiero, sueño contigo todos los días. Amo a Vladimir, pero sé que no puedo hacérselo saber. Algún día, ya a salvo los tres, podré demostrárselo. Sigue actuando con naturalidad, si te consideran una viuda, haz tu papel (eres la viuda de mentirita más linda del mundo), no te desesperes, que todo va a salir bien. Confía en Dios que todo lo puede. Él nos ayudará. Te quiero mucho. Un Beso para ti y Vladimir. Homero.

PD. ¡Quema la carta ya!

Dolores estaba trémula de la emoción, quería conservar el único vínculo que había entre ella y yo, pero como yo se lo había pedido, y no solo pedido, sino ordenado, quemó aquella carta con un pesar que daba lástima. Una mezcla de tristeza y alegría invadió su alma. Estaba vivo, ¡qué maravilla! Y estaba fugitivo, expuesto a que me mataran. Eran sentimientos opuestos, pero a su vez congruentes. La esperanza comenzó a manifestarse en su corazón. Ella, que había perdido el deseo de vivir desde que le informaron de mi muerte... Sí, porque a pesar de que dudaran no iban a decirlo, no iban a admitir que una persona se hubiera burlado de la "eficacia" del sistema represivo que tanto cacareaban los dirigentes de la Revolución.

Yo estaba vivo, ella no era viuda, su hijo no era huérfano. Tantas cosas juntas, tantos pensamientos, tantas cosas confusas. ¿Cómo sucedió todo? ¿Qué estaba yo pasando? ¿Qué estaría pensando? Estas y muchas otras interrogantes pasaron por su mente. "Lo importante —pensó— es que está vivo. Tengo que hacer lo posible por cumplir la promesa que hice de marcharnos de aquí. Mis esfuerzos tienen que concentrarse de aquí en adelante en el cumplimiento de esta tarea". Era una mujer decidida y, si yo le estaba dando el ejemplo de tenacidad y valentía, ella iba por lo menos a imitarme y, por qué no, superarme. Sabía que era una forma más de ayudarme.

Salió al patio nuevamente, con el deseo de verme quizás, aunque fuera de lejos, pero al no ver el papalote ni sombra de mí, miró una vez más la Osa Mayor, símbolo de nuestro amor y agente transmisor de este. Agradeció a Dios que estuviera vivo y me hubiera comunicado con ella, y cerró la puerta, ahora consciente de que no era prudente estar mucho tiempo en aquel lugar a aquella avanzada hora de la noche.

Fue feliz a la cama, no sin antes dar dos besos en la frente de Vladimir, uno por mí y otro por ella. Se desvistió completamente, se tapó con una sábana y comenzó a imaginarse conmigo al lado, haciendo aquellos contactos físicos amorosos que siempre nos llenaban de placer y nos dejaban exhaustos.

CAPÍTULO 11

Dormí en el varentierra y desperté pasadas las nueve de la mañana. ¡Qué descuido! De ninguna manera esto podía suceder nuevamente. Tenía que ser cuidadoso si quería conseguir mis objetivos. Me prometí a mí mismo tener más cuidado.

Fui hasta la casa, siempre atento al camino, preparé un desayuno opíparo, ya que necesitaba alimentarme, porque a pesar de que mi masa muscular, hasta ahora deteriorada y maltrecha, se había recuperado, aún no estaba en plena forma. Debía alimentarme al máximo, hacer ejercicios, además de las caminatas largas que debía hacer cada vez que salía; y pensar cómo cumplir el plan de actividades que ya precisaba modificar, puesto que nuevas tareas se avecinaban.

El objetivo de mi vida no podía ser solamente cuidar de mí. Tenía que hacer algo contra aquel sistema cruel e inhumano. Comenzaría por lo más simple.

Me vestí bien modesto, como cualquier campesino. Salí esta vez de día, aunque tomando las precauciones máximas.

Me dirigí al pueblo de Consolación del Sur y, antes de llegar a sus alrededores, crucé una cerca de alambre. Al ver un caballo bastante viejo y maltratado que pastaba solitario, lo enlacé con una soga que había traído de la casa, lo llevé hasta un portón, lo fui conduciendo hasta la carretera cuidadosamente, le amarré a la crin, a ambos lados del pescuezo, un par de hojas que con letras grandes que decían: "SOY UN CABALLO, PERO NO UN HIJO DE YEGUA". Lo solté y le di unas palmadas para que corriera hacia el pueblo, y como parece que era un caballo destinado al tiro de su dueño, y supuse sabía el camino, comenzó a perderse de vista pueblo adentro. Rápidamente salí en dirección contraria y caminé por la orilla de la carretera hasta una parada de ómnibus, pero con la intención de pedir botella, lo cual conseguí después de más de una hora en un camión particular de los pocos que quedaban, hasta el entronque de Las Ovas. Allí descendí, viré a pie por la carretera hasta al camino de mi casa y llegué a ella con gran satisfacción. No había hecho un acto heroico, pero si mi plan daba resultado, a esas horas habría mucha gente riendo en las calles de Consolación y muchos policías y agentes del gobierno estarían "cagándose en su madre" por ser el hazmerreír de todos al tratar de retirar los carteles.

Comenzaba a ser el Homero de antes, puesto que arriesgar la vida por hacer una broma de esas era un paso de avance. Era la única cosa alegre que había hecho desde el fatídico día en que fui a pescar con mi hijo.

Descansé dos días, y al atardecer del sábado salí con un paquetico en la mano, donde llevaba un poco de pintura roja, muy vieja, que había encontrado en la casa, y una brocha medio gastada.

Llegué a Pinar del Río, me bajé en la parada detrás del Hospital, pasadas las once de la noche, y esperé a que fueran las dos de la mañana escondido en unos matojos.

Con mucho cuidado, tratando de no ser visto ni siquiera por los escasos vehículos que transitaban a esa hora, con la brocha y la pintura roja, escribí en la parada del Hospital, donde sabía concurría mucha gente: "¡ABAJO FIDEL! SOCIALISMO NO, DEMOCRACIA SÍ!".

Después crucé la calle e hice lo mismo en el muro posterior del Hospital.

Terminado esto, salí con mi bultico en las manos, caminé hasta casi enfrente del Minint, y en un barril de basura lo deposité, entre los desperdicios que estaban acumulados desde hacía por lo menos dos días. Enfrente mismo del Minint, ¡qué barbaridad!

Por esa noche ya era mucho, caminé más de cinco kilómetros ciudad afuera y esperé dentro de un pequeño monte, al pie de un árbol de tronco grueso, a que amaneciera, sin pestañar siquiera, atento a todo lo que sucedía a mi alrededor.

Con los primeros rayos del sol, monté en el primer ómnibus que pasó rumbo a Consolación del Sur. En la propia Terminal subí a otro que iba para Las Ovas y pasaba por el entronque. Bajé en el propio entronque volviendo a pie hasta el camino de casa. Llegué con los pies adoloridos de la caminata nocturna, pero feliz. Había cumplido otra misión con éxito. Debía tener cuidado, estaba envalentonándome demasiado y debía pensar más en las acciones futuras y espaciarlas, porque a esa hora debían estar locos buscando al autor o los autores de aquellos desmanes.

Yo digo que todo lo que podamos hacer para demostrar que los deseos de libertad y democracia están vivos en la mente de la mayoría de los cubanos es bueno. Es saludable. Ayuda en la misión de destruir al monstruo de siete cabezas que desgobierna nuestra patria.

No disponía de recursos para hacer algo más concreto y dinámico, por ejemplo, detonar una bomba en algún lugar que no ofreciera peligro a las personas. Matar personas, aunque fueran las más odiadas y perversas del régimen no era mi objetivo. Quitarles la vida a los semejantes, sólo Dios, o en el peor de los casos para defender tu vida o la de tus seres queridos en un momento de extrema necesidad. Por tanto, descarté la posibilidad de atentados personales.

Pero hay muchas formas de luchar, y una de ellas era oponerse con la propaganda democrática a la eficiente propaganda comunista. No tenía medios suficientes, pero algo haría. Entre tanto estaba pensando cómo huir del país. No podía confiarme a la suerte, porque un día podría fallarme.

Pasé varios días en la finca, primero con el objetivo de que si estaban a la busca del subversivo, no me encontraran a mí, segundo porque estaba intentando una fórmula para llevar a cabo alguna manifestación de repudio al régimen, ahora más efectiva o sutil.

Un lunes por la mañana, día normal de mucho movimiento, salí a la carretera con una jaba de papel, y dentro, un recipiente plástico de dos litros llenos de pintura. En mi bolsillo, una brocha fina y un pincel.

Llegué a Pinar del Río y, en la Terminal, entre el gentío que estaba haciendo las colas de los ómnibus, pagué uno para San Juan y Martínez.

San Juan era un municipio tabacalero. No era fama solamente lo que tenía, era la tierra del mejor tabaco del mundo.

Me apeé en Vivero, donde están las mejores vegas de tabaco tapado del país, entré en el camino que va al paradero y, cerca de la finca de Fidel Castro (no el dictador sino un señor que se llamaba igual que él), entré en un monte y me senté en un lugar que consideré seguro, porque desde allí podía ver quién llegaba, pero no podía ser visto por nadie. Esperé a que las sombras de la noche cubrieran con su manto todo el veguerío.

Eran casi las once de la noche, una noche oscura como la boca de un lobo. Me dirigí a la carretera de entrada de San Juan y escogí una casa de tabaco enorme, lugar que, como todos saben, se utiliza para "curar" el tabaco y que está repleta de las aromáticas hojas. Estábamos en plena época de recolecta. Me cuidé mucho de los vigilantes nocturnos, los milicianos, que como yo y otros muchos ciudadanos éramos obligados a hacer las guardias para cuidar las "propiedades del pueblo".

Estuve dos horas observando a ver si conseguía ubicar al vigilante de guardia hasta que por fin me di cuenta de que era un solo hombre. Fusil al hombro, y con un cansancio enorme, según indicaba su modo de andar, el hombre estaba a cargo de toda la zona aquella donde había varias casas de tabaco, unas cerca de las otras. Entre las casas había una mayor que era la escogida de la zona. La escogida es una nave donde se reúnen cientos de obreros, en general mujeres, que hacen la selección de las hojas de tabaco para poder después distribuirlo de acuerdo a su calidad en las diferentes fábricas y separar las de exportación. Por suerte la puerta de entrada de la escogida no era muy fuerte y pude entrar al lugar sin mucha dificultad.

Había un estrado donde generalmente se ubicaban los "lectores", personas que se dedicaban a leer en voz alta mientras los obreros trabajaban. Con la brocha y la pintura negra hice un letrero en la pared de la escogida, que por suerte estaba pintada de blanco, por lo que contrastaba bien con el mensaje. Este decía así:

OBREROS TABACALEROS. USTEDES QUE SIEMPRE HAN SIDO AMANTES DE LA DEMOCRACIA Y LA LIBERTAD, ESTE ES EL MOMENTO DE EXIGÍRSELA AL GOBIERNO. PEDIMOS LIBERTAD PARA LOS DETENIDOS INJUSTAMENTE Y DEMOCRACIA PARA EL PUEBLO DE CUBA.

Mi misión estaba concluida, importaba ahora salir de allí lo más discretamente posible.

Salí caminando con mucho cuidado y tomé el camino que conduce al paradero de trenes; y después de andar unos dos kilómetros llegué cerca de este.

Esperé a que fuera de mañana, ya que a las cinco y treinta pasaba por allí el tren de Guane. Llegó con cierto retraso, pero a las cinco y cincuenta salí en el que llevaba a Pinar del Río, del que me apeé antes de llegar a la ciudad. Continué caminando hasta llegar a la Terminal de Ómnibus, allí utilicé un taxi hasta el entronque de Las Ovas, apeándome también antes de llegar al poblado, y de ahí caminé hasta la casa.

Era una nueva misión que había concluido con éxito. Di gracias a Dios por su ayuda y fui a descansar, la jornada había sido agotadora, tenía los pies en un estado deplorable y una tensión nerviosa enorme por lo que había acabado de hacer.

Había colocado una pequeña piedra, modesta por cierto, en la construcción de una sociedad más justa, una sociedad democrática y libre.

CAPÍTULO 12

En las oficinas centrales del Minint se efectuaba una reunión con el Delegado Provincial, el Director de Prisiones y Gilberto (el oficial barbudo que había participado directamente en el caso de Homero). Eran las ocho de la mañana y, por lo urgente de la citación, el "barbudo" suponía que se trataba de algo importante.

—Tenemos poco tiempo y a las nueve tengo una reunión con el Viceministro, por lo tanto vamos a ser objetivos y dinámicos —hablaba el Delegado Provincial del Minint, quien, levantando la barbilla, señaló al Director de Prisiones, conminándolo a hacer uso de la palabra.

—La situación es la siguiente: Hace unas semanas el jeep que transportaba un prisionero sufrió un accidente, como todos sabemos, pero lo que más nos intriga es que al hacer el examen forense de los cadáveres, el que parecía prisionero no lo era. Es evidente de que intentaron confundirnos. Además de que solo aparecieron tres cuerpos y eran cuatro los que viajaban. Si desean puedo entregarles después el fail con todos los datos.

—Es suficiente por ahora —dijo el Delegado y continuó—. Gilberto, como sabemos que tú estuviste directamente vinculado a las investigaciones con el detento, el tal Homero García, te convocamos a la reunión para que te dediques con exclusividad a desmadejar este misterio. Ya contacté con tus superiores del Departamento y tienes carta blanca en ello.

—Compañero Director, deme todos los datos que tenga a mano y ahora mismo comienzo mi trabajo —respondió Gilberto e hizo un ademán para levantarse, por considerar la reunión terminada.

—Espera —ordenó el Delegado—. Voy a aclararte que todos sabemos que ese señor, que fue condenado a cuatro años de cárcel injustamente —y enfatizó la frase— se ganó la condena por las "brillantes" conclusiones de tus investigaciones. Y no es el primero, lo sabes. Por lo tanto, si estuviera vivo, mira a ver lo que haces para "limpiarte" —dijo esto y se levantó, dando por concluida la reunión.

El Director de Prisiones se levantó sin darle la cara a Gilberto, huyendo de la mirada que se ocultaba siempre detrás de las gafas oscuras; y el Capitán se quedó como petrificado en el asiento.

—Dije que estaba terminada la reunión. Por favor retírense, que tengo muchos asuntos pendientes —ordenó el Director Provincial.

Gilberto se levantó como un resorte y salió cabizbajo y sin desviar la mirada. Cuando estaba saliendo del edificio central del Minint, fue abordado por un auxiliar del Director de Prisiones, quién le entregó un fail repleto de documentos, el cual decía "SECRETO".

Gilberto se montó en el jeep que había estacionado frente a las oficinas, porque siempre quería que todos supieran que "él era muy importante". Su autosuficiencia lo llevaba a tener complejo de superioridad, lo que realmente dejaba traslucir su verdadero sentimiento, que era sentirse inferior a todos, un poco por el defecto físico con que había nacido en el rostro, por lo que sus amigos lo apodaban "halcón huevero". Aquello lo irritaba con una intensidad que le provocaba hasta deseos de sacar la pistola y darle un tiro al que se lo dijera. Por otro lado, había sido un universitario muy sacrificado, puesto que después de dejar de estudiar para subir a la Sierra del Escambray (quizás por poco tiempo ya que lo hizo cuando veía que era inminente la derrota del "dictador" Batista), quiso obtener galones en el nuevo gobierno. Y, posteriormente, como era amigo íntimo del comandante Efigenio Ameijeiras, fue tras este para pedirle, casi de rodillas, que lo liberaran (con salario y conservando los grados militares de capitán que casi él mismo se impuso) para hacer su carrera universitaria de Ciencias Jurídicas.

Estaba consciente, porque era una persona muy sagaz, de que la mayoría de aquellos combatientes de la Sierra, incluso los que ostentaban los grados de comandante, eran en su mayoría personas medio analfabetas, sin instrucción ni educación. Él era una persona instruida, había sido educado en los mejores colegios particulares de La Habana y, además, sería superior a todos con su título universitario. Podría llegar a Ministro o "algo más", ¿por qué no?

Moría de rabia por lo que le había dicho el Director Provincial, ¡quién era él para hacerle aquella crítica!, que no era crítica sino un verdadero insulto. Aquel estúpido no era más que uno de aquellos que si tenían cargos elevados era por haber subido a la Sierra antes que él, pero simplemente era un ignorante que malamente había concluido la primaria. Ni escribir bien sabía, porque cada vez que lo veía "garabateando" le daban ganas de reír.

Además, aquel era un "oriental bruto" y no un habanero instruido como él. Era ultrajante recibir órdenes de un sujeto así. No era lo que había planificado para su vida.

Pero en algo su yo íntimo lo traicionaba, y era el hecho de que ciertamente se le había escapado un poco de las manos aquel caso. Sintió que era su deber hacer lo máximo posible por condenar aquel sujeto que con cara de estúpido lo había ofendido en lo que más le incomodaba. "Me mentó la madre el muy desgraciado", recordaba.

"Si hubiera sido un poco menos altivo, a pesar de su condición de universitario —continuaba pensando—, quizás como él también era una persona civilizada, le hubiera «puesto una piedra» con el jefe. Podría haber esperado un poco hasta que se hubiera descubierto quién realmente era el culpable de la recogida de las armas, lo hubieran soltado y todo hubiera sido simplemente un malentendido. Lo único que hubiera tenido que reclamar eran las pésimas condiciones de su celda, que era culpa del bloqueo imperialista de los yanquis, y algún que otro pescozón, infinitamente mucho menos de lo que la gente de Batista hacía anteriormente".

Ahora iba a partir para una misión más que especial, honrosa. Debía resolverla de una manera elegante y eficaz para demostrar que él era superior, que él era el mejor y que todos ellos eran una hormiga frente a su figura mastodóntica.

En fin, calculaba que el tal Homero no era gran cosa. Simplemente había tenido suerte de salir vivo de aquel accidente y quizás un poco de sagacidad para cambiar los cadáveres. "Pero no cuenta con que nosotros no somos bobos y tenemos unos especialistas soviéticos que son fieras en la materia. Simplemente fue suerte, y esta no dura para siempre. Va a acabársele, porque yo soy mucho más inteligente. Es un dichoso-por-un-día", pensaba.

Fue a su casa, un pequeño apartamento que estaba situado en las inmediaciones de su oficina. Vivía solo, no había encontrado la mujer de sus sueños; bonita, inteligente y que tuviera algún parentesco de primera línea con algún personaje importante que le diera un "empujoncito". Eso era lo que le faltaba a él para triunfar en la vida totalmente, un empujoncito.

Esa mujer no había aparecido, como tampoco otras. Simplemente él suponía que su dificultad para encontrar una compañera se debía al poco tiempo libre. Prácticamente trabajaba de domingo a domingo, no hacía vida nocturna, pues era peligroso dado su condición de oficial del G-2, no tenía amigos que realmente lo apreciaran tanto como para invitarlo a sus casas. ¡Cómo se indignaba cuando alguno de sus compañeros se ufanaba de la "fiestecita que dimos en casa" y lo sabroso que estaba el lechón asado y lo bien que baila casino Otero...! Total a él no lo invitaban, pero se podían ir todos a la mierda, aquellos "guajimenes" (apelativo con que despectivamente se denominaba a los campesinos), con sus bailes de casino, que en definitiva no le interesaban, porque él no sabía ni bailar. Además de que tampoco podía comer aquellas comidas grasientas y excesivamente sazonadas, porque su hígado no funcionaba bien desde hacía algún tiempo. Pero se irritaba con los comentarios que hacían a su lado; estaba seguro de que eran para incomodarlo. No sabía por qué, pero notaba que no era muy simpático dentro del grupo.

CAPÍTULO 13

Uno de los errores que cometí, y reconozco que no soy muy experto, fue el cartel que puse en la esquina de la calle principal y la Carretera Central del entronque de Las Ovas, debido a su contenido. Decía: "ABAJO LAS INJUSTICIAS. VIVA LA DEMOCRACIA". Primero porque estaba en mi zona de tránsito, puesto que vivía en los alrededores y casi siempre me era obligatorio pasar por allí, y, segundo, porque a mí me habían hecho una injusticia y me estaba auto proyectando.

Esto llamaría la atención de la Seguridad del Estado y me dificultaría los movimientos. Más tarde iba a reconocer y a arrepentirme de mi estupidez.

Mi plan más importante era la fuga a Estados Unidos, por lo que me dediqué por varios días a elaborar uno que fuera lo más efectivo posible. No iba a ser fácil; yo no conocía a ningún pescador con la suficiente confianza como para pedirle ayuda. Tampoco era experto en navegación y ni siquiera sabía cuál sería el lugar ideal para poder salir con relativo éxito.

Había oído relatos de personas que salían de Cuba y después de navegar por varios días regresaban a nuestras costas pensando que estaban en los Estados Unidos. También se hablaba de pescadores que ofrecían ayuda a personas para marcharse del país y después de estar todo preparado los denunciaban a la Seguridad, muchas veces para ganar méritos en las cooperativas de pescadores o conseguir cargos.

Tenía que ser un plan bien elaborado y calculado hasta los mínimos detalles.

Se acercaba el fin del año 1979 y pensaba yo que era una oportunidad aprovechar las fiestas de año nuevo para cualquier intento.

Una mañana desperté, como siempre temprano, fui a la casa y encendí el fogón para prepararme el desayuno. Cuando había colado el café, siento un ruido que parecía el de un carro que venía por el camino. Rápidamente me asomé por la ventana y sentí que realmente era un auto que se aproximaba. Dejé todo como estaba y, en un santiamén, cerrando la puerta y la ventana, salí y fui a internarme en el monte cercano. Al pasar por el varentierra, escondí lo mejor que pude mis cosas particulares, regué un poco de hojas de mazorca de maíz que había allí y que mantenía para que me sirvieran de colchón y a su vez cubrieran el lugar donde tenía enterrada las armas.

Sentí un carro llegar y el abrir y cerrar de puertas, y aunque no podía ver lo que ocurría, conseguí escuchar.

—Don Torcuato, don Torcuato, ¿usté ejtá ahí? —sentí una voz como de un campesino. La llamada se repitió dos veces más.

Otra persona dijo:

—Debe haber alguien dentro o muy cerca, porque hay olor a café recién colado.

—Sí, lo mejor ejtá ordeñando laj vacaj —dijo la voz que parecía de campesino.

—¿Queda dónde eso? —preguntó otra voz.

—Cerquitica, al cantío di un gallo —respondió el campesino.

—El viejo vive solo, ¿no es verdad?

—Vive solito, compay, y está medio matungo en estoj díaj.

—Vamos para el pueblo y le voy a dejar encargado de contactar con nosotros cuando lo vea. Queremos saber si hay alguien acompañándolo en estos días.

—Descuídese, compay, yo paso por aquí máj dispuej.

Cuando me aseguré de que el vehículo había partido, salí por la otra parte del monte que daba al camino y pude ver de lejos el polvo que levantaba. No había duda, había cometido soberana estupidez y me iba a salir caro. De ahí en adelante tendría pies de plomo y los ojos más abiertos que una lechuza.

Había que mudar la ruta y salir a buscar otro lugar, porque cuando se dieran cuenta de que don Torcuato no estaba por allí vendrían las averiguaciones y todo se complicaría.

Estaba contra el tiempo y las decisiones debían ser rápidas. Volví al varentierra, saqué las armas del escondrijo, busqué el dinero que quedaba y saqué unas yucas del plantío. En un saco coloqué las armas, quedándome solamente con el 38, puse las yucas encima hasta cubrir el fusil y en una jaba coloqué el traje de miliciano que podía servirme en un futuro. Me puse la ropa más sucia y simple que tenía, así como un par de botas bien gastadas. Tenía que dar la apariencia de un verdadero campesino.

Fui por el camino del arroyo, donde estaban las vacas y busqué el caballo de don Torcuato, que de tanto pastar estaba gordo que parecía una yegua preñada.

Dejé el saco en un lugar seguro y volví a ensillar el animal. Yo no era un buen jinete, pero aquel caballo era más manso que un gato. Volví al lugar donde había dejado el saco, lo coloqué detrás de la silla, como lo hacen los guajiros, y salí por ese lado para evitar utilizar el camino. Debía evadir todo posible encuentro con las personas, incluyendo al campesino aquel que no conocía.

Tuve que dar tremendo rodeo, porque la cerca de alambre no me dejaba entrar en la carretera, hasta que por fin encontré una talanquera, la cual atravesé, y en cuanto comencé a andar en dirección opuesta al entronque, sentí a mis espaldas el ruido de un vehículo que se acercaba.

No quise ni mirar hacia atrás, debía actuar de una forma totalmente natural. Me bajé el ala del sombrero de guano hasta cubrirme casi toda la frente y continué como si nada hubiera detrás de mí.

Un jeep militar cuatro puertas pasó lentamente por mi lado. En el asiento del frente, al lado del chofer, iba un oficial de barba negra espesa y gafas oscuras, que hizo un pequeño movimiento como para mirar por el rabo del ojo. Reconocí aquella figura al momento. Mis nervios se crisparon, mis manos comenzaron con un movimiento involuntario a temblar de una forma incontrolable. A pesar de ello, mantuve la visión fija en el suelo y continué al mismo paso del caballo que iba a una marcha lenta.

En cuanto el jeep se perdió de vista en una curva, tomé el primer trillo que encontré internándome en el monte. Yo sabía que aquel sujeto no era un hombre común, era un sabueso, peor que el Sabueso de los Baskerville.

Entré en el monte y esperé un tiempo. Después continué bordeando, ahora en sentido contrario a donde iba; y, así, lejos de la carretera, atravesé un potrero y me senté una hora aproximadamente a la sombra de un jagüey, para pensar lo que iba a hacer.

Procuré de nuevo la carretera y decidí ir hacia el entronque. Quizás era peligroso, pero mi intuición me decía que era lo mejor. Llegué al entronque, viré por la carretera que va a Las Ovas y seguí en ese rumbo por un buen tiempo, hasta que llegué a las inmediaciones del pueblo.

Hacía muchos años que no visitaba aquellos parajes. Solo recordaba haber ido, aún joven, con mi madre a visitar unos parientes que tenían una finca y que se dedicaban al cultivo del arroz, muy común en aquella zona. Traté de ubicar la casa del pariente por pura curiosidad y por fin llegué cerca de ella. Era muy difícil que me reconocieran, por el tiempo que hacía que no los veía (una o dos veces en mi vida y en ese entonces bastante joven), y por el hecho de que ellos sabían que yo era estomatólogo; ¿cómo iban reconocerme si yo en aquel entonces parecía un verdadero guajiro y ahora con mi barba gris denotaba muchos más años de los que tenía?

Me arriesgué a entrar, quizás por aquel sentimiento de familiaridad, y además como una prueba de que no me podían reconocer.

Desmonté del caballo dejando el saco en la grupa, amarrado. Di las buenas tardes, porque ya eran casi las dos, y con esa forma habitual de los campesinos pinareños, me invitaron a pasar y a sentarme en la cocina, brindándome de comer. Yo intenté disculparme por la hora inusual de visitas, pero cuando me insistieron, después de preguntarme el nombre, de dónde era, y qué hacía por aquellos rumbos, lo cual es costumbre de todo campesino, no resistí a la tentación y me senté a la mesa a comerme un plato de arroz y frijoles con unas masas de puerco fritas y yuca, que era una delicia.

Les expliqué que andaba a la procura de puercos para comprar y que vivía cerca de Consolación. Ellos me ofrecieron un lechón de unas treinta libras por un precio razonable, y yo, por no desmentir la historia contada, amarré el puerquito, lo crucé en la silla y después de saborear un sabroso café acabado de colar, me despedí dando las gracias por sus atenciones.

CAPÍTULO 14

Gilberto, el barbudo ojos-de-halcón, leyó en su oficina los reportes de los últimos días. Eran varias las manifestaciones contrarrevolucionarias que se sucedían en esos tiempos. Aquello estaba preocupando demasiado a los agentes del G-2, porque de las instancias superiores pedían alguna respuesta a aquellos desmanes y todos estaban totalmente desorientados.

Pero un informe llamó poderosamente la atención de Gilberto, era la de un cartel aparecido en el Entronque de Las Ovas, que hablaba de justicia y democracia. Eran frases que no pertenecían a cualquier simple gusano. Su olfato le orientaba que aquello no era obra de un cualquiera.

El tal Homero suelto por ahí, aquellas cosas apareciendo…, aunque era verdad que en pueblos diferentes…, y aquello de justicia y democracia…, eran muchos indicios para que él se imaginara que algo tenía que ver con el tal Homero.

Será que aquel tonto, que él había subestimado, de un día para otro se había convertido en un subversivo hábil y activo. No quería creerlo, pero algo en su interior le decía que no debía descartar ese vínculo. Decidió que iría personalmente a ocuparse de aquel asunto del entronque.

Salió con una pequeña tropa compuesta por tres vehículos y diez hombres y, al llegar al entronque, contactó con la policía local y le pidió información sobre los habitantes.

El Jefe de la Policía local consideraba que aquello había sido obra de alguien de paso, porque en aquel lugar no existían personas tan valientes o arriesgadas. De todas formas Gilberto insistió para que le hiciera una lista de todas las personas desafectas, incluyendo las que estaban perjudicadas por la Revolución. El policía le hizo a máquina una lista de unas treinta personas y le advirtió que varias eran de tan avanzada edad que difícilmente podrían hacer algo por sí solos. En la lista incluían a don Torcuato, que aunque vivía alejado del pueblo, había sido uno de los más afectados.

Gilberto distribuyó la lista entre los tres vehículos; él quedó analizando a las personas del centro del pequeño poblado y pidió al Jefe de la Policía que le consiguiera unos guías que conocieran la zona para facilitar las investigaciones. Uno de ellos fue a la finca de don Torcuato, pero regresó sin haber dado con él.

Toda la mañana la pasaron en esos trajines, y al mediodía Gilberto decidió salir del pueblo y dar una vuelta por los alrededores. Cuando iba por la carretera, encontraron por el camino a un guajiro que iba a caballo, y al pasarle por el lado una sensación de erizamiento en los pelos lo sacudió. Hizo un leve movimiento del rostro y con el rabo del ojo observó de pasada al campesino. Algo lo había martirizado en ese momento, pero continuaron adelante. Después de avanzar más o menos un kilómetro, tras una curva, un impulso le hizo ordenar al chofer que virara inmediatamente. Algo le estaba diciendo que tenía que regresar, y ese algo tenía que ver con aquel guajiro.

Al regresar ya no consiguieron avistarlo. Ordenó parar varias veces para mirar hacia ambos lados de la carretera, pero fue en vano. Se lo había tragado la tierra.

Regresaron al entronque y allí conversó de nuevo con el Jefe de la Policía. Le describió vagamente al campesino y la respuesta no fue positiva:

—Tenemos tantos guajiros de esa forma que me describes, compañero, que ni un adivino es capaz de darte una respuesta —dijo el Jefe de la Policía.

Estaba seguro de que alguna cosa extraña había con aquel sujeto y decidió recorrer un poco más los alrededores. Iría a Las Ovas, quizás allí tendría alguna información útil.

Llegó a la hora del mediodía, fue a la Jefatura de Policía y procuró al jefe. No estaba, le informaron:

—Fue a almorzar a su casa —dijo el ordenanza.

Decidió procurar un lugar para merendar, porque los hombres que estaban con él sentían apetito. Pararon en el único bar del pueblo, que vendía alguna cosa, en especial "croquetas de ave..." (ave-rigua lo que contenían) y refresco de guayaba medio amargo, porque no tenían suficiente azúcar.

Eran alrededor de las dos de la tarde y, mientras ellos regresaban por la Calle Central a la Jefatura de Policía, cerca de allí el campesino que Gilberto buscaba pasaba por otra calle procurando la casa de un pariente.

Después de hablar con el que fungía como jefe de aquel puesto, y obtener pocas informaciones, porque realmente era medio retrasado, Gilberto y su comitiva decidieron regresar al entronque, y más tarde a Pinar del Río.

Una angustia le oprimía el pecho y algo le decía por dentro que debía insistir con las investigaciones por aquella zona.

Él era muy intuitivo. Virtud esta que heredó de su madre, por la cual sentía una mezcla de orgullo y resentimiento.

En su apartamento, ya entrada la noche, como no tenía sueño, comenzó a recordar su infancia, su juventud, la vida que había llevado...

Por su mente pasaron, como en los episodios, momentos que lo habían marcado. Se acordó de su difunto padre, que era dueño de un bar-restaurante en la calle Águila, al cual asistían muchas personas de clase media y algún que otro político; de cómo su madre era, además de la cajera, la que llevaba toda la contabilidad. Era muy preparada ella, puesto se había formado de contadora profesional, y aunque no ejercía profesionalmente, le era muy útil en el negocio que compartía con su esposo. Él era medio lerdo, muy trabajador y hábil para hacer negocios, pero quien administraba con mano férrea era su madre.

Ella sí era una bárbara. Era tan sagaz que hasta le pasaba el pie a su propio marido, colocando en una cuenta secreta que tenía en el banco parte de las utilidades, sin que él se percatara.

Una vez le preguntó con resentimiento a su madre el porqué de aquella deformidad en el rostro que hacía que todos sus compañeros y amiguitos del barrio le dedicaran burlas.

Ella le contó que el médico lo achacaba al accidente que tuvieron una vez estando ella embarazada de dos meses, que le produjo algunas lesiones leves, pero muy dolorosas en todo el cuerpo. Su padre, que siempre fue un soberbio y que aquel día había bebido de más, al llegar a la clínica particular, donde los atendieron, pidió al médico que le hicieran radiografías desde los pies hasta la cabeza. Como era una clínica particular y el radiólogo era uno de los socios, se aprovechó del alarde de su padre y le dijo que le iba a costar un poco caro. Él, como hacía con frecuencia, sacó un fajo de billetes del bolsillo y le dijo en forma despectiva: «Háganle todas las que necesiten y más, puesto que yo tengo dinero para comprar la porquería de clínica esta".

En vista a su arrogancia le hicieron veintidós tomas, comprobándose después que no tenía ninguna lesión ósea. Esa, según le explicó el pediatra que lo atendió cuando niño, había sido la posible causa de la deformidad, la exposición exagerada a los rayos X.

Cuando su padre murió de un ataque cardíaco, su madre tomó las riendas del negocio sola, utilizándolo mucho en las tareas de abastecimiento, cosa que lo irritaba bastante, porque tenía a veces que perder clases. Al triunfo de la Revolución él había terminado su bachillerato, y su madre, que era una fiera, rápidamente se enredó con un Capitán, combatiente de la Sierra, muy cercano a Fidel, al cual sedujo para que la dejaran de administradora de su propio negocio cuando este fuera intervenido. Así, de dueña pasó a administradora, que era prácticamente lo mismo, o mejor, porque no tenía que invertir nada y la mayor parte de las utilidades se las embolsaba.

Él también había heredado de su madre sus habilidades. El único amigo, por así decirlo, que tenía en la escuela, era muy pobre y a veces no tenía dinero para comer. Le decía que fuera después de las tres de la tarde cuando todos hubieran terminado de almorzar en el restaurante de su madre, y le ofrecía sobras de comida que los usuarios dejaban. Separaba los pedazos grandes de bistec, los pocos pedazos de pollo, algún sobrante de picadillo, de congrí, etc., y lo colocaba en una cantina, ofreciéndoselo como si fuera comida normal.

Como ese amigo tenía amistades con la gente del Directorio 13 de Marzo, muy especialmente con Faure Chomón y con Cubelas, le pidió que le ayudara a subir a la Sierra del Escambray, donde estaba alzada la gente del Directorio.

Era a mediados del año 1958 y la caída del régimen se vaticinaba como inminente. Era necesario aprovechar esa oportunidad, unirse al carro y después aprovecharse de la Revolución para obtener cargos importantes en el gobierno que se formara.

Se presentó como estudiante Universitario, lo cual era mentira, y consiguió, casi autoconcedidos, los grados de capitán, sin haber participado en una sola escaramuza, ya que las evitaba, porque tenía un miedo atroz a las balas.

En cuanto se supo de la huida de Batista, bajó inmediatamente y llegó a Santa Clara, logrando con gran habilidad sumarse a las fuerzas del Che Guevara, que era el comandante más prestigioso e importante de aquel momento.

Llegado a La Habana, se las arregló para ocupar un cargo dentro de la oficialidad en la Cabaña y después entrar en el incipiente Departamento de Seguridad del Estado, donde por mediación de la amistad medio distante que tenía con Efigenio Almeijeiras, en aquel entonces Jefe de la Policía, lo dejaron hacer su carrera de Ciencias Jurídicas con salario pago (la carrera no la terminó, como todo lo que empezaba). Aquello le iba a reportar muchos beneficios, el primero de ellos, ser designado uno de los jefes del G-2 en la provincia de Pinar del Río, más los grados de primer capitán.

Era uno de los pasos firmes para lograr su objetivo: ocupar un alto cargo dentro de la Dirección del Gobierno. Se sentía predestinado a ello.

Cuando era niño, quizás con unos siete u ocho años, visitaba la casa de un vecino que era un señor de unos cincuenta años de edad, cabellos rubio-grisáceos, rostro firme y mirada penetrante, de piel rubicunda, que hablaba con un deje de la voz que parecía extranjero, medio enredado como hablan los americanos o los alemanes. Por alguna causa que desconocía estaba paralizado de la cintura para abajo y tenía que desplazarse en una silla de ruedas o, a veces, con unas muletas y unos aparatos de hierro que aseguraban sus rodillas, lo cual le impedía moverse con facilidad.

El vecino pasaba la mayor parte del tiempo leyendo libros que almacenaba en forma desordenada en estantes que cubrían todas las paredes de la sala de estar. No tenía al parecer muchas amistades, se diría que ninguna a excepción de Gilberto, quien, como tampoco tenía amiguitos para jugar, sentía placer en ir a casa de Hans, que era el nombre de aquel señor.

El niño se había hecho su amigo y pasaba horas y horas oyéndolo hablar de sus "aventuras" de la juventud, cuándo podía andar y correr como todo el mundo.

Se deleitaba con las narraciones que hacía del tiempo en que era soldado y combatió en la "segunda guerra" al mando del mariscal Rommel, el hombre más intrépido, valiente e inteligente que había en el mundo.

No sabía de aquel mariscal ni de otros nombres que mencionaba Hans, pero en su mente infantil se fue creando un personaje que guardaba similitud con las descripciones que hacía Hans sobre el militar.

—Tendrías que ver a aquel personaje —decía—. Era una personalidad que no tiene comparación. Con su uniforme impecable, comandando los soldados con una disciplina férrea. No dejaba que nadie le contradijera ni aceptaba opiniones de estúpidos sin educación militar.

Después le hacía los cuentos de cuando era investigador de la Policía secreta de su país, su gran país, como siempre decía.

—Para ser un investigador eficaz, lo primero que hay que tener es sangre fría —le explicaba con una voz soberbia y cautivante—. No tener compasión con nadie. Pensar siempre que la persona que tú procuras es tu enemigo y no darle tregua. Yo tenía —continuaba con sus explicaciones— que desenmascarar a un enemigo de mi gobierno. Lo seguí día y noche hasta que detecté que estaba haciendo cosas que no eran del agrado de mis jefes. Ahí lo cogí mansito y lo llevé a mis superiores. Yo mismo lo hice hablar, porque todos los hombres tienen un límite en la vida y tú tienes que llevarlo a ese límite por cualquier medio que sea.

La corta edad de aquel muchacho no le permitía hacer un juicio exacto de lo que estaba escuchando de Hans, pero su mente se hacía permeable a todo, repasaba cada palabra, cada frase, como si fueran la de su maestro, quizás mejor, porque nunca tuvo en la escuela un maestro que lo cautivara como su amigo.

Él no entendía mucho, no sabía ni cuál era el país del que le hablaba, pero lo que sí estaba claro para él era que resultaba impresionante todo lo que oía, y aquellas palabras quedaban grabadas en su mente infantil.

Día a día iba a casa de Hans, se deleitaba con los cuentos fabulosos de su amigo, con las intrigas que cada día eran más interesantes. Gozaba de lo lindo cuando aquel rostro se acercaba al suyo y casi en un susurro le decía cosas que se le impregnaban en su espíritu, tales como la forma en que amedrentaba a sus prisioneros, los métodos que utilizaba para conseguir sus propósitos, y aquellas interminables y distraídas conversaciones se sucedieron por muchos años. Gilberto, ya un joven mozo de doce años, seguía deleitándose con las historias descabelladas de Hans.

Un día fue a casa de su amigo y encontró la puerta cerrada y, cuando insistió en la llamada, la vecina le dijo que Hans había muerto la noche anterior, que estaban velándolo en la funeraria.

Con una tristeza sin límites, hasta entonces desconocida, fue a la funeraria a darle el último adiós a aquel que con sus narraciones le había satisfecho sus más escondidas ansias. Había sido la persona que más le había influido en la vida, más que sus propios padres, que ni se ocupaban de él por causa de sus negocios.

No cabía duda, cuando fuera un hombre imitaría al personaje que le había inculcado su amigo. Lo presentía, sería como él.

CAPÍTULO 15

Atravesé a caballo toda la llanura que separaba el poblado de Las Ovas del puerto de La Coloma. Tuve que utilizar atajos hasta ahora inexplorados, pero después de una jornada agotadora vi los mástiles de las embarcaciones que normalmente están ancladas en el puerto y sus inmediaciones.

No sabía a ciencia cierta por qué había utilizado aquella ruta para huir de la posible persecución a que me tenía sometido aquel sabueso. Yo presumía que ahora lo de esta criatura era un problema de honra. Me preguntaba por qué con tantos oficiales que tenía la Seguridad me encontraba con este en mi camino, no era normal.

No conocía a nadie en aquella zona, andaba sin rumbo ni destino. Paré en un pequeño comercio que había en las afueras de la ciudad en una calle secundaria, con el objetivo de tomar algo fresco, porque el calor era elevado y en el trayecto había tragado mucho polvo. Los campos estaban resecos por la falta de lluvia y los caminos calcinados por el sol. Un señor que estaba haciendo compras me preguntó si quería vender el puerquito. Yo lo había comprado para tener un pretexto, pero no iba a conseguir mantenerlo. Al ver que me ofrecía más de lo que había pagado, decidí vendérselo. Con eso alivié el peso al caballo, que estaba cansado y sudoroso, pues eran muchos los días que había pasado pastando sin hacer esfuerzo alguno y había engordado mucho, lo que dificultaba la travesía; consciente de ello, andaba al paso. Yo no tenía prisa alguna y andar despacio me permitía pensar mejor. Tenía que procurar un lugar seguro donde dejar aquellas armas que cargaba con tanto peligro. Monté de nuevo, siempre utilizando calles secundarias alrededor del pueblo, y al doblar una esquina, casi me caigo de la bestia, porque me fui de narices con un carro que reconocí al instante, mi querido Studebaker. Atónito, reparé en el estado lastimoso en que se encontraba. No podía ser aquel carro cuidado, limpio, "paradito", como solían catalogar a los que estaban en buen estado a pesar de los años de fabricados. Es verdad que lo que se obtiene fácil no se ama. Por esas cosas aquel régimen que quería imponer la propiedad colectiva no adelantaba. No era propiedad colectiva, era simplemente quitar lo de una persona para dársela a otra que, como lo había ganado "de mansa paloma", no le daba valor, utilizándolo hasta que no diera más. Debía ser algún dirigente o algún miembro de la seguridad.

Eran pasadas las cinco de la tarde y en pocas horas sería de noche. Encaminé mi caballo hasta una arboleda que había a dos cuadras, desde donde podía ver con claridad mi carro. Por suerte, la persona que lo utilizaba ahora no lo movió de allí. Al caer la noche, escondí mi caballo en un lugar bien intrincado y valiéndome de las sombras, llegué hasta el auto. Iba a ver si aquel pequeño defecto que no había arreglado aún persistía. Apreté la puerta izquierda trasera hacia dentro y accioné la cerradura consiguiendo abrirla sin dificultad. Abrí la del chofer, entré con mucho cuidado para no hacer ruidos innecesarios e hice un puente con los cables del encendido. Arranqué y con suavidad salí doblando en la primera esquina. Vi que tenía medio tanque de gasolina, lo dejé estacionado a unas cinco cuadras de donde tenía el caballo y recogí el saco con las armas, solté al pobre animal, que tanto me había servido, para que pudiera alimentarse, y regresé. Salí esta vez a una velocidad que no llamara la atención, pero que me permitiera alejarme urgentemente de aquel poblado. Era un riesgo enorme, pero no pude resistir la tentación de ver mi querido carro y no hacer algo. Consideré que Dios lo había colocado en mi camino y aproveché esa dádiva divina.

Llegué a Pinar del Río y entré por una calle lateral, encaminándome hacia la salida a Viñales, porque mi próxima visita sería a Puerto Esperanza. Tenía que explorar aquella zona para ver si conseguía lograr mi objetivo final; salir de Cuba.

Vi una placa en la carretera anunciando que la ciudad estaba a dos kilómetros. Salí de la carretera principal y utilicé una secundaria entre unos mangles hasta que llegué a un lugar desierto en la costa. A mi izquierda había una loma que me permitía, no sin alguna dificultad, subir con el carro. Llegué a la cima y di con un barranco de unos veinte metros, y al fondo el mar, que estaba sereno y calmo. Parecía profundo. Coloqué mi otrora maravilloso carro de frente para el barranco, a unos cinco metros puse una piedra pesada en el pedal de embriague, accioné la palanca de cambios en primera, puse otra piedra en el acelerador. Arranqué, y con el carro acelerado en primera, salí, dejé la puerta abierta y retiré la piedra del embriague saltando a un lado, mientras el carro salía disparado hacia adelante. Saltó al vacío haciendo una curva de varios metros y calló en el mar hundiéndose lentamente en aquellas aguas profundas.

Sentí una angustia indescriptible cuando veía mi lindo Studebaker, aquel que con tanto cariño mi padre me obsequiara; recuerdo aún sus palabras: "Hijo, yo no estoy en condiciones de manejar, por mi vista; además tú eres un profesional que lo necesita más que yo. Quédate con el carro". Yo sabía que él se estaba desprendiendo de la última propiedad que le quedaba. Le prometí a él, y a mí mismo, que lo cuidaría siempre con mucho cariño. Pero que lo disfrutara un degenerado después de habérmelo arrebatado aquel desgobierno, impune y descaradamente, eso no lo iría a permitir. Era mejor verlo en el fondo del mar, por lo menos los peces lo podrían aprovechar para protegerse.

Regresé por el camino hasta la carretera. Entre el mangle se podía apreciar una ceiba de gran tamaño y fui hasta ella. Me pareció un lugar ideal para dejar las armas. Era muy arriesgado andar con ellas a rastro. Entre dos de sus poderosas raíces, que sobresalían casi medio metro, deposité el saco, el cual cubrí con un poco de tierra, hojas y ramas secas. Salí a la carretera, siempre con mi 38 a la cintura, porque no me iba dejar coger mansito. Marqué el lugar para no perderme si regresaba y caminé varios kilómetros hasta que llegué al pueblo.

Eran casi las diez de la noche, había pocas personas en la calle y divisé un pequeño restaurante donde me arriesgué a pedir algo de comer a pesar de lo avanzado de la noche. Por suerte, ofertaban unas sardinitas fritas y un poco de potaje de chícharos sin sabor a nada, pero como cuando hay hambre no hay pan duro, me satisfice y de paso conversé con el empleado que me atendió, un señor de más o menos mi edad, que según me dijo era nacido y criado allí.

Hablando con un deje de campesino le hice saber que estaba a la procura de unos parientes que no sabía bien donde vivían, de apellido Pérez (Pérez es el apellido más común en Cuba) y el empleado, riéndose, me lo hizo saber:

—Compay, Pérez en Puerto Esperanza hay más que cangrejos —dijo sonriendo.

—Pero si me dice el nombre de pila quizás lo pueda orientar. Conozco a casi todo el mundo aquí.

—Inocencio, Inocencio Pérez —inventé sin saber a dónde quería llegar.

—Aquí hay un Inocencio Pérez, pero es un señor muy viejo, no sale a la calle hace tiempo, por lo menos hace cinco años que no se ve por ahí —bajó la voz parece que con pena—, después que a su hijo lo "cogieron" llevándose un barco para la Yuma. Le metieron diez años.

—¡Qué pena!, no sabía que su hijo fuera un gusano —dije a modo de excusa.

—Ellos eran revolucionarios, y Daniel era el patrón del barco, pero le dieron un montón de fulas unos ahí de La Habana, y cuando estaba casi llegando al límite marítimo, fue capturado por una lancha guardacostas —y continuó—. Yo no sé lo que le dio a Danielito, porque él, mejor que nadie, sabía cómo está de vigilado esto por aquí.

—¿Dónde me dijo usted que vivía Inocencio, compañero?

—Continúe andando hasta la playa, vire a la derecha y en una casita verde con las puertas blancas, que tiene una lancha que se llama Dany en el portal, ahí va a encontrar a Inocencio, aunque no sé si estará despierto a estas horas.

—Gracias, compañero, será mejor ir mañana —dije en forma de despedida. Pagué mi cuenta y salí rumbo a la playa.

Doblé a la derecha y, después de andar unos cincuenta metros, encontré la casa verde. La lancha era de las que usaban los pescadores y el nombre Dany supuse que era un diminutivo de Daniel. Había una ventana abierta y una luz amarillenta delataba la presencia de alguien levantado.

Comencé a pensar y repensar. ¿Debía arriesgarme? Últimamente había hecho cada barbaridad…, que se me erizaban los pelos. No iba a tener suerte siempre. No debía abusar. Pero un instinto que yo desconocía, que no era habitual en mí, una persona que siempre había sido metódica y temerosa, había sacudido mi ser. Voy a ver qué pasa y que sea lo que Dios quiera.

Toqué a la puerta y una voz ya gastada por los años, y quizás por los sufrimientos, me contestó:

—¿Quién es?

—Es un amigo de Daniel, don Inocencio. Desearía hablar unas palabritas con usted —dije en un tono aparentemente familiar.

La puerta se abrió y apareció un señor de unos setenta años, de barba blanca, piel reseca y arrugada por la acción del sol, propio de los pescadores, mirada noble, estatura mediana, delgado y unos ojos cansados, no tanto por los años sino por los sufrimientos. Me miró unos segundos, como intentando reconocerme y me dijo.

—Tú no eres de por aquí. ¿Cuál es tu nombre? ¿De dónde conoces a Daniel?

Las preguntas llovían y me quedé como pasmado. Eran hechas con desconfianza y enemistad.

Había que arriesgarse, aquel señor de barba blanca y cara de sufrimiento no merecía mentiras.

—Mi nombre es Homero, estaba preso en la Granja no. 2 y, en realidad y para no mentirle a una persona decente y honesta como me parece el señor, no conozco a su hijo —dije con todo lo que me quedaba de valentía en el pecho.

Don Inocencio me miró escrutándome con profundidad. Yo sostuve su mirada durante unos segundos que parecieron siglos. Por fin me dijo:

—Entra y cuéntame tu historia.

—Sin pensar en las consecuencias, le conté a aquel señor que acababa de conocer todo de mi vida, punto por punto. Él me escuchó sin decir ni una palabra.

Cuando terminé mi relato, se pasó la mano por la barba, recostó su espalda en el asiento mirando para un lugar cualquiera en el techo y, después de una larga pausa, me dijo:

—Hace muchos años, creo que Fidel no estaba ni en la Sierra, oí por la radio una novela que se me parece mucho a lo que usted acaba de contarme —ahora me llamaba de usted.

—Quisiera que lo mío fuera una novela y no la dura realidad que estoy viviendo —dije con una tristeza que no dejaba duda, era sincera—. Nadie mejor que el Señor sabe lo que es prácticamente perder a los seres más queridos. Yo, mis padres, mi esposa y mi hijo, que aunque están vivos, gracias a Dios, están sufriendo y no puedo ni acercarme a ellos —y continué—; usted, que tiene a su hijo en la cárcel cumpliendo diez años por hacer una cosa que no le gusta al Gobierno, pero que no es delito en ninguna parte del mundo y menos para condenar a una persona tan severamente.

Las palabras brotaban de mi interior con un sentimiento profundo y triste.

Los ojos de Inocencio se humedecieron y me preguntó:

—¿Tienes dónde dormir esta noche? —le contesté negativamente y me brindó su casa.

—Mañana hablaremos un poco más, duerme en la cama de mi hijo —me dijo a modo de despedida y me señaló un cuarto. Entré y, con ropa y todo, siempre preparado para cualquier eventualidad, me tiré en la cama. Algo me decía que había hecho lo correcto. Me dormí profundamente sin darme cuenta.

CAPÍTULO 16

—Capitán, anoche le robaron el carro al teniente Roque —fue la primera noticia que recibió al llegar a su oficina.

—¿Cómo es eso de que le robaron el carro? —dijo irritado— ¿Quién y cómo fue?

—No sé, compañero Capitán. El Teniente está haciendo un informe para entregarlo a la policía.

—Llama inmediatamente a Roque —ordenó furioso.

En su oficina entró un oficial con los grados de teniente que lo saludó militarmente.

—¿Qué historia es esa de que te robaron el carro? —hablaba alto y muy molesto. El Teniente, muy aprensivo, le contó que estaba en su casa descansando de la guardia del día anterior, era su descanso normal. El carro, que él mismo le había dejado usar para ir a la Coloma, donde vivía, estaba enfrente. Cuando se levantó se dio cuenta de que no estaba allí. Nunca pensó que alguien se atreviera a algo así. Le informó al Jefe de la Policía y estuvieron buscándolo por todo el pueblo sin hallarlo.

—Es muy extraño —dijo con pena.

Cuando esté terminado el informe me lo das personalmente. Yo me encargo de todo.

Estúpidos. Todos eran unos ineptos, el único que tenía un poco de materia gris en el cerebro era él. Los demás debían tener aserrín.

Aquello era obra de Homero, pero ¿cómo podía estar ese hombre en tantos lugares a la vez?, ¿cómo podía atreverse a tanto? ¿Sería que era la misma persona la que estaba cometiendo tantos desmanes?

Estas preguntas estaban dando vueltas en su cabeza una y otra vez. Ese tipo lo iba a volver loco, lo iba despretigiar delante de todos. No podía creerlo. Pero en su interior había una seguridad. Era él. No cabía la menor duda. ¿Sería que tendría que sufrir aquella humillación por causa del maldito Homero García?

Telefoneó para todos los puestos de policía de la provincia, para todos los comités regionales de los CDR, para todas las unidades de la Seguridad. Tenía que encontrar aquel carro, porque con él estaría aquel hijo de puta.

Empezó a andar de un lado para otro en su oficina, estaba como loco, en su mente había un nombre que martillaba su cerebro, HOMERO GARCÍA.

¿Acaso este débil mental iba a atravesarse en su victorioso camino hacia la cima del mundo?

Tenía que hacer algo concreto. Pensar con calma, trazar un plan que fuera efectivo y capturar a ese gusano inmundo.

¿Pero cómo? No sabía ni por dónde empezar. A La Coloma no iría; se daba cuenta de que Homero no era tan burro para estar allí. Ahora no podía subestimar su inteligencia como lo había hecho anteriormente. Tenía que enfrentarse a un ser distinto al que había interrogado y mandado a la cárcel meses atrás.

¿Cómo es posible que una persona cambie en tan poco tiempo?, pensó en voz alta.

Tuvo que asimilar que había cometido un grave error al culpar a aquel inocente. No sabía por qué, pero desde el primer momento que habló con aquel desgraciado, instintivamente algo le había incomodado. Quizás por ello hizo hincapié en el informe negativo sobre el sujeto. O sería que en su afán de subir había perdido el buen sentido. Para él era imprescindible ascender. Tenía que llegar al tope en la vida. Quería vivir en una de aquellas mansiones de Miramar, lindas, con muchos cuartos, con un lujo propio de su clase, con varios carros en el garaje a su disposición, con una mujer linda e influyente que lo ayudara a salir adelante, con sus hijos, que trataría fueran perfectos, sin defectos físicos. Quería verlos felices jugando con sus bicicletas, bañándose en la piscina, siendo envidiados por todos. Él no iba a ser tan mezquino y retrógrado como aquellos viceministros y su propio Ministro del Interior, que se pasaba todos los fines de semana haciendo fiestas con aquellas actrices de televisión, que no eran actrices, eran unas putas de mierda que estaban subiendo profesionalmente porque eran protegidas de los "mayimbes" (como decían a los altos dirigentes del Gobierno), y todo el mundo sabía que buscarse problemas con personas de ese nivel no era "bueno para la salud".

No, él quería una familia decente, quería viajar con ellos a París, Londres, Madrid, Berlín, Roma, Egipto, Moscú y tantos y tantos lugares bonitos que hay en este mundo. Viajar era una de sus obsesiones. En aquellos momentos de soledad, eran dos sus mayores placeres. Ver las revistas de turismo donde se podía disfrutar de aquellos lindos paisajes, aquellos lugares preciosos, Río de Janeiro, tan lindo... Y el otro placer era ver una y otra vez las revistas pornográficas que disimuladamente había colocado en su abrigo cuando detuvieron al comunitario con cara de chulo que quería entrar al país con aquellas revistas obscenas, prohibidas...; deleitarse con las poses de aquellas lindas mujeres desnudas, y las que estaban haciendo sexo, masturbándose una y otra vez hasta quedarse agotado.

Nunca había tenido contacto sexual con mujeres. Quería conservarse íntegro para cuando se casara. La única vez que intentó hacer algo fue con una prostituta, que al quitarse la ropa le dijo:

—Quítate los espejuelos oscuros que no estamos en la playa —al sentir aquella frase medio burlona le dio una soberbia que le impidió la erección, y dándole una bofetada se vistió, tiró cinco pesos en el suelo y salió dando un portazo que debe estar oyéndose todavía en todo el barrio Colón.

¿Pero qué coño le estaba pasando?, en vez de preocuparse con su trabajo y con el tal Homero, estaba distraído con aquellas boberías.

Pidió al ordenanza que le trajera su jeep y le ordenó al chofer que fuera hasta la ciudad.

—¿Hacia dónde vamos capitán? —preguntó el chofer— Dale palante y no preguntes, te diré cuándo sea necesario.

No tenía una ruta preestablecida, pero necesitaba salir a la calle, porque Homero estaba en algún lugar y él tenía que encontrarlo.

Por la radio le enviaron un mensaje que decía que habían visto el carro en cuestión cerca de Rumayor.

—A Rumayor, rápido —ordenó al chofer.

Entró al camino que conducía al cabaré Rumayor. Pocas veces había visitado aquel lugar y siempre lo había hecho en misiones oficiales, como ahora. El chofer estacionó el carro y se dirigió a la puerta principal, que daba al restaurante y donde estaban las oficinas del administrador.

Rumayor es un cabaré rústico. Estaba construido, la mayor parte, por troncos que simulaban chozas indígenas, con techo de guano muy bien montado, espacioso, con caminos escalonados y rodeados de vegetación, que unían las diferentes construcciones. Había pistas de baile, lugares entre los árboles y cañas bravas que daban un tono exótico al lugar, camerinos donde se arreglaban los artistas... Ocupaba un área de unos quinientos metros de diámetro y en su restaurante se comía sabroso de verdad, teniendo mucha fama el pollo a lo Rumayor y su sabroso congrí.

Entró a la oficina del administrador sin tocar a la puerta. El que estaba a esa hora era el subadministrador, porque el otro había salido a hacer unas "gestiones".

Gilberto era conocido por todos en la ciudad. Se sabía que era un oficial duro e intransigente. Todos le temían, hasta sus compañeros.

—Me dijeron que anoche estuvo por aquí un Studebaker 1957 azul. Quiero informaciones al respecto —dijo sin siquiera saludar.

—Nadie vio ese carro que yo sepa —dijo medio tartamudeando el subadministrador.

Cualquier información al respecto la quiero inmediatamente —dijo con frases amenazadoras—. Sabes cómo hacerlo.

Salió de aquel lugar y al llegar a la carretera indicó secamente al chofer:

—Viñales.

CAPÍTULO 17

"Te enteraste, Dolores, Fidel va a abrir el puerto del Mariel para que todo el que quiera se vaya para el Norte", había oído decir a una compañera de trabajo. "Ahora el que tenga un pariente en el Norte y lo venga a recoger en una lancha se salvó".

Ese día Dolores fue a casa de mis padres y les contó lo que ya todos sabían. Ella siempre los visitaba los fines de semana porque a Vladimir le gustaba mucho jugar en el patio de la casa, subir a las matas de guayaba y de mango..., los cariños que tanto su abuela como su abuelo le daban. Ella siempre les había dicho que estaba convencida de que yo no había muerto. Ellos pensaban que era el amor que siempre había sentido por su hijo, pero ello les alimentaba la esperanza.

Los llamó aparte y, mientras Vladimir jugaba con el vecino de enfrente, les contó lo que había pasado aquella noche maravillosa en que supo que estaba vivo. Les pidió perdón, pero ellos entendieron que era una orden mía y les pidió su consentimiento para irse con Vladimir si conseguía utilizar aquella vía.

Mi padre le dijo que iría a entrar en contacto con mi tío, que estaba en Miami, bien de posición, para pedirle que los viniera a buscar. Intentó convencerlos para que fueran con ella y su nieto, pero se negaron aduciendo que tenían que dejar las únicas cosas que tenían en su vida, la casa y los recuerdos, y que estaban muy viejos para aventuras.

Llegó esa noche a casa y los pensamientos la maltrataban. Ella quería cumplir la promesa hecha a su amado, pero a la vez sentía un remordimiento en dejar el lugar donde yo estaba, y, peor aún, en peligro.

Una lucha interior se estableció entre el corazón y la razón. Su corazón de esposa le decía que debía quedarse y correr los mismos peligros que yo y quién sabe si ayudarme en una situación de riesgo. La razón le dictaba que debía irse, porque de esa forma cumplía la promesa hecha y además era una carga menos para mí. Eso me facilitaría las cosas para tratar de salir del país y encontrarme en los Estados Unidos, comenzar una nueva vida llena de amor y esperanzas.

Pasó varios días en aquella lucha interna. No podía trabajar ni hacer las labores de la casa. Vladimir la veía en aquel estado y le decía:

—Mamita, ¿qué te pasa que estás así?

Y ella respondía:

—No es nada, mi hijito, son los recuerdos de tu papi.

Dos semanas después comenzó la desbandada. Al puerto del Mariel comenzaron a llegar barcos y lanchas de todos los tamaños en busca de los familiares. En principio, Fidel pensaba que era poca cosa, pero cuando se dio cuenta de que iba a quedarse prácticamente solo, con esos instintos malévolos que lo caracterizaron siempre, sacó de la cárcel a cuanto delincuente común, asesino, violador, etc. Encontró. Sacó también a los dementes de los hospitales psiquiátricos y los mezcló con las personas sanas. Además, dio carta abierta para que todos los homosexuales que quisieran utilizaran esa vía.

Dolores recibió un recado de mis padres y fue a visitarlos. Ellos habían contactado con el tío y este había prometido venir a buscarlos en una lancha así como a otros varios familiares que se lo habían pedido. Era solo confirmar el día en que llegarían. Ella pensaba que aquella noticia le traería un poco de alegría, pero al contrario, sentía una angustia enorme al saber que dejaba atrás a su amado esposo. ¿Qué sería de él? ¿Volverían a encontrarse alguna vez? Esta y muchas preguntas no salían de su mente. No podría encontrar las respuestas, porque esas eran sólo el destino y la mano poderosa de Dios.

Con los ahorros que tenía, y llenándose de coraje, decidió que iría rápidamente al santuario del Cobre. Iría a pedirle a la Virgen de la Caridad protección para ellos y muy especialmente para mí. Dejó a Vladimir con mis padres e hizo aquel viaje, que fue un martirio, dada las condiciones del transporte. Era una persona muy decidida y con mucho carácter.

Cuando regresó a Pinar le dijeron que en una semana estarían esperándola en el Mariel, por lo que separó las cosas que iba a llevar y esperó a que llegara aquel día, siempre pensando en el amor de su vida, de su corazón.

Llegó el día en que le avisaron que tenía que ir al Mariel, desde hacía algunas horas se había congregado un grupúsculo de personas enfrente a su casa diciendo improperios, lanzándole huevos, barro, y hasta piedras. Fueron unas horas desesperantes, hasta que consiguió salir con Vladimir hacia el carro que las llevaría al puerto del Mariel. Sintió un desprecio terrible por aquellas personas que se prestaban a hacer semejantes vejaciones, incluso entre ellas vio a compañeros de trabajo que, más o menos, la trataban siempre con cariño.

Llegaron al Mariel y por poco se vuelve loca. ¡Aquello era una locura! Personas tratando de salir sin haber sido invitadas, listas y más listas donde no aparecían ni ella ni Vladimir. Mostró el permiso de Inmigración a varias personas hasta que por fin le indicaron el lugar donde estaba el yate en que la vinieron a recoger.

Divisó el yate y se presentó al oficial que estaba embarcando a las personas. No veía por parte alguna al tío, pero un joven de poco más de veinte años le dijo que venía de parte de él y que era sobrino de su esposa.

Montó en el yate con lágrimas en los ojos. Veía a Vladimir tenso porque ella estaba triste y él no podía razonar con su corta edad lo que estaba pasando.

Eran las cuatro de la tarde cuando el yate, que tenía capacidad para unas quince personas, pero que viajaba con más de veinte, salió lentamente del puerto. A cada metro que se alejaba de la costa, se incrementaba el dolor en la sien que tenía desde que salió de su casa.

Todo el trayecto hasta Miami lo pasó con Vladimir en sus piernas, abrazándolo fuertemente, llorando y rezando a la Virgen de la Caridad del Cobre para que me diera protección y me dejara salir y reencontrarme con ella.

Después de una travesía larga y afortunadamente sin contratiempos, avistaron lo que le dijeron era uno de los puertos de la Florida. ¡Habían llegado a la libertad!

CAPÍTULO 18

En la búsqueda que habían hecho en La Coloma para tratar de encontrar el carro robado, la única cosa que llamó la atención fue que encontraron la cabeza y las patas de un caballo y una silla de montar. Era lo único extraño que había aparecido.

Avisado por el Teniente, Gilberto pidió que le trajeran la silla para analizarla.

Cuando la trajeron comenzó a revisarla palmo a palmo. En una de las esquinas tenía unas siglas, TP, y rodeado de un círculo el logotipo "Serafín y hno". Esta pista lo llevaría a saber después de investigaciones que la silla había sido fabricada en el entronque de Las Ovas. Fue sin perder el tiempo al entronque, se informó donde era aquella fábrica de sillas de montar, que no era una fábrica sino dos hermanos que hacía tiempo las fabricaban, pero que por falta de material habían dejado de hacerlo. Durante la investigación, Serafín, que era un señor de más de setenta años, le dijo que se la había hecho al señor Torcuato Pérez, ex dueño del Bodegón, como le decían al comercio que tenía don Torcuato.

Regresó a hablar con el Jefe de la Policía, quien le informó dónde vivía Torcuato y, además, que una de las Unidades que estaban con él había estado en su casa sin encontrarlo.

Llevó un guía, y fue directo a la finca donde Homero había pasado aquellos tiempos. Su olfato le decía que era aquel el camino cierto para llegar al desgraciado.

Revisaron todo palmo a palmo, y no le cupo duda, Homero había estado allí. No tuvo que pensar mucho para darse cuenta de que el fugitivo había dejado aquel lugar con prisa, no obstante mandó a vigilar el local dando una descripción de cómo era cuando fue detenido y cómo debía lucir ahora, pensando en la figura fugaz del campesino barbudo a caballo. Él lo sabía, era como un faro que lo guiaba a todos los maleantes. Era un verdadero investigador, un detective nato que intuía todo. ¿Por qué no se había detenido en aquel momento para ver a aquel sujeto a caballo que le perturbó sólo de pasada? Nunca lo sabría.

Dio órdenes de redoblar la vigilancia que tenían en casa de Homero y en la de sus padres. Homero debía aparecer un día, y ahí lo iba a agarrar, y nunca más iba a salir de la cárcel, y haría todo lo posible para que lo fusilaran. Sí, era la mejor manera de deshacerse de aquel sujeto inmundo que lo había desafiado. También existía la posibilidad de simular un infarto, lo cual no era muy difícil para el especialista ruso que ellos tenían; hacía "milagros".

Le informaron que Dolores había solicitado salir con su hijo por el Mariel. De momento, cuando lo supo, pensó interceder con Inmigración para que le denegaran la salida, pero después lo pensó bien. Era una verdadera oportunidad para cazarlo. Posiblemente él iría a salir junto con ella o por lo menos querría despedirse de ellos, pensó.

Había que afinar la puntería, la liebre estaba por aparecer. Rio para sí y se autovanaglorió, era un genio. Ahora sí iba a cogerlo mansito.

Llamó a todos sus subordinados y les explicó su plan. Iban a cerrar el cerco y tendrían en el Mariel una pequeña unidad con todos los datos, tanto de Dolores y Vladimir como de Homero.

Dos oficiales vestidos a paisana estarían enfrente de su casa y otros dos en la de sus padres.

Llegó el día de la partida, Gilberto estaba en tensión máxima. Sabía que tendría que enfrentarse con Homero y, por lo visto, debía ser más inteligente que él. Era una gran oportunidad y no podía perderla.

Se trasladó al Mariel con más de veinte hombres, todos entrenados directamente por él.

Por radio le informaron que habían salido de la casa y que la manifestación que habían organizado había sido un éxito. "Los trataron a huevazo puro", dijeron.

La vio llegar con su hijo. En ese momento sintió una envidia tremenda por Homero, porque sabía paso a paso lo que hacía aquella mujer. No salía de casa, vestía de medio luto desde que dieron por muerto a su marido; sabía con las personas que conversaba, y alguna que otra vez unas informantes de la seguridad, haciéndose pasar por amigas, le habían sugerido que se casara nuevamente, que era muy nueva para guardar luto. Ella insistía en que aquel había sido y sería siempre el amor de su vida. ¿Quién pudiera encontrar una mujer así? La mayoría de las mujeres que el Capitán conocía eran frívolas, solo pensaban en cómo conseguir unos "trapos importados", en ir a comer a restaurantes de categoría, de aquellos a los que solo iban los turistas y los que tenían dólares y esas estupideces. Amor verdadero era aquel. ¡Coño, hasta en eso aquel hijo de puta le ganaba!

Hizo todo lo posible por entorpecer la salida. Que fuera de un lugar a otro para ver si podía identificar a Homero. Él debía estar allí. Lo presentía y cuando tenía un presentimiento uno podía ponerle el cuño de que era verdadero.

Las horas pasaban y no lo localizaban al forajido. Él estaba por allí. Mandó a que dejaran a Dolores ir hacia el yate que la vino a recoger. Tenía unos cuantos agentes que darían cuenta de cualquier anormalidad, pero Homero no apareció. El yate salió, Gilberto vio cuando se alejaba lentamente e incluso montó en una lancha patrullera y lo siguió hasta que llegó al límite marítimo de Cuba. Regresó decepcionado.

Una vez más había sido derrotado.

CAPÍTULO 19

Inocencio estaba cambiado desde que llegué a su casa. Su semblante había adquirido una frescura que denotaba vida nuevamente.

Desde la conversación que tuvimos al otro día de mi llegada se había comprometido en ayudarme.

—Es difícil salir sin ser visto —dijo recordándome lo sucedido a su hijo.

—Él, que era un verdadero maestro en la navegación, había fallado, imagínate tú que nunca has salido en una embarcación ni veinte metros mar afuera.

—Con su ayuda, su instrucción y suerte, voy a intentar. Si no lo logro, mala suerte —dije con una cara que no dejaba lugar a duda sobre mi decisión.

A partir de ese día comenzó a darme unas clases que ni el más preparado de los profesores que tuve en mi vida lo habría hecho mejor. Me enseñó con paciencia las artes de la navegación, cómo manejar la brújula, cómo debía orientarme de día y de noche. El arte de pescar de por sí lo necesitaba durante la travesía. Alguna que otra noche oscura, salía con su bote y yo de una forma discreta entraba en él y entonces me enseñaba cómo pescar, cómo descubrir dónde había peces, cómo remar contra corriente y aprovechar la marea y los vientos, la corriente del golfo, que podía ser traicionera o amiga, dependiendo de cómo se utilizara. Así pasé varias semanas escondido en casa de Inocencio y empecé a sentirlo parte de mi familia.

Un buen día, Inocencio vino con la noticia de que habían abierto el puerto del Mariel para todos los que quisieran marcharse a los Estados Unidos.

Yo no podía utilizar esa vía salvo arriesgándome mucho, pero no descarté la posibilidad de aprovecharla, si era posible.

Pedí a Inocencio que me comprara tinte para el cabello y le expliqué mi plan.

Trajo tinte y peróxido; me afeité y corté el cabello tipo alemán, tiñéndome de rubio, tanto la cabeza como las cejas y el bigote que me había dejado. También me teñí los pelos de los brazos y el pecho. Parecía un "pajarraco".

Mi idea era hacerme pasar por "maricón" y salir de esa forma por el Mariel, porque a los homosexuales los dejaban ir con mucha facilidad.

Antes de ir para el Mariel, quería ver aunque fuera de lejos mi casa y, si fuera posible, a mi mujer y mi querido hijo.

Me puse una ropa del hijo de Inocencio, que me quedaba un poco apretada, lo que resaltaba más mi aparente homosexualidad. Volví a transformar el carné de identidad, ahora inventando un nombre, sería Justo López y coloqué una nueva foto. Salí con dirección a Pinar del Río de día y, al llegar a las inmediaciones de mi casa, noté cierto movimiento extraño. Fui al portal de una casa a una cuadra de la mía y viendo que estaba sentado un "colega", porque por el aspecto era homosexual, le pregunté cómo andaba la cosa por el barrio aquel, que yo quería irme al Mariel para ver si podía salir de allí. Él, solidario conmigo, por ser de su bando, me dijo que también iba a utilizar la vía. Me dijo de todas las personas por los alrededores que pensaban irse por el Mariel y me señaló mi casa:

—Una señora que es viuda y su hijo se van mañana. Ya mandaron a la gente del Comité para que le hicieran un acto de repudio.

Me invitó a pasar a su casa insinuándome que vivía solo, pero con delicadeza. Para no llamar la atención negativa a mi respecto le dije que volvería al otro día, porque necesitaba hacer muchas cosas.

Comencé a deambular siempre con cuidado, mi disfraz podía ser descubierto. Yo no tenía alma de homosexual y mucho menos de actor.

Me dirigí a un hotel de mala vida en el centro de la ciudad y pedí una habitación. El carpetero me dijo sin ningún preámbulo:

—Aquí no se permiten "mariconadas", oíste, mi vida, cualquier cosa llamo a la policía.

Me acosté en una cama húmeda, con sábanas que no se habían cambiado por lo menos en un mes; y me puse a pensar en qué haría. Después de varias horas de meditación, me decidí. Iría para el Mariel a ver qué podía resolver, y esperaría a que Dolores y Vladimir partieran para después intentarlo yo.

Fui a la Terminal Interprovincial, que estaba atestada de gente, soborné a un chofer con cincuenta pesos y me monté en un ómnibus Pinar-Habana. En Guanajay descendí y tomé otro para el puerto. Todos me miraban con una especie de cara de burla y pensando que seguramente iba al Mariel para aprovechar la situación y largarme.

Era de mañana cuando llegué al puerto. Aquello parecía un hervidero de tanta gente. Había una confusión de madre. En la calle me encontré a dos homosexuales, aquellos eran de verdad, que me dijeron:

—Llegó la hora de nosotras, vamos a aprovecharla.

Yo reí la gracia, pero no me uní a ellos; no me adaptaba a la idea de andar con ese tipo de personas.

Estuve rondando las inmediaciones con mucho cuidado y de momento sentí que la piel se me enfriaba. Quedé todo erizado, porque al mirar un grupo de militares reconocí, casi de espaldas para mí, a la figura del "Sabueso de los Basquerville". Era inconfundible con su barba y sus gafas oscuras. Aquello me dio muy mala espina y comencé a apartarme, cuando veo llegar un ómnibus y descender a Dolores y Vladimir. Mi corazón se disparó de momento. Estaban allí a menos de quince metros y no podía acercarme a ellos. Observé a Gilberto, que hizo unos ademanes, dando órdenes de que no los perdieran de vista. Me sentí impotente y desarmado. Estaban allí y yo sin poder hacer nada... Esperaría a que se fueran y después pensaría qué actitud tomar.

Desde lejos observé todo el movimiento de Dolores, el ir y venir y por fin su salida con Vladimir al muelle donde montó en un yate blanco. Esperé con verdadera impaciencia hasta que partió. Vi la maniobra de Gilberto al utilizar una lancha y seguir el yate. Ya no me quedaba duda, estaba detrás de mí. Era preciso salir de allí urgentemente, y así lo hice.

Tomé el camino de vuelta y llegué a Puerto Esperanza casi de madrugada. Llamé a Inocencio, le conté todo lo que había pasado con los ojos llenos de lágrimas y unos sollozos que no pude controlar. Él me escuchó en silencio, respetando mi tristeza, y después me dijo unas palabras que me reconfortaron en parte:

—Homero, hay que sacar las experiencias desagradables y pensar en las cosas buenas. Gracias a Dios tu familia está a salvo en estos momentos en un país libre.

Aquello me dio un poco de ánimo y me fui a dormir, aunque no pude pegar un ojo porque de mi mente no salía la imagen de Dolores y de Vladimir en aquel yate, alejándose de mí posiblemente para siempre.

Al otro día pedí nuevamente a Inocencio que me comprara un tinte, ahora castaño, y volví a teñirme con un color parecido al que normalmente tiene mi cabello. Me unté vaselina en el pelo y me lo aplasté. Me afeité el bigote.

Era una nueva persona y ahora tendría que elaborar nuevos planes.

CAPÍTULO 20

Gilberto pasó todo el día en estado de alerta máxima. Fue en vano, no aparecía nadie que se pareciera a Homero por el camino. Había revisado una por una la lista de personas; también, de lejos revisaba todos los rostros de hombres de cualquier edad, incluso algunos pájaros que hacían tremendo alboroto por salir. No se podía confiar en nadie. Al otro día dejó instrucciones a varios de sus agentes y partió para Pinar del Río, había sido llamado por su jefe inmediato con urgencia.

Cuando llegó al Departamento de Seguridad le ordenaron que se dirigiera a la Oficina del Comandante. Se identificó con la secretaria y poco después fue avisado para entrar.

—Capitán Gilberto, te crees que esto es un circo y yo soy un payaso —dijo con cara de pocos amigos y voz alterada el Comandante sin mandarlo siquiera a sentar.

—Yo..., yo no sé, Comandante. Estaba cumpliendo una misión —dijo con un miedo que parecía se le iba a relajar el esfínter anal.

—Aquí las misiones las ordeno yo, comemierda. No me jodas que te parto la vida, para que sepas —ahora los ojos del Comandante parecían salírsele de las órbitas.

—Perdóneme, Comandante, yo sé perfectamente quién es el que manda aquí, pero la misión... —no terminó la frase, porque lo interrumpió el jefe.

—Entonces, si sabes que el que manda soy yo, ¿cómo carajo te llevas la mayor parte de mis hombres para el Mariel y me dejas casi sin oficiales?, y sin yo saberlo.

—Compañero Comandante, yo le dejé una nota explicándole todo con su secretaria, y que estaba por radio a sus órdenes —dijo casi llorando.

—Te va a costar caro lo que has hecho. Te juro que esta no te la perdono. Sal de aquí inmediatamente antes de que te dé un tiro en la cabeza.

Salió lo más rápido que pudo, casi corriendo. Tenía un miedo a su jefe mezclado con envidia que lo dejaba sin respiración, solo de verlo de lejos.

Fue a su oficina y sintió que al pasar por su lado todos los compañeros le viraban el rostro, alguno que otro con una sonrisa burlona dibujada.

Se tiró en la butaca desmadejado. ¿Qué era aquello que le estaba pasando? ¿Cómo había perdido credibilidad y confianza de sus jefes en los últimos tiempos? Y todo por causa del maldito Homero García. ¡Qué odio le tenía! Él y sólo él era el causante de todas sus desgracias. De continuar así, iba a ser degradado o, peor aún, expulso del Ministerio.

La cabeza le dolía atrozmente. Parecía que alguna vena iba a reventársele dentro del cerebro. Estaba perdido. No era nadie. Su jefe no había tenido la consideración de mandar a cerrar la puerta cuando le dijo todos aquellos improperios.

De sus ojos hundidos y semicerrados comenzaron a brotar lágrimas de rabia, de humillación, de odio, de temor. ¿Qué iba a ser de su vida?

Transcurridas unas horas en que su estado de postración le impedía pensar en alguna cosa que no fuera Homero, sintió que tocaban a su puerta.

Era un ordenanza con una carta. Abrió con dedos temblorosos y leyó:

Memorando;
Al 1er. Capitán Gilberto Duarte Fernández
Asunto: transferencia de cargo
El Estado Mayor del Departamento de Seguridad del Estado Provincial de Pinar del Río, le ordena la transferencia para el municipio de La Palma, donde se incorporará mañana día [...] a las órdenes del teniente Jorge Salcedo, Jefe de esa Unidad.

Esperamos que sus servicios sean esta vez eficientes y puedan ser de utilidad a las tareas que la Patria Socialista nos ha designado.

Firmado [...] Comandante Jefe Provincial del Departamento de Seguridad del Estado, Ministerio del Interior

Visto Bueno [...] Delegado Provincial del Minint

Leyó la carta varias veces sin poder interiorizarla. ¿Era verdad aquello o un sueño, una pesadilla? Sería transferido para un municipio cualquiera a las órdenes de un tenientico; él, que era Primer Capitán y un genio dentro de la organización. Solamente porque había hecho algo por iniciativa propia, por esa única razón lo estaban abochornando.

Fue a la oficina del Comandante, le explicaría mejor las cosas; éste seguro revocaría esa orden. La secretaria lo paró en seco:

—Capitán, tengo órdenes expresas del Comandante de no dejarlo pasar. Además, le recomiendo que no hable con él, puesto que está hecho una fiera —dijo en tono autoritario la secretaria.

¿Qué estaba pasando? Hasta las secretarias lo trataban como un subordinado.

Salió a buscar su jeep y el chofer le dijo con pena:

—Capitán, ahora tiene asignado otro carro, por lo que debe ir al Jefe de Transporte para que se lo den.

—¡Otro carro! —¿qué era aquello, la debacle?

Fue a la oficina del Jefe de Transporte y, sin mucha explicación, este le dio la llave de un Chevrolet todo destartalado que estaba parqueado el fondo del edificio.

Miró para aquel cacharro y, sin creer lo que estaba sucediéndole, montó, accionó el chucho y, después de un raca-raca, el motor comenzó a funcionar con un ruido que parecía el de un barco. "Debe estar con una bujía en mal estado", consiguió pensar.

Dando tumbos, salió del edificio donde había sido tratado casi como un príncipe. El príncipe de Maquiavelo.

Llegó a su apartamento y comenzó a recoger sus pocas pertenencias. Solo tenía varios trajes de campaña, uno de ceremonias y dos o tres mudas de ropa de civil que casi no usaba, porque desde que estaba trabajando en el Departamento no usaba más que ropa militar.

Por su mente pasaron recuerdos de la infancia, de su amigo Hans, que con sus fábulas le había inculcado aquella pasión por las labores de inteligencia y contrainteligencia, quizás sin querer, o quizás preparándolo para el futuro.

¿Cómo era posible que le sucedieran aquellas cosas a él, que desde que tenía uso de razón sabía que iba a ser el mejor investigador del mundo? Iba a encarnar todos los personajes que Hans le había perfilado durante años y años en sus largas pláticas.

No podía creer que hubiera tenido esos fallos en su vida. Era el ser más importante que pisaba aquellos parajes y debía codearse con seres de mentes inferiores y soportarlos.

¿Qué estaba sucediendo?¿Cómo era posible que por causa de un insignificante estomatólogo, quien no tenía nada en particular a no ser algún rasgo de inteligencia, le sucediera a él, precisamente a él, que era un genio de la seguridad, un maestro en las artes de la inteligencia militar, que por su cuenta y sin que nadie supiera, había leído algunas obras de Hitler, muy especialmente Mi lucha, de lo cual se enorgullecía, porque ninguno de aquellos lerdos siquiera conocía la obra magistral de aquel ser superior...?

Recordaba con claridad las clases que recibiera en el curso que los oficiales rusos de la KGB habían impartido años atrás y a las cuales le habían concedido la honra de asistir. Verdad que eran métodos poco ortodoxos, incluso superaban en mucho a los usados por los sicarios de Batista, que eran niños de teta al lado de aquellos oficiales soviéticos.

Él había hecho siempre lo que le habían enseñado. Todas las clases teóricas las había llevado a la práctica con sus enemigos. ¿Por qué ahora lo estaban reprimiendo? ¿Por qué lo estaban humillando de aquella forma injusta?

Ah, pero aquellos burócratas algún día se rendirían a sus pies. Los iba a tener arrodillados pidiéndole perdón por haber tenido dudas de su capacidad ilimitada. ¡Qué absurdo era todo! Sus propios profesores en el arte de la defensa de los valores del socialismo, aquellos que le habían enseñado a actuar ante los enemigos, ahora se viraban contra él.

Las tácticas que usaba eran las que le habían enseñado sus "profesores". ¡¿Ahora el malo era él?! ¿Qué estaba sucediendo? ¡No estaba entendiendo nada!

Fue a la cocina y sacó una botella de ron Santiago y comenzó a beber a grandes sorbos. Pocas horas después terminó aquella y comenzó otra, pero no llegó a tomar dos buches, cayó redondo en el piso como fulminado por un rayo. Estaba casi en coma alcohólico.

CAPÍTULO 21

Pasaron varios días durante los que mi mente elaboró varios planes. Cada vez que pensaba en uno y lo discutía con Inocencio, él, con muy buena voluntad, me señalaba los puntos negativos. Ahí comenzaba a pensar en otro, sucesivamente, hasta que un buen día entre los dos concordamos aquel que podía tener posibilidades. Nos dedicamos entonces a perfeccionarlo. No podía tener errores, se pagaban muy caros, posiblemente con la vida.

Necesitaba entre otras cosas memorizar todo lo que aquel buen señor con tanta paciencia me decía sobre el arte de la navegación y de la pesca. Además, colocamos en mi cuarto su lancha de remos y construimos un mástil que no fuera muy grande, pero que resistiera los fuertes vientos que a veces azotaban el estrecho de la Florida. Confeccionamos con sábanas las velas, una principal y otra secundaria, y agregamos todo lo que se necesitaba para maniobrarlas. Inocencio calafateó todo el bote; procuramos varias recámaras de tamaño mediano y las fuimos fijando alrededor de la embarcación, dejando tres dentro de esta para que sirvieran de salvavidas y repuesto. Me conseguí una bomba de inflar neumáticos, varios recipientes de plástico para almacenar agua, tres latas vacías con tapa para llevarlas con galletas, pan y otros alimentos.

Así fueron pasando los días. Yo permanecía en casa de día y, cuando Inocencio iba a pescar de madrugada y no había peligro, salía con él para practicar el arte de la navegación y la pesca en un bote de un viejo amigo, aduciendo que el bote suyo estaba reparándolo, porque estaba medio podrido.

En esos días me sentía contento; mi familia, suponía yo, estaba a salvo en Miami; y, por otra parte, triste, porque mis padres no fueron, si no los hubiera visto con Dolores. ¿Sería que mi mujer les contó a mis viejos que yo estaba vivo? Era muy probable, razonaba yo, porque Dolores era una mujer muy sensible y seguro no quiso martirizar a mis padres con el pensamiento de que yo estaba muerto. Incluso el personal de la Seguridad les informó que yo había desaparecido después de un accidente de tránsito, pero que ellos no me daban por muerto hasta que no apareciera mi cadáver.

Sentía una necesidad muy grande de ver a mis padres, los pobres, tan viejitos y sufridos. Pero la razón me decía que no era posible hacerlo sin correr un riesgo enorme. Con Dolores y Vladimir fuera de Cuba, solo me quedaban mis viejos, y eso lo sabían en la Seguridad. Debían tener a los del CDR, la policía, las MTT y todos los chivatos que había por los alrededores vigilando la casa. Ellos no eran tan sagaces como Dolores, por lo que no me arriesgué, tanto por mí como por la seguridad de ellos, que podían ser culpados de encubridores y presos o, como mínimo, maltratados.

Otra cosa que quería hacer era comunicarme con Dolores en Miami para cerciorarme de que estuvieran fuera de peligro. Eso también era demasiado peligroso, pero podía hacerlo de una forma indirecta.

A tal efecto indiqué a Inocencio que llamara a los padres de Dolores y sin dar su verdadero nombre, le preguntara por ella y Vladimir. Inocencio llamó y les dijo que era amigo de ella, que acostumbraba a venderle gallinas, huevos y otros productos, y que quería saber dónde estaba, porque su casa estaba vacía y le habían dicho que se había ido del país. Los padres le contestaron que efectivamente se había marchado, que estaba en Miami con su hijo en casa de un tío de su "difunto esposo" y que habían hablado recientemente con ella.

Una sensación de calma reinó en mi corazón al oír aquello. De ahí en adelante debía preocuparme solo de mi situación. Gracias a Dios mi gente estaba sana y salva.

Estábamos a mediados del año 1980 y la preocupación de Inocencio era que había comenzado la temporada ciclónica. De junio a octubre es cuando mayor incidencia de huracanes tropicales azotan la isla, y en esos días habían anunciado uno que, a pesar de que pasaría, según los pronósticos, por las provincias orientales, de vez en cuando desviaban su ruta y casi siempre tomaban rumbo norte-nordeste y complicaban la navegación en todo el estrecho de la Florida. Era necesario que el tiempo fuera extremadamente favorable y en eso los pescadores de experiencia no se equivocan. Es impresionante cómo ellos pueden detectar por el olfato y la audición cuándo va a haber mal tiempo, cuándo va a llover, cuándo el mar va a estar en calma.

Todo estaba debidamente preparado y en los días que sucedieron al huracán, que pasó lejos de las costas de Oriente y no llegó a internarse en el estrecho de la Florida, el mar estaba que parecía un plato todas las noches. Yo pensaba que era el tiempo ideal, pero Inocencio con su experiencia me decía: "Después de la calma viene el temporal". Así mismo sucedió, a los pocos días comenzó un mal tiempo que trajo lluvia para todo el territorio nacional. Eran torrentes de agua que provocaron inundaciones en varias partes del país, especialmente en la costa sur.

Fueron más de dos semanas con aquel tiempo y yo me estaba comenzando a desesperar. Mis nervios cada día iban de mal en peor. Inocencio, con aquella sabia calma de los pescadores, me decía: "Paciencia, Homero, tu día va a llegar".

Por fin el tiempo abrió del todo, el sol apareció y el mar, hasta ahora embravecido igual a un monstruo mitológico, comenzó a serenarse, y una brisa suave se deslizó entre las estrellas que brillaban en lo infinito. ¿Sería la hora de la partida?

Inocencio escuchó el parte meteorológico y me confirmó que estaba de acuerdo. Habrían de venir días de bonanza, las olas en esos días no serían de preocupación para la navegación de embarcaciones menores, por tanto era inminente mi partida.

Comencé a temblar de emoción y rápidamente Inocencio preparó todas las provisiones. Agua suficiente para más de seis días, alimentos en cantidad adecuada para siete días... Fui a buscar las armas que había escondido, que por suerte no las perdí, porque con el temporal habían sido desenterradas y estaban enmohecidas, por lo que me di a la tarea de secarlas y limpiarlas. Por suerte la instrucción militar obligatoria que había recibido durante la Universidad me sirvió para estos menesteres.

La salida iba a ser esa noche; me preparé para la aventura más extraordinaria de mi vida. Confiaba en Dios para que me guiara. A pesar de mi desespero por reunirme con mi familia y huir de aquel maldito lugar (mi querida patria), confieso que estaba muriéndome de miedo. Realmente tengo que admitirlo, tenía un miedo atroz, y aunque no lo quería dejar ver a mi amigo Inocencio, era difícil ocultarlo.

Fueron estas palabras reconfortantes las que aliviaron mi tensión:

—No tengas pena, todos en la vida sentimos miedo del futuro. Somos seres humanos y esa es una de las cosas que nos hacen pensar bien antes de cometer alguna locura.

—Yo sé que es normal tener miedo, don Inocencio, pero me parece que el mío es demasiado. No sé si podré controlarlo.

—Podrás, hijo mío, porque eres decidido y tienes una meta a cumplir. Eso te hará fuerte —sentenció.

Las sombras de la noche se proyectaron sobre la playa. Estaba llegando la hora cero. Después de la medianoche comenzaría mi primera experiencia como marinero. "Dios me guiará", pensé y fijé ese pensamiento en mi cerebro.

CAPÍTULO 22

Lo despertó el calor del sol que entraba por la ventana de la sala y le daba de lleno en el rostro. Estaba tirado en el suelo con toda la ropa, un gusto amargo en la boca y un aliento rancio a alcohol. Sentía un dolor de cabeza que parecía que iba a reventársele, y cuando intentó levantarse y caminar comenzó a tener mareos y a sudar frío. Consiguió llegar al baño y comenzó a vomitar una bilis amarillenta y amarga. Estuvo arrodillado frente a la taza del baño durante varios minutos hasta que a duras penas llegó hasta la ducha, la abrió y se sentó en el suelo dejando que el agua fría le cayera por todo el cuerpo por más de quince minutos, hasta que llegó a sentir un frío intenso que lo hizo temblar igual que una hoja al viento. Se secó con una toalla frotándose la piel fuertemente para devolverle el calor perdido y, un poco más repuesto, se vistió con ropa de civil. Fue a la cocina y se preparó un desayuno fuerte. El estómago vacío no era bueno, lo sabía, y aunque no tenía apetito, tomó café fuerte con poca azúcar, jugo de naranja y un sándwich de jamón y queso. Una de las ventajas de ser "seguroso", como despectivamente les llamaban a los agentes de la Seguridad, era que compraban en un mercado especial bien surtido para militares, y además algún que otro "guataca" —persona aduladora— le daba algún extra completamente gratis. Esas personas creían que con ello no iban a tener problemas si algún día necesitaran de él, pero estaban equivocados, ellos serían peor tratados por "hala levas" —como también se conocía a los aduladores. A él no le gustaba ese tipo de gente.

Se tiró en la cama y durante dos horas durmió y relajó lo suficiente como para que le hicieran efecto las dos aspirinas que había tomado con el desayuno. Se levantó un poco más dispuesto y se vistió con su traje militar, empaquetó las pocas pertenencias personales (lo demás era medio básico del Minint), montó en el horrible Chevrolet que le habían asignado y salió rumbo a La Palma, donde había sido asignado, diría él "castigado", por cumplir celosamente con su deber.

Su jefe debía estar contento de librarse de él, porque le hacía sombra, y sus subalternos no lo podían ni ver, no sabía por qué, quizá por envidia. Los odiaba a todos, a su jefe, a sus subalternos, y sentía un odio mortal por ese desgraciado de Homero García, el causante de todos sus males. "No descansaré hasta verlo como mínimo preso, mejor fusilado", pensaba sin cesar.

El tanque de la gasolina marcaba lleno, por lo menos algo funcionaba bien en aquel cacharro inmundo. Tomó la carretera central, dobló a la izquierda cuando visualizó un cartel señalando La Palma, y al llegar al centro del pueblo fue hasta las oficinas municipales de la Seguridad del Estado. A pesar de ser un pequeño poblado tenían muy buen equipamiento y presencia. Claro, él sabía que aquello era debido a que en las inmediaciones de la ciudad estaba una de las treinta y dos casas de visita del Comandante en Jefe, que aunque la mayor parte del año estaba vacía, solo entraba allí su seguridad personal y alguien a quien Fidel personalmente autorizara. Una mansión igual a la de los magnates tipo Aristóteles Onassis, donde podía el Jefe Máximo relajar de su intenso trabajo y responsabilidades para con la Patria.

Se presentó ante el teniente Salcedo intentando dar una explicación que no pareciera deshonrosa, pero cuando comenzó a hablarle, el Jefe del Puesto, le dijo sin miramientos:

—Sé por qué está designado aquí. Tengo órdenes de colocarte a mi disposición, pero te advierto que si haces algo que no esté ordenado por mí la vas a pasar mal. Acuérdate, guerra avisada no mata soldados.

Se quedó paralizado por la vergüenza, hablarle así a él, que era un oficial de mayor graduación, pero decidió callarse la respuesta que le vino a la mente. No era el momento más adecuado para hablar.

El teniente Salcedo le dio la llave de un cuarto que tenían en el mismo edificio de las oficinas, al final de un corredor. Tomó las llaves y llevó sus pertenencias, dio una mirada general, percatándose de que no tenía ni la más mínima comodidad. Una cama personal, un escaparate mediano y un baño pequeño que necesitaba una limpieza. Dejó sus cosas y volvió a donde su nuevo jefe.

Sin tener que preguntarle, Salcedo le dijo su misión. Patrullar junto con un soldado que le asignaba de compañero la región de Puerto Esperanza, poniendo mucho énfasis en los posibles casos de tentativas de salida ilegal del país, porque después de la desbandada del Mariel, había que parar con aquello.

Se quejó de que el carro que le asignaron tenía problemas mecánicos y le dieron un jeep de dos puertas con las siglas del G-2. El soldado que le asignaron se convirtió en su chofer y su sombra. Gilberto se dio perfecta cuenta de que la misión de aquel no era solo acompañarlo sino además vigilar todos sus pasos e informarle al Teniente.

La carretera entre La Palma y Puerto Esperanza tenía muchas curvas, era corta y en poco tiempo llegaron a su destino. Fue hasta la unidad de la Seguridad, se presentó al oficial responsable y obtuvo informaciones que le servirían para su trabajo. Tenía que "limpiarse" con sus superiores y la forma de lograrlo era haciendo un trabajo eficiente.

Recibió una lista de las personas que eran sospechosas de no aceptar el régimen, así como de las direcciones de los detenidos por actividades contrarevolucionarias. Haría un reconocimiento personal por cada casa y lugar que se citaba en la lista.

Pasó varios días en estas investigaciones y, entre las familias con problemas políticos, vio la de un pescador de nombre Inocencio que tenía un hijo preso por intentar llevarse un barco de pesca para el Norte con unos gusanos de La Habana. Como hizo con todos los demás casos, fue hasta el CDR a obtener datos sobre el tal Inocencio y su hijo, de nombre Daniel. Le informaron que era una persona de más de setenta años, que después que su hijo fue detenido casi había abandonado la pesca, pero que en las últimas semanas habían notado que salía a pescar alguna que otra vez de noche en un bote prestado, porque el suyo lo estaba reparando. El olfato de Gilberto le dijo que alguna situación anormal había en aquello y hurgó hasta lo último en aquel caso aislado que le llamaba la atención. Confiando en su "faro", pasó varias veces frente a la casa del susodicho pescador y le dio su teléfono a los del CDR, así como al personal de la oficina de la Seguridad, para que si veían algún movimiento anormal le avisaran inmediatamente.

Continuó con su labor de actualización sobre la zona y, pasados varios días, le llamaron porque había algo con relación a Inocencio que estaba llamando un poco la atención de uno de los pescadores; quien había trabajado con el hijo de Inocencio y no le tenía muy buena voluntad por la "mierda que había hecho".

Fue hasta el CDR y conversó con aquel pescador.

—¿Qué fue lo que viste que te pareció anormal? —preguntó.

—Compañero Capitán, lo que me parece un poco extraño es que el viejo Inocencio, que no quería ni saber de pescar y casi no salía de su casa, ahora está pescando mucho de noche y me parece que en estos días alguien estaba con él medio escondido en la lancha —respondió.

—¿Has notado alguna otra cosa que sea anormal? —continuó interrogando Gilberto.

—Ha sido visto comprando alimentos como para una salida de varios días, cosa esta que a su edad no es probable que pueda realizar; y se siente que está como martillando o haciendo alguna reparación en su bote, que guardó en un cuarto.

—Eso es muy raro y tiene gran importancia —voy a ocuparme personalmente del caso, dijo Gilberto—. Mucha atención, y me avisas del más mínimo detalle.

Gilberto presentía algo anormal, fue a la oficina, pidió una casa bien segura, que estuviera cerca de la de Inocencio, en la que pudiera colocar alguien a vigilar. Designó a un soldado para que siguiera día y noche los movimientos de aquel señor.

Las veces que estuvo espiando no pudo visualizar al tal Inocencio, pero tenía una foto para identificarlo. Regresó a La Palma y le informó al Teniente de su trabajo. Pidió autorización para profundizar en aquella investigación, que le pareció sospechosa, y obtuvo permiso de Salcedo.

Esa noche eran las once cuando lo llamaron por teléfono avisándole que había un movimiento anormal. Salió con su chofer a la mayor velocidad posible y llegó media hora después a las inmediaciones de la casa del sospechoso pescador. Llamó al informante y fueron hasta la casa donde tenían al vigilante. Vieron las maniobras que hacía Inocencio para sacar de su casa la lancha que tenía en el cuarto, la cual estaba montada en una especie de carro con ruedas de arado. Esperaron a ver qué sucedía y vieron cómo llevaba la lancha hasta la orilla del mar, depositándola hasta que quedaba a flote. Vieron a Inocencio volver a su casa y esperaron para averiguar qué iba a hacer cuando regresara. Al ver que demoraba mucho tiempo, Gilberto decidió ir hasta la casa a averiguar. Aquello no le daba buena espina. Otra vez sentía la piel erizada como cuando había algún peligro rondando.

Llegó a la puerta que estaba semiabierta, tocó y dijo:

—¡Seguridad del Estado, salga todo el mundo con las manos en alto! —estaba con su pistola Makarov rastrillada, igual que su ayudante—. Tienen cinco segundos para salir, si no entraremos a la fuerza y no tendré consideración con nadie —dijo con voz alta e imperativa.

CAPÍTULO 23

El comandante Pineda, en aquel entonces Director Provincial del Minint en la provincia de Pinar del Río, estaba en camino a La Habana. Iba en su jeep cuatro puertas, al que le decían jocosamente "Boniato", porque era redondo como esa vianda y sonso, como todas las cosas que producía la Unión Soviética. Había sido convocado por el Jefe Nacional, para discutir un asunto de última hora muy importante. Estaba leyendo por el camino la carpeta donde estaban relatados los acontecimientos que daban lugar a esa visita.

El informe trataba de las manifestaciones contrarrevolucionarias que en los últimos tiempos se habían producido en la provincia, lo cual tenía alarmado a todos en el Gobierno.

También se hacía referencia a un capitán, Gilberto, que él conocía muy bien y por el cual no sentía ni la más mínima simpatía, pero que por lo menos tenía un sentimiento del cumplimiento de las misiones que se le asignaban, meritorio. Por lo menos eso creía.

Además, estaba pensando de soslayo en la sorpresa que le daría a su esposa, porque no le avisó de su viaje, como casi siempre hacía. Sería muy corta su estancia y no quería que ella se ilusionara creyendo que permanecería más tiempo del necesario en casa. Estuvo medio dormido el resto del camino y cuando llegaron cerca de las oficinas del Minint, su chofer lo despertó.

La reunión con el Director fue desagradable. Le dijeron cosas muy feas sobre el trabajo que se realizaba en su provincia, considerada por muchos de ellos uno de los bastiones de la contrarrevolución. Fue increpado a mejorar su actuación so pena de perder el prestigio que hasta ahora había merecido por su labor abnegada al servicio de la Revolución.

Salió de las oficinas encabronado, con sus subalternos y consigo mismo. Era verdad, hacía mucho tiempo que se había relajado un poco en su trabajo, pero no podía decírselo al jefe del Minint.

Llegó a su casa y llamó a su esposa, como hacía siempre, pero no obtuvo respuesta. De la sala fue a la cocina, por si estaba haciendo algo en ella y se había distraído, pero no, allí no estaba. Subió las escaleras que conducían a los cuartos, abrió la puerta y:

—¡Carajo!, ¿qué es esto? —fue lo que atinó a decir, porque en su propia cama, con su propia esposa desnuda, estaba un joven.

La sorpresa y el miedo se reflejaron en los rostros, tanto de su esposa infiel como del joven, por cierto buen mozo y atlético. Instintivamente se taparon sus cuerpos desnudos con la sábana.

En un acto impensado sacó la pistola de la funda, la amartilló y apretó el gatillo para matarlos a los dos inmediatamente. La pistola, que rara vez usaba y que por dejadez y abandono no limpiaba, engatilló y no disparó. Entonces, furioso, fue hasta la cama, le entró puñetazos con todas sus fuerzas, tanto a su esposa como al adúltero, el cual, en vez de defenderse, salió disparado del cuarto totalmente desnudo y huyó escaleras abajo.

Sangrando por la nariz y la boca, su esposa, sumida en un llanto inconsolable, le pidió perdón, le suplicó que no la maltratara más, le solicitó clemencia. Paró de golpearla, pero la tomó por el cuello y casi ahogándola, la bajó de la cama y la arrastró hasta el pasillo.

—Mira, degenerada, mira la forma en que te he puesto a vivir. ¿No te acuerdas de la miseria en que vivías cuando te conocí?, ¿no te recuerdas del hambre que pasabas con tu familia? Yo te saqué de todo aquello, te hice "gente" y con esto me pagas, hija de puta —decía descompuesto.

—Perdón..., perdóname..., por favor..., no me maltrates más —contestaba ella arrasada por el pesar.

La miró con rabia, con desprecio, como se mira un bicho raro. La soltó. Ella cayó al suelo hecha una madeja, llorando, gemiqueando. Le dijo por último con rabia contenida:

—Recoge tus cosas, que te vas para el carajo de aquí. No te quiero ver de nuevo en mi casa.

—Y mis hijos..., digo, nuestros hijos. ¿Qué va a ser de ellos?, ¿qué van a decir? ¡Cómo van a sufrir los pobres por mi actitud! Te comprendo, dijo llorosa, pero perdóname, hazlo por ellos, no tienen culpa de mi maldad.

La miró con una rabia que nunca había sentido antes, pensó decirle muchas cosas, pero se contuvo. Dijo:

—Te quedarás en la casa con mis hijos, pero olvídate de que existo. Si me entero de que de nuevo te dedicas a tus puterías, créeme, te mato a ti y a tu maldito amante.

Dicho esto, salió de la casa, montó en su jeep. El chofer, que había oído casi todo lo sucedido y había visto salir al joven desnudo, no pronunció ni una palabra. Sabía que hablar algo en aquel momento haría que la bronca se trasladara a su persona, que era ajena a todo aquello.

Solo oyó decir a su jefe:

—Vamos, carajo, vámonos para la mierda de aquí.

CAPÍTULO 24

Darli, que era el nombre que se había dado ella misma, después que se había mudado para La Habana con Pineda, estaba sentada en el suelo del pasillo y no tenía ánimos para moverse. Le dolía la cara, el pecho, los brazos, sangraba aún por la nariz y tenía una costra de sangre coagulada en los labios y las encías. Le dolía un diente, con los brutales golpes se le había aflojado. Estaba inmovilizada por los dolores y solo atinaba a pensar. A su mente le llegaron los recuerdos de su infancia, cuando la llamaban Sinforosa, que era realmente su nombre de nacimiento, y que ella odiaba. Recordaba el bohío de tablas de palma y techo de guano donde vivía con sus padres, doce hermanos y la abuela. En su mente aún estaban nítidas las imágenes de aquella vida miserable y azarosa que Dios le había ofrecido a toda su familia.

Recordó con exactitud el día que estaba sacando boniatos del pequeño conuco donde su padre y hermanos acopiaban, entre otras viandas, yuca, plátanos, y frijoles, que era la alimentación básica de ellos, así como maíz, con el que se hacía el "funche", harina de maíz seco, molido en casa..., y cuando se dio cuenta y miró hacia el bosque que estaba a su costado, vio aquellos señores, vestidos de verde, barbudos, peludos, churrosos y con olor a puerca en celo, armados de fusiles y pistolas, que se acercaban a ella.

De momento sintió miedo —recordaba ahora con exactitud—, pero después algo en su interior le dijo que no tenía qué temer. Parecían soldados rebeldes, de aquellos que se decía estaban luchando en aquellas latitudes de la Sierra Maestra, en el oriente del país, donde ellos vivían.

Uno de ellos, un joven de menos de veinte años de edad, que parecía el jefe de los seis que lo acompañaban, le dijo:

—No tengas miedo, no vinimos a hacerte daño, solo necesitamos un poco de comida, pero se la pagaremos.

—No tenemos ni para nosotros —alcanzó a decir—, ¿cómo le vamos a vender nada? Si mi padre se entera que les vendí un boniato, me arranca las tiras del pellejo —dijo la muchacha.

Los hombres comenzaron a reírse de la gracia con que ella dijo estas cosas, pero el que parecía jefe, dijo con semblante serio:

—No temas, si no quieres nos vamos y ya.

—Me da lástima con ustedes, porque parecen hambrientos. Veré qué puedo hacer —dijo con simpatía hacia el muchacho.

Dicho esto sacó unos boniatos más, fue hasta las yucas y también sacó unas cuantas. Les dio dos manos de plátanos que estaban maduros y les pidió que se fueran lo más rápido posible, su padre tenía mucho genio y si la agarraba dándoles esto la mataría.

—Nosotros te protegeremos si hace falta —dijo el joven y mandó cargar con las viandas—. Estaremos cerca —manifestó por último, y salió con su grupo de alzados rumbo al monte de donde habían llegado.

Darli recordó después lo que su padre le hizo cuando vio que faltaban las viandas. Con un cinturón grueso la azotó varias veces en la espalda y las nalgas, insistiendo que la próxima vez que le llevaran las viandas, la mataría.

Al otro día, cuando estaba sentada a la sombra de una guácima, llena de moretones por la paliza y adolorida en todo su cuerpo, llegaron ellos de nuevo. El joven aquel la miró con un sentimiento de dulzura y lastima, que la conmovió hasta la fibra más íntima de su ser, y le dijo:

—¿Quieres que lo matemos?

—No... Nooo... —atinó a decir— Es mi padre, es bruto, pero es mi padre. Él puede hacerlo.

—¿Entonces qué harás? —preguntó amorosamente.

—No sé, nada —respondió.

—¿Por qué no te vas con nosotros pal monte?

—¿Con ustedes al monte? —dijo asustada.

—Claro, así sales de los maltratos de tu padre y comienzas una nueva vida. Te aseguro que nadie te hará daño mientras yo esté vivo.

Por su mente pasaron muchas preguntas sin respuestas. Se atropellaban los sentimientos, pero esa posibilidad que le ofrecían no le resultaba desagradable. Salir de aquella choza, no tener que sufrir más las calamidades del día a día, no ver a sus hermanos chillando porque no había lavado su ropa a tiempo, porque no había fregado los platos, porque la harina que hizo se quemó un poco... Era mucho lo que iría a ganar si salía de allí. Ella con sus trece años, era ya una mujer con todas las de la ley y siempre había sido muy decidida.

—¡Me voy! —dijo por respuesta y salió con aquellos hombres a probar la vida de guerrillera, la vida salvaje del monte. No sabía qué iba a hacer, no sabía por qué estaba dispuesta a irse con aquellos hombres totalmente desconocidos, pero una intuición, muy personal, le decía que debía confiar en aquel muchachón, pues la vida que iba a tener no sería peor de la que, más que vivir, sufría.

Recordó los meses de miedo, las batallas que tuvo que ver, porque no la dejaban participar, las marchas a todo dar que hacían cuando los estaban persiguiendo, pero también la dulzura con que aquel muchacho, tan decidido, tan honrado y tan apasionado, la trataba. Un buen día se entregó de cuerpo y alma a él y se hizo mujer. Y fue feliz.

Al triunfar la Revolución fue con su marido para La Habana en la caravana con Fidel. Llegados a la capital le dieron un apartamento para vivir. Su marido, a pesar de su juventud, ya ostentaba los grados de capitán y más tarde fue ascendido por el propio Camilo a comandante.

De ahí en adelante su vida cambió. Su esposo escalaba puestos dentro del ejército, después en la policía nacional y más tarde al Minint, donde ocupó cargos muy importantes.

Su vida cambió, y ella cambió de nombre. Ya no le gustaba que la llamaran Sinforosa. Sería Darli, como los americanos decían a sus novias en las películas.

Con el tiempo tuvieron tres hijos, se mudaron para una casa en Miramar, de dos pisos, con piscina y todo, y ella se convirtió en la señora esposa del comandante Pineda.

Pero a él lo asignaron un buen día para la provincia de Pinar del Río. Él dijo que era por poco tiempo y que no valía la pena sacar a sus hijos de las buenas escuelas que tenían, que él vendría con mucha frecuencia a La Habana, puesto que no era tan lejos, y pasó el tiempo, pasaron los años y su trabajo arreció. Las visitas del esposo eran cada vez más espaciadas y cortas. Ella vivía sola con sus hijos, que la mayor parte del tiempo estaban en la escuela, internados. En aquella casona inmensa, pero sola como una perra. Era casi peor de cómo estaba en el bohío de la Sierra, donde había nacido.

Primero le pidió a su esposo que le pusieran un guardia en la casa, tenía miedo a que la asaltaran. Después que le diera un carro para hacer las compras y llevar los niños al colegio, que le comprara más ropas, estaban viejas y muy usadas las que tenía. Él siempre la complacía a duras penas. A veces le decía con mala cara: "Recuérdate quién eras, de dónde viniste. No permitiré que se te suban los humos a la cabeza. Tú sigues siendo la misma guajira que se unió a nosotros en la Sierra". Eso la molestaba, pero, como era verdad, se callaba.

Comenzó a sentir rabia primero, después desprecio, porque estaba siendo incomprendida. Sola, casi sin marido, sin familia, no se le permitían visitas, y pasaba los días y las noches con aquella sensación de vacío.

Hasta que un día se fijó en el nuevo recluta que habían puesto a vigilar en la casa. En ocasiones abandonaba su trabajo y se quitaba la ropa quedándose en calzoncillos militares y se tiraba en la piscina sin pedir permiso ni nada. Una frescura de su parte.

Cuando lo vio hacerlo por segunda vez, lo llamó y le dijo que era una falta de respeto que utilizara la piscina sin pedir permiso, que esa no era su función en esa casa.

—Disculpe, señora Darli, pensé que no era nada malo usar la piscina —dijo con semblante más fresco que una lechuga—. Sabe, en mi casa hay piscina también, mi padre es viceministro y yo estoy acostumbrado todos los días a darme un chapuzón, y pensé que no había nada malo en eso. Pero si la señora decide que no lo haga más, sus órdenes serán cumplidas —dijo descaradamente.

En vez de rabia, le dio gracia aquello. El desparpajo con que lo decía. Lo miró a los ojos y le pidió disculpas por la rudeza con que lo había reprendido, y lo autorizó a que todos los días se bañara cada vez que quisiera sin abandonar su trabajo. Él respondió:

—Usted es una Diosa de amor.

Ahí fue que comenzó la relación, primero de amistad, después de lujuria y placer, porque aquel muchacho, descaradón y atlético, le robó el corazón y dio impulso a una nueva vida. La dicha había llegado hasta ese fatídico día en que su marido la había sorprendido. No sentía vergüenza, pero sí miedo. Miedo por perderlo todo, la casa, los hijos, su carro, su buena vida. Sentía terror de pensar que podía echarla de allí y de tener que volver con su familia a la miseria de donde había salido.

Otra cosa que le martillaba era que, como estaba en una dimensión tan opuesta a la de su familia, casi no tenía contacto con ellos. No quería que la visitaran, le daba pena con los vecinos y conocidos el nivel de pobreza e ignorancia que ellos mostraban. Así las cosas, su familia y ella no se relacionaban. Ni muerta volvería a vivir en la miseria y brutalidad de donde un día salió para no volver jamás.

Trataría de recobrar a su marido, de volver a tenerlo a su lado, de ganar su confianza de nuevo. Claro, era lo que debía hacerse en vez de estar estrujándose en el suelo de dolor. Tenía que pensar en recobrarlo. Iría a Pinar del Río, lo mimaría, le pediría perdón de rodillas, haría cualquier cosa para que la perdonara. Ella aún tenía los encantos suficientes para hacerlo. "Es mi última jugada y tengo que ganarla", se dijo.

CAPÍTULO 25

Pineda salió de La Habana iracundo. Estaba totalmente desmoralizado. En un solo día su jefe lo había amonestado, principalmente por la incompetencia de Gilberto, aquel capitancito que lo tenía hasta la coronilla, y después por la escena de su esposa con otro en la cama. ¡Maldita! ¡Era una puta! ¡Comemierda, guajira que había sacado de la miseria y ahora le pagaba de esa forma! ¡Y el descarado aquel que le habían puesto allí, para hacerle el favor a su padre, que era viceministro, para que no tuviera el muy "burguesito" que ir al monte a hacer trincheras como todos los demás del SMO (Servicio Militar Obligatorio)! ¡Estaba a muy pocas cuadras de su casa, con todos los privilegios del mundo, y encima se acostaba con su mujer!

De momento se le ocurrió que aquello no debía pasarse por alto. Él tenía que vengarse. Indicó con una orden brusca y grosera al chofer para que regresara a La Habana y fueron al estado mayor de las FAR (Fuerzas Armadas Revolucionarias), donde trabajaba de Jefe de Guardafronteras su amigo y compañero de luchas en la Sierra, Bartolo Rojas.

Lo encontró en sus oficinas y le pidió que lo acompañara a almorzar a un restaurante discreto, cerca de allí, tenía que hablarle de algo muy particular.

En el restaurante en que almorzaban se habían sentado apartados de los demás. El local, por ser solo para extranjeros, en divisas, estaba medio vacío. Ellos podían entrar a cualquier lugar que se les antojara, para eso eran "mayimbes", como les decían a los dirigentes de alto rango de la Revolución.

Le contó con lujo de detalles todo. Él era su amigo del alma. Compañero de lucha de la Sierra y el llano, y conocía a Darli (antes Sinforosa). Lo peor del caso era que el propio Bartolo había designado al muchacho para cuidar de la casa, a instancias de su madre, que era su amante.

—Ayúdame a deshacerme de este hijo de puta —le pidió Pineda encarecidamente.

—Lo voy a mandar para una lancha torpedera y se va a cagar en su madre, él y su queridísimo padre, y así cumplo contigo, que eres mi hermano.

—No es suficiente —reclamó—, algo peor tiene que sufrir.

—Deja eso de mi parte, tú te vas para Pinar del Río. Sigue con tu trabajo que yo me encargo de joder a este mariconcito.

—Pero, ¿cómo lo harás?, dame una pista —dijo con aprensión.

—El jefe de la lancha es mi hermano, como tú, y es de mi mayor confianza. Le voy a encargar que le parta el culo a ese chulito de mierda —dicho esto le pidió que no le preguntara más, porque hasta ahí podía decirle—. Ya tendrás noticias del chulito —dijo a modo de despedida, después de tomar un café expreso y encender un tabaco cohíba de los "especiales del Comandante", como solían decir jocosamente.

CAPÍTULO 26

Con el short verde olivo que pudo agarrar en su salida intempestiva de casa de Darli, llegó a la suya Yaser, el soldado que había cometido el error craso de acostarse con la mujer del comandante Pineda.

Al entrar, se encontró con su madre, que lo interrogó por la forma de vestir a esas horas en la calle. Como no tenía secretos para ella, porque a su padre no lo veía casi nunca debido a sus múltiples obligaciones como viceministro, le contó una versión modificada de lo que había pasado.

Su madre, horrorizada, enseguida se dio cuenta de la magnitud del peligro que corría su hijo. Si el comandante Pineda lo volvía a ver lo mataría con sus propias manos. Lo sabía firmemente.

De inmediato llamó a su amigo, el comandante Bartolo Rojas, que fue el que la ayudó a colocar a su niño en aquel puesto, violando todas las normas del Servicio Militar, y le pidió, por favor, que lo mandara a otro lugar.

—Bartolo, por favor, manda a mi hijo a otro lugar, lo más lejos posible de La Habana —se lo pidió con una vehemencia tal que su amante le contestó:

—Me estás buscando últimamente muchos problemas con tu hijo. Es la última vez que hago algo por él.

—Te lo voy a agradecer desde lo más profundo de mi ser, y de lo otro también —dijo descaradamente Lucia, la madre de Yaser.

—Lo voy a situar en una lancha guardafronteras para que Pineda no lo vea delante de él en mucho tiempo —dijo riéndose al teléfono.

—Creo que es el mejor lugar en que puede estar mi muchacho —agradeció ella por el interés de Rojas en la solución del caso.

Al otro día salía Yaser a su nuevo puesto. Iba a servir de soldado guardafronteras en una patrullera con dos elementos más.

Se presentó con el teniente Melchor, un mulato con cara de asesino que comandaba la lancha, y Salas, un soldado que antes había sido marinero. Con solo mirar a estos dos personajes a Yaser le dio muy mala espina. "Bueno —pensó—, es mejor andar con esta gente desagradable que encontrarme con el comandante Pineda".

Montó en la lancha, soltaron amarras, y Salas condujo con pericia la lancha de 32 pies de eslora, artillada, por las tranquilas aguas del puerto del Mariel, hasta que se perdió la costa.

En medio del mar y soportando un silencio sepulcral, Melchor, con su corpachón, que se notaba de una fuerza brutal, se desplazó hasta la proa de la lancha, y sin decir nada, sin expresar ningún sentimiento en sus facciones, agarró a Yaser por el cinto, a nivel de la espalda y lo levantó en peso. Después lo empujó brutalmente por la borda de la lancha. Yaser que era un nadador experimentado, sin salir de su estupor, nadó alejándose de la lancha. Entonces Salas dirigió la proa de esta a gran velocidad hacia él, y sin miramientos, lo embistió, produciéndole un fuerte trauma en el cráneo con la quilla. No contento con la primera embestida, volvió, dio una vuelta completa y arremetió de nuevo al cuerpo sin vida del pobre muchacho.

Entre los dos tripulantes subieron el cadáver a la lancha y lo llevaron de vuelta a la marina. Se presentaron a su jefe inmediato y dieron el siguiente parte:

Mientras patrullábamos la costa norte de la Provincia Habana, yo, el timonel Julio Salas y el soldado Yaser Meléndez, este último hubo de caerse de la lancha en una maniobra de viraje, sufriendo trauma en la región craneal, producto del choque de la cabeza con la quilla de la embarcación. Al parecer, el soldado Yaser, que no estaba acostumbrado a andar en lanchas rápidas, sufrió un mareo y cayó al mar, y producto del trauma perdió la vida.

Firmado: Teniente Antonio Melchor-

El parte se envió por radio al Jefe de los Servicios de Guardacostas, el cual, al recibirlo, descolgó el teléfono y llamó a su fraterno compañero y hermano Pineda y le dijo:

—Hermano, la misión ha sido cumplida con eficiencia. Te lo informo para que no te preocupes más por nada. Relájate y sigue con tu labor —diciendo esto, colgó con una sonrisa de satisfacción en el rostro.

CAPÍTULO 27

El comandante Rojas entró en el edificio y fue hasta el buró del oficial que atendía las visitas.

—Compañero, estoy citado por el comandante Chávez. Soy el comandante Rojas, Jefe de Guardafronteras del Estado Mayor de la provincia de Pinar del Río —dijo con aire marcial.

—Siéntese, Comandante, le aviso al Jefe —replicó el oficial de guardia.

Tomó asiento con cara de preocupación en una de las múltiples butacas que había en la sala de espera. ¿Qué sería lo que pasaba? Era muy extraño que fuera citado allí, porque todos sabían que el servicio de contrainteligencia e inteligencia militar no citaba a nadie por gusto. A pesar del grado de comandante que ostentaba, a pesar de que había sido combatiente de la Sierra Maestra, a pesar de que era miembro del Comité Provincial del Partido en Pinar del Río... Pese a todo, en aquel lugar no citaban a nadie para darle una condecoración ni nada por el estilo.

Pasados unos interminables veinte minutos, el oficial de guardia lo llamó y lo hizo pasar a un pasillo, al final del cual, estaba una oficina que no tenía nada de particular. Un escritorio de madera barnizado, una silla giratoria, una butaca individual forrada en vinil y al final un cuadro de Fidel.

En cuanto se sentó a solicitud del oficial de guardia, entró por una puerta lateral el teniente coronel Arismendi, un viejo conocido suyo de la lucha insurreccional. Él sabía que su compañero era el Jefe de Inteligencia Militar a nivel nacional, que era una persona implacable, incorruptible, de la total confianza de las más altas esferas del Gobierno.

El Teniente Coronel le tendió la mano como saludo y lo invitó a sentarse de nuevo. Rojas, por el semblante de Arismendi, sintió en su interior que algo no andaba bien y solo atinó a decir:

—Camarada, qué gusto verte. ¿A qué se debe la llamada?

—Seré escueto y lo más objetivo posible. Estoy con mucho trabajo y no tengo tiempo para rodeos. Iré al grano —dijo con marcada seriedad.

—Han pasado cosas, de las cuales tenemos certeza de hasta el más mínimo detalle. No será el caso de que las enumeremos, puesto que hay hechos de los cuales es mejor no hablar. Lo que sí te voy a decir es que no estoy hablando como compañero de la Sierra, ni como amigo de fiestas, ni nada por el estilo. No te he citado a un restaurante para tener una conversación privada. Te estoy citando de forma oficial, como Jefe del Servicio de Inteligencia Militar, para decirte que te estás pasando —Rojas trató de balbucir algo, pero Arismendi lo paró en seco—. Cállate la boca, ya te dije que tengo poco tiempo, escucha y calla.

—Se han cometido varios errores, de los cuales tú eres uno de los protagonistas. No interesa los nombres, tanto da que sea Pineda, Darli, Yaser, Melchor u otro nombre. Los nombres no importan. Tampoco interesan los motivos que impulsaron los hechos, amistad, compañerismo, lealtad, etc. Llámese como se llame, en nuestra patria solo hay una lealtad y esa lealtad se llama Fidel Castro Ruz, nuestro Comandante en Jefe. Tú lo sabes mejor que yo. Cuando de forma secreta se toman medidas no aprobadas por los superiores, y ocurren hechos a título personal, con el objetivo de satisfacer la demanda de amigos, es preocupante. Hacer algo anormal por amistad, puede también traicionar a la patria. Nosotros los revolucionarios, los comunistas, no podemos darnos el lujo de tener amigos. Hemos hecho cosas por la Revolución, tanto tú, como yo, como otros muchos más, que pondrían los pelos de punta a nuestros enemigos. Por la Revolución, el Socialismo, el Comandante en Jefe y la Patria, todo es válido. Por todo lo demás, amigos, compañeros, mujeres, familia, hijos, padre, madre, etc., no hay justificación alguna. Estás alertado. Te estoy informando oficialmente que la próxima vez que cometas a título personal, por la causa que sea, alguna acción no aprobada por los mandos superiores, serás simplemente eliminado. La Revolución no perdona a nadie. Aquí nadie es indispensable, todos somos sustituibles y preferimos darle una medalla post mortem a un mártir, que darle una segunda reprimenda a un héroe, si así fuera el caso.

Dicho esto, calló por unos segundos. El semblante de Rojas estaba lívido. Más pálido que la pared blanca de la oficina. No atinaba a decir nada, solo miraba el rostro impasible de Arismendi.

Arismendi se puso de pie y dijo:

—Hasta aquí la conversación, puedes irte.

Rojas se levantó casi sin fuerzas en las piernas y con pasos inciertos se dirigió a la puerta de la oficina. Antes de salir oyó al comandante Arismendi decirle:

—Recuerda lo siguiente: los hombres mueren, el partido es inmortal.

CAPÍTULO 28

Enrique, un muchachón de diecinueve años, vecino y amigo de Yaser desde la escuela primaria, y que había sido llamado al Servicio Militar Obligatorio junto con él, había sido, desde muy jovencito, un niño "bitongo", como les decían a los hijos y parientes de los dirigentes del Partido que llevaban una vida licenciosa.

Su padre, que tenía un alto cargo dentro del Partido Comunista en La Habana, le consiguió un lugar agradable para servir en la Marina Hemingway, donde tenían los yates los magnates del Partido y del Gobierno, así como el personal diplomático en La Habana. Su misión era "cuidar" esos yates y botes de lujo y pasarse el día tomando en cada barco en que podía encontrar sus cervecitas, y de vez en vez su ron Havana Club y hasta su whisky escocés, que mucho le gustaba.

De esa forma vivía el susodicho Enrique, disfrutando de sus ventajas, mientras el resto de los jóvenes, que no tenían a nadie que los "protegiera", debían cavar trincheras horas y horas, día tras día, marchar al sol y el sereno, hacer guardias nocturnas de ocho horas parados en una garita, todo para que se volvieran hombres dignos de la Revolución, como querían hacerle creer a todos.

Una tarde que estaba descansando del almuerzo en una base militar aledaña a la Marina Hemingway, vio a su amigo Yaser abordar una lancha con dos militares más y hacerse al mar. Le pareció un poco raro que Yaser estuviera allí, él sabía que estaba cuidando la casa de un dirigente.

Siguió dormitando, en espera de volver a la Marina y hacerse un cafecito, pero en vez de eso, decidió quedarse, le dio mala espina ver a Yaser irse con aquellos dos militares que tenían fama de ser unos hijos de puta de primera. Siempre manifestaban a voz en cuello que despreciaban a los bitonguitos que, amparados por el poder de sus familiares, vivían una vida de jerarcas, mientras otros se sacrificaban al máximo.

Varias horas después, ya hastiado de esperar, vio aparecer la lancha con los dos militares, pero no vio a Yaser con ellos. Iba a preguntarles por su amigo a los dos malencarados aquellos, pero decidió callarse la boca y preguntar por ahí un poco más tarde.

Al otro día se levantó como siempre, con un hambre atroz. Fue a la cocina y le dijo a la empleada que le preparara un sándwich de jamón y queso a la plancha, como le gustaba, y mientras desayunaba oyó a su padre que le decía a su mamá la noticia que había circulado: Yaser había muerto en un accidente en un bote.

Inmediatamente fue a la habitación contigua, donde en la mesa del comedor se desayunaba. Le preguntó a su padre si era verdad lo que había escuchado.

—¿Por qué preguntas? —respondió el padre—. Yo sé que eres muy amigo de Yaser, pero el tono en que lo haces es extraño.

Enrique le contó a su padre todo lo que había visto el día anterior y lo incómodo que le había resultado este incidente. Su padre le dijo:

—¿Estás seguro de lo que dices? Eso es muy grave.

—Sí, papá, incluso me quedé unas cuantas horas por allí, ese es el lugar donde normalmente amarran ese bote.

—Voy a llamar al papá de Yaser para ponerme al tanto de lo que está sucediendo y salir de dudas.

Enrique no fue ese día a la Marina, llamó y dijo que estaba indispuesto, y esperó hasta la tarde para llamar a su padre cuando este supiera algo concreto sobre el asunto de Yaser.

Pasadas las cuatro en punto, llegó el padre de Enrique y comentó con su madre y con él, que estaba algo turbio el asunto y que si las suposiciones de los allegados eran realidad, iban a rodar unas cuantas cabezas.

Enrique pensó: "Si entre «nosotros» los dirigentes — refiriéndose a su padre y el padre de Yaser—, ocurren cosas como estas, ¿qué no pasará con el pueblo?".

Él estaba un tanto decepcionado de cómo se comportaba el Gobierno revolucionario y le hastiaba el tener que ver y callar, que era la actitud que le habían inculcado desde niño. "¿Será que las personas no tienen pensamientos y criterios propios que poder expresar?". Pensaba para sí que lo que tanto pregonaban de la "justeza" de la Revolución no era tal. Quería saber a ciencia cierta qué era lo que pasaba en el país, tener un criterio propio y poder expresarlo, como debía ser, pero, por otro lado, pensaba en lo que le decía su madre siempre: "Con la boca cerrada te ves más bonito".

¿En qué pararía todo esto? ¿Sería que iba a entender aunque fuera un poco lo que en realidad era aquella "Revolución"?

El tiempo lo diría.

CAPÍTULO 29

Inocencio no quiso que yo le ayudara a trasladar la lancha por motivos de seguridad. Él, a pesar de su avanzada edad, era muy fuerte y estaba acostumbrado a aquellos menesteres. Eran muchos años dedicados a la noble tarea de pescar.

Mientras llevaba el bote, yo revisaba las armas y las provisiones, que era lo último que trasladaríamos.

Estando en esa tarea, siento una voz susurrando por la ventana del patio, que estaba cerrada:

—Inocencio, Inocencio, hay gente del G-2 vigilando.

Al oír aquello se me heló el cuerpo todo y fui a la ventana, la abrí revólver en mano y me asomé a ver quién era que había hablado. No vi a nadie. Aquello me alertó, y, cuando Inocencio regresó, le dije lo que había oído. Inocencio, alarmado, me dijo:

—Alguien nos chivateó, debemos proceder con rapidez. Tienes que salir con todo en un segundo.

—¿Pero cómo, y por dónde? —pregunté pavorido.

Ven a mi cuarto rápido, ayúdame a levantar la cama y abre una tapa de madera que está en el piso. Trae todas las cosas y entra con ellas a la velocidad de un rayo. Así lo hice, y después de entrar en un agujero de unos dos metros de alto por uno de ancho, cerró Inocencio la tapa y sentí que dejaba caer la cama en su sitio. Cogí el fusil y el revólver decidido a todo.

Unos pocos minutos después, sentí la voz, aquella voz inconfundible, conminando a salir a los ocupantes de la casa. Inocencio demoró unos segundos en salir; oí la siguiente conversación.

—¿Usted es Inocencio?

—Un servidor de usted —respondió Inocencio con una voz que me causó admiración por su tono seguro. ¡Era valiente aquel señor!

—¿Quién más está en esta casa?

—Yo vivo solo y no hay nadie conmigo —respondió Inocencio.

—Eso veremos —y diciendo esto Gilberto entró con los otros oficiales, quienes habían asegurado a Inocencio por un brazo.

Sentí pasos por toda la casa, procurando por todos los lados. Los armarios debajo de las camas. Todo fue revisado. Por suerte no consiguieron percatarse de la tapa del agujero donde estaba.

Después de la revisión infructuosa, comenzaron a interrogar a Inocencio.

—¿Dónde y para qué sacó el bote hasta la playa? — preguntó Gilberto.

—Saqué mi bote, que reparé, para hacer una pesquería, que hasta ahora no me han prohibido —respondió Inocencio.

—¿Quién es la persona que ha estado con usted en estos días?

—No sé de quién me habla, puesto que desde que mi hijo está preso vivo solo.

—Usted es una persona mayor, a las que normalmente respeto, pero si me miente no tendré consideración alguna, ¿me entiende?

—Solo estoy diciendo la verdad, ¿usted ha visto a alguien en mi casa? —respondió.

Por lo menos hoy desista de salir a pescar. Es una orden. Mañana veremos.

Inocencio acompañó a los agentes hasta el bote, donde estuvieron unos minutos, y regresó para sentarse en la sala con la ventana abierta un tiempo que me pareció un siglo.

Al cabo de aquel lapso, llegó hasta el cuarto, se arrodilló al lado de la cama y me susurró:

—Abre un poco para que te entre aire y quédate ahí hasta que te avise.

—Está bien —dije y me quedé en aquella posición incómoda, aunque ahora un poco más relajado. Así pasaron varias horas. Inocencio cerró la ventana se acostó en la cama y, casi al amanecer, levantó la tapa. Salí del escondrijo un poco entumecido por la posición incómoda, la cual me había recordado el día que salí de "la sola".

Le expliqué que aquel barbudo era el oficial que me había enfermado la vida y que, por una causa que yo pensaba era sobrenatural o diabólica, me encontraba nuevamente en mi camino.

Todos los planes forjados con tanto celo y amor estaban desarmándose totalmente. Mi vida corría peligro, así como la de Inocencio, y aquel lugar ya no era seguro. Había que trazar otro plan, pero lo fundamental era salir de allí sin ser visto, lo cual iba a ser realmente difícil, si no imposible.

Después de amanecer, Inocencio salió de casa y fue hasta el bote. Al lado había un pescador que era miembro del CDR, cuidando, a quien con mucha naturalidad le preguntó lo que estaba sucediendo:

—¿Por qué no puedo salir a probar mi bote recién reparado? —preguntó Inocencio.

—Compañero, yo solo sé que me orientaron vigilar y no dejar que saliera en él —lo demás se lo pregunta al del G-2.

—¿Y dónde puedo encontrarlo? —preguntó.

—Vaya para casa y espere que él va a pasar después por allá.

Inocencio regresó y me puso al tanto de la conversación. Volví a entrar en el escondite.

Las horas pasaban y yo, en estado de tensión máxima, trataba de acomodarme lo mejor posible en aquel hueco.

Sentí a mi amigo trajinando en la cocina, me trajo un plato con un poco de comida caliente y después de alimentarme se lo devolví.

Ya de tarde sentí un jeep parar frente a la casa y sonido de puertas abriendo y cerrándose.

La voz inconfundible y odiosa del barbudo le pidió a Inocencio, esta vez con más decencia, entrar a tener unas palabras con él.

Inocencio, con mucha naturalidad, lo invitó a pasar y a sentarse convidándolo a café, lo cual Gilberto y su ayudante recusaron.

—Alguien nos informó que vio al señor salir a pescar acompañado una de estas noches, por ese motivo estamos de ojo en esta casa. ¿Por qué le puso mástil y vela al bote?

—Como el compañero podrá ver soy muy viejo y necesito auxiliarme de vela para dar mis vueltas a pescar, que es lo único que me da alimento, ya que remar se hace muy pesado últimamente —contestó.

—No lo parece, porque trasladó el bote con mucha facilidad.

—No es fuerza, es maña, amigo. Son muchos años de experiencia.

—De todas formas, si va a salir a pescar que sea de día. Está prohibido hacerlo de noche —ordenó Gilberto.

—De día no se pescan ni sardinas. Usted no lo sabe porque no es pescador.

—Entonces coma sardina, porque si lo vemos salir de noche tiraremos sin avisar, ¿OK?

Se levantó y, mirando a uno y otro lado, como si quisiera adivinar con la mirada algo que lo alertaba, salió, montó en el jeep y dejó a Inocencio contemplándolo mientras se alejaba.

Salí del escondite y en voz baja le pedí perdón a Inocencio por causarle tantos disgustos.

Me miró como se mira un hijo y me respondió:

—Tú no me has obligado a nada. Todo lo hago por mi entera voluntad y soy muy viejo para saber qué está bien o mal.

Estaba en un estado de lamentable tristeza y desconcierto. ¿Qué haría a partir de ahora? ¿Conseguiría salir de allí con vida?

Una vez más había tenido suerte de no ser descubierto, pero todos mis planes se habían acabado. No tenía ni la menor idea de lo que iba a pasar conmigo en lo adelante.

CAPÍTULO 30

Saturnino Estanislao Rodríguez había sido un hombre con suerte en la vida, ya que después de varios años pescando con una lanchita de mala muerte, un buen día ganó veinte mil pesos en la lotería. Había comprado dos hojitas de billetes por cinco pesos y ganó en el primer premio. De momento se volvió loco de contento e hizo muchos planes. Se compraría una casa, o un carro nuevecito de paquete o ¿no sería mejor comprar un barco decente y con este hacer su futuro? Decidió lo último y, después de ver y rever muchos, compró uno que era una belleza. Lo habían construido en los astilleros de La Cabaña, tenía todo lo que él necesitaba, tamaño, nevera para congelar el pescado, un motor de primera calidad y súper moderno.

Su vida real comenzó con aquel barco. Contrató al hijo de un amigo de toda la vida, un muchachón de trece años, pero muy fuerte y decidido, para que fuera su ayudante, y comenzó a pescar y a hacer su dinerito. Poco a poco, con esfuerzo y sacrificio, obtuvo lo suficiente para hacer su casa de mampostería, con un patio grande para plantar árboles frutales y una pequeña huerta, que cuidarían sus hijos, porque no quería que ellos sufrieran los peligros que día a día él tenía que soportar. Deseaba que sus hijos estudiaran en la Universidad y se hicieran "gente".

Su ayudante, Danielito, hijo de su gran amigo Inocencio, se transformó en un patrón de barco de primera y, cuando Saturnino estaba indispuesto o enfermo, iba con otro pescador contratado y le hacían su faena, siempre con muy buenos resultados. Era un hombre honesto y trabajador igual a su padre.

Los años pasaron y la vida de Saturnino marchaba cada vez mejor, había comprado otro barco un poco más pequeño y lo había dado en arrendamiento a otros amigos. De esa forma su vida económica estaba en auge.

Su casa daba para el fondo de la de Inocencio, y a la costa, por lo que decidió hacer un muro alto de concreto para proteger su jardín, donde tenía sus árboles frutales, que lo deleitaban cuando no salía al mar. Tenía de mango, guayaba, caimito morado, coco indio, aguacate, mamey colorado, naranjas chinas y mandarina, limón, además de una huerta que era de envidiar. Sus hijos y esposa cuidaban de ella y obtenían de todo, desde lechugas, tomates, berenjenas, pimientos, berro, hasta hierbas medicinales que su esposa sabía utilizar para los diferentes tipos de enfermedades. Dejó una puerta para poder comunicarse con Inocencio y para que a su vez su hijo Daniel pudiera venir cuando lo necesitaba.

Junto a su familia tenía una vida laboriosa pero feliz, porque no les faltaba de nada y sus hijos estaban todos encaminados. Era dura la vida en aquellos tiempos, aún más con los problemas que se acarreaban por el gobierno mano dura de Fulgencio Batista. Uno de sus hijos, el mayor, se matriculó en la Escuela de Oficiales del Ejército y se hizo teniente telegrafista, ganaba un buen salario y vivía enamorado de su carrera.

Un buen día, allá por los meses finales de 1958, lo mandaron para la Sierra Maestra como telegrafista y, estando al mando de las tropas de Cowley, fue hecho prisionero cuando triunfó Fidel.

Fue acusado injustamente de colaborador del régimen de Batista y lo enviaron un año para el Príncipe, de donde salió muy indispuesto con la Revolución, consideraba una injusticia la condena impuesta.

Después que salió del Príncipe, al ver que aquello había sido un engaño y que las promesas de Fidel eran todas mentiras, decidió irse a los Estados Unidos.

Fue una tristeza para toda la familia, pero, poco después, al recibir las noticias de lo bien que le iba por Miami, donde estaba trabajando en una empresa muy poderosa con muy buen salario y con la alegría de haberse casado con una cubana que estaba en esa ciudad hacía algún tiempo, y que era de muy buena familia, se consolaron y vieron la salida del mayor de sus hijos con mejores ojos.

Por los meses en que su hijo mayor se fue a los Estados Unidos, el Gobierno le intervino a Saturnino sus barcos. Para Fidel tener más de un barquito era como poseer una flota.

Aquello lo destruyó sicológicamente, había acabado de un día para otro el pequeño patrimonio que con tanto trabajo, sudor y lágrimas había construido durante toda su vida.

Tanto él como su familia no conseguían aceptar aquello, sus hijos se fueron yendo uno a uno para el Norte, como su hermano mayor había hecho. Él no se iría, algún día aquel loco que había tomado el poder tendría que salir y quizás le devolvieran sus barquitos y su vida volvería a ser como antes.

La única cosa que lo consolaba un poco era que Daniel, su ayudante, quedaba de patrón de su barco preferido.

Daniel no era comunista, pero se había manifestado a favor de la Revolución, quizás porque no sabía a ciencia cierta lo que esta pretendía. Él estaba haciendo lo mismo que había hecho durante todos los años, patrón de su barco, lo que ahora no era de su verdadero dueño sino del Gobierno, cosa que lamentaba, pero él no tenía culpa de ello.

Su padre, al cual respetaba y quería mucho, le decía:

—Cuida del barco de mi amigo Saturnino, que un día tendrán que devolvérselo.

Eran cosas de viejos, porque él estaba consciente de que aquello no tendría marcha atrás. Pero por respeto a su padre y al que había sido, más que su patrón, un verdadero amigo, aceptaba aquello con una sonrisa en los labios para no decepcionarlos.

El tiempo pasaba, y las leyes revolucionarias, diseñadas para beneficiar a los pobres y los trabajadores, no daban los resultados que se esperaban. Cada día la situación era más crítica, la pesca que hacían tenían que entregarla totalmente a la Cooperativa y solo podían sacar un poco, cosa mínima, para autoconsumo. Estaban peor que antes, porque ni comida tenían. Además, todos veían cómo los "mayimbes" eran favorecidos por el administrador de la Cooperativa, salían con sus carros oficiales llenos de lo que ellos con tanto esfuerzo obtenían y les era negado.

Un buen día aparecieron unos amigos antiguos del hijo de Saturnino, venían de La Habana. Le ofrecieron mil dólares a Daniel para que los llevara a la Florida.

Era muy arriesgado, pero con aquel dinero podría empezar una vida nueva en otro lugar, donde pudiera tener su propio barco y llegar a ser alguna cosa que no fuera un simple pescador del Gobierno.

Desafortunadamente fue detenido, lo condenaron a diez años de cárcel y su barco pasó a otro patrón, un irresponsable que era del Partido. "De barco sabe menos que mi nieto", dijo Saturnino en una ocasión a su amigo Inocencio.

Por el año 1979 le detectaron a Saturnino una lesión cancerosa en la garganta, por lo que fue operado. Quedó con una ronquera definitiva debido a las sesiones de radioterapia que le tuvieron que aplicar después de la operación.

Su amistad con Inocencio sería ahora más profunda. Veía la soledad en que el pobre estaba y de vez en cuando le daba una vuelta para conversar con él.

Un día fue hasta casa de Inocencio de noche, eran las ocho más o menos, atravesó por el patio y lo oyó conversando con una persona. Él no era chismoso ni entrometido en la vida de nadie, pero como Inocencio era como un hermano para él, consiguió oír parte de la conversación. Un señor de nombre Homero, había sido alojado por su amigo, porque estaba siendo perseguido por la Seguridad. No pudo escuchar bien las causas, pero su amigo estaba ayudando a una persona desafecta al Gobierno.

La primera reacción fue la de regresar a casa y al otro día hablar con Inocencio, porque no quería que su amigo tuviera problemas con la justicia. Después de pensarlo bien decidió que se callaría la boca y dejaría esa decisión al propio Inocencio, que no era ningún joven. Si le pidiera ayuda incluso se la daría, por ser su mejor amigo y por ayudar a alguien perseguido por aquellos comunistas sin conciencia ni piedad.

Un buen día estaba en el portal de la casa y observó un movimiento extraño en la casa del Presidente del CDR. Fueron unos militares a visitarlo y estuvieron varias veces más en los días posteriores.

Preocupado con ello y sospechando que aquello tuviera que ver con su amigo Inocencio, comenzó a seguir los movimientos del Presidente del CDR, y una noche pudo comprobar que estaban vigilando a Inocencio, que había llevado su bote a la playa, al parecer para salir a pescar. Él otras veces le había prestado el suyo, porque Inocencio decía que estaba arreglando su bote, y al ver que la gente de la Seguridad iba para casa de su amigo, fue por la puerta de atrás y dio la alarma a quien estaba allí, que no conocía pero que seguramente era a quien buscaban los del G-2.

Esa noche esperó con ansiedad para ver qué pasaba, pero al parecer no hubo problema alguno. Esperó otro día más y por fin se decidió a hablar claro con Inocencio. Lo llamó al patio de su casa y le dijo:

—Tú sabes que para mí eres un hermano, no voy a cuestionar lo que haces, pero te diré que la otra noche di un aviso para alguien que estaba en tu casa, porque los del G-2 al parecer iban en su busca.

—Yo sabía que la única persona que sería capaz de ayudarme a mí en este pueblo eras tú, a pesar de ello, no quería traerte problemas. Nosotros los dos estamos viejos y a mí me da lo mismo ya lo que me pase. Quiero ayudar a una persona que me parece excelente cueste lo que cueste.

—Puedes contar con mi ayuda desde ya.

Inocencio le contó mi verdadera historia, lo cual desencadenó una solidaridad extraordinaria en Saturnino.

—Lo primero que tenemos que hacer es sacar a tu amigo de tu casa. Ahí corre peligro.

—Tienes alguna idea de cómo hacerlo —dijo Inocencio.

—Vamos a pensar entre los tres.

Y tuvimos una conversación muy fructífera, mediante la que conocí a aquella otra persona maravillosa que me había salvado la vida una vez y estaba dispuesto a arriesgarse para ayudarme.

No todo estaba perdido, pensé al término de aquella conversación.

Dios siempre enviaba un ángel para cuidarme. Le di las gracias en mis oraciones por colocar tanta gente buena en mi camino.

Los días futuros serían decisivos en mi vida.

CAPÍTULO 31

Gilberto regresó encabronado a La Palma esa noche. Alguna cosa no había salido bien en toda aquella historia, y él presentía que habían sido burlados por aquel viejo pescador.

Había investigado todo sobre su vida y sabía bien que su hijo, un tal Daniel, había sido detenido y juzgado por tentativa de llevarse un barco estatal para los Estados Unidos, con un grupo de habaneros, entre los cuales había un infiltrado de ellos que facilitó las cosas.

El Presidente del CDR era una persona de mucha confiabilidad por los servicios prestados anteriormente; y aquella información no comprobada de que había visto una persona salir a pescar con el viejo una noche le sonaba mal.

De la forma con que había preparado la operación no podía fallar nada. Por lo tanto, algo se atravesó en el camino y abortó la misión. Su olfato estaba alterado como cuándo entraba en una operación con aires de clandestinidad.

Llegó de madrugada y entró en su cuarto, se recostó en la cama vestido y comenzó a pensar en los acontecimientos recientes.

La figura de Homero García, que era como una visión diabólica para él, se reflejó en sus ojos. ¿Será que aquello tenía que ver con ese sujeto?

Tenía que pensar con más objetividad; si seguía con aquella obsesión esta le iba a traer su desgracia. Después de mucho análisis se quedó dormido, y bien temprano se dirigió al teniente Salcedo a hacer un informe. No quería exponerse de nuevo a problemas con sus superiores, aunque no consideraba a aquel "tenientico" su superior.

—Deje esa investigación a cargo del oficial de Puerto Esperanza y dedíquese a cumplir esta orden, que es muy importante —dijo el teniente Salcedo entregándole un memorando donde solicitaban ayuda en un caso del vecino municipio de Cabañas.

De mala gana fue a cumplir lo que le ordenaron. Él sabía, estaba seguro, que alguna cosa extraña estaba pasando en Puerto Esperanza y algo le decía que debía ser él y no otra persona la que hiciera aquella investigación. Pero no quería tener más problemas. Haría lo que aquel incompetente le ordenaba y se acabó.

Pasó varios días en aquella misión. Estaba radiante de alegría; con su sagacidad había detectado una red de espionaje que la CIA había montado en La Cabaña, con la detención de varios sospechosos. Sus jefes verían lo que él era capaz de hacer. Valorarían su inteligencia y volvería a ser el oficial respetado por todos.

A su regreso a La Palma, fue felicitado por el teniente Salcedo gracias a su actuación en el caso, lo cual enalteció su ego. Salcedo le ordenaba ahora ir al municipio de Alonso de Rojas a investigar una acción de unos contrarrevolucionarios, que reclamaba de alguien con experiencia.

Al oír la orden, su primer pensamiento fue que querían mantenerlo lejos de la Unidad, pero cuando leyó el informe que tenía en las manos se dio cuenta de que no era una misión común. Como si fuera una visión, se percató al momento de que aquello tenía el sello de su rival, Homero.

Salió sin descansar y ni siquiera almorzar a pesar de que eran más de las dos de la tarde y solo tenía en el estómago una taza de café con leche. Fue hasta el poblado de Alonso de Rojas, se entrevistó con el oficial que atendía la Seguridad, que era conocido de sus buenos tiempos, y fueron al lugar de los hechos.

Uno de los silos de almacenaje de arroz fue destruido, pero no fue accidental, porque habían dejado un cartel pegado a la entrada de la empresa que decía, "ABAJO LA INJUSTICIA, VIVA LA DEMOCRACIA".

Aquello no llevaba más análisis, era obra de su enemigo número uno. Había dejado su huella en el lugar que menos esperaba. ¿Por qué en aquella zona? Esa pregunta le martilló el cerebro.

Aquello parecía como una ratonera. ¿Debía él caer en ella como un ratón indefenso?

Ayudó, o se hizo el que ayudó, al compañero de la unidad de Alonso de Rojas. Se calló su presentimiento, lo podían tildar de loco o de obsesivo, y regresó a La Palma, pensando todo el camino sobre el asunto. Para él no había otra explicación, pero no iba a decírselo a su jefe. Iba a trazar su propio plan y, cuando tuviera la convicción absoluta con pruebas de lo que tenía en mente, se lo haría saber. Ahí tendría carta blanca en el asunto. Sería su obra maestra. Recuperaría el prestigio de siempre. Lo llamarían de nuevo a la Jefatura en Pinar del Río.

Pensó con una intensidad como nunca lo había hecho en su vida. Sabía el plan que bullía en su mente con una claridad inusitada. Estaba volviendo a recuperar su autoestima, perdida en los últimos tiempos.

Si todo salía como estaba programando, quizás llegaría a la Jefatura en La Habana. Todo el mundo lo iba a considerar tal y como era: el maestro de la Inteligencia dentro de la Seguridad del Estado.

Era ahora o nunca.

CAPÍTULO 32

Dice un viejo refrán que el Diablo sabe más por viejo que por Diablo. En realidad la experiencia de la vida sirve de mucho. Aquellos dos amigos setentones estaban dotados de una inteligencia natural y una experiencia fuera de lo común. Entre los tres, después de identificarnos y ver que teníamos objetivos comunes, llegamos a un acuerdo unánime. Yo debía hacer algo que tuviera mi sello personal lo más lejos posible de aquella zona para desviar la atención de aquel oficial que ya estaba cayéndole pesado a mis amigos.

Saturnino nos confesó que había colaborado de forma discreta con unos amigos que pertenecían a una organización contra el Gobierno en el sur de la provincia. Ellos planeaban hacer una acción en los silos de arroz que había en Alonso de Rojas y él los había ayudado con provisiones y una pistola Colt 45 que tenía desde antes de la Revolución y que había pertenecido a su hijo cuando era militar.

Iba a recomendarme a uno de ellos, el que sabía a ciencia cierta que era de la más absoluta confianza.

Me dio un papel cifrado que ni yo mismo entendía lo que quería decir y la dirección donde podía encontrarme con su amigo. Aquella misma noche partí de la forma más discreta posible, atravesando el patio de Saturnino para salir por el frente de su casa en el momento que fuera avisado por él.

Además del revólver 38 llevé una de las pistolas Makarov y dos peines de balas. Monté en el camión de un amigo de Saturnino que daba viajes a Paso Real de San Diego. Me quedé allí y cogí el último ómnibus para Alonso de Rojas.

Al llegar al pueblo, fui a la dirección que me había dado Saturnino, encontrándome con una casa de construcción antigua, posiblemente de inicios de siglo, que estaba casi en contacto con la iglesia local.

Eran cerca de las dos de la mañana, toqué por la puerta del fondo, con tres toques espaciados de la forma en que me había orientado Saturnino. Al contestar una voz masculina, que me preguntó quién era, dije:

—Vengo a ver a los ratones de la bodega —era la contraseña que me abría la puerta de aquel lugar.

Conocí a un señor de cincuenta años más o menos, medio calvo, un metro y setenta de estatura aproximadamente y piel oscurecida por el sol, posiblemente un campesino.

—Entra rápido —me dijo al verme.

Entré en una habitación semioscura, que parecía ser el comedor de la casa, y después de mirar fijamente a los ojos de aquel señor, le dije:

—Vengo de parte de Saturnino a ayudar en su objetivo.

—El plan de ataque está estudiado a fondo —dijo después de mandarme a sentar y brindarme una taza de café—. Lo importante es hacer las cosas rápido y salir inmediatamente de allí.

Concordé con él y revisamos lo que teníamos que hacer.

Me miró de pies a cabeza y me buscó una camisa y un pantalón negros, que me servían. Después de repasar varias veces su plan, salimos los dos con ropa oscura, ya eran las cuatro de la mañana. Sabiamente me dijo:

—A partir de ahora es cuando los guardias y los milicianos se descuidan. Además, es la hora de tirar un pestañazo, porque casi todos ellos tienen que trabajar de mañana este mismo día.

Estaba lidiando con una persona experta en aquellos menesteres.

Utilizando dos bicicletas que él trajo de un lugar que no supe bien, porque tuve que esperar en una esquina dentro de un portal, salimos a paso lento, pero continuo siempre, amparándonos lo más posible en las sombras de las casas, hasta que tomamos una carretera.

Unos kilómetros más adelante, me ordenó salir por un camino de tierra, a la izquierda, por donde llegamos hasta unas matas de almendra. Dejamos las bicicletas recostadas en sus troncos.

Volvimos a la carretera, caminamos unos ochocientos metros y entramos por una cerca de alambre de púas de cinco pelos, atravesando por un campo que parecía un arrozal en entretiempo de zafra.

Divisamos unas edificaciones cilíndricas de varias decenas de metros de altura, que eran los silos donde se beneficiaba el arroz, era uno de los cultivos principales de aquella zona.

Pegados a la pared y conteniendo la respiración llegamos a la entrada de los silos. Con una llave que mi amigo tenía, que ni pregunté de dónde la sacó, entramos en la edificación y nos dirigimos a la zona donde estaban las mangueras que hacían funcionar los silos.

Después de realizar nuestra principal función, paralizar la producción de los silos, nos dimos a la tarea de colocar los carteles, una misión al parecer inocua pero que como todos sabemos era lo que más dolía a los dirigentes del Partido y del Gobierno.

Con mucho cuidado llegamos al silo que estaba más próximo a nosotros. El compañero de misión sacó de una cartera de cuero un cartel que habían preparado con anticipación y una lata de cola. Como habíamos planeado, mientras él procuraba el lugar exacto donde colocar aquel cartel, yo fui bien recostado a la parte del silo más oscuro y llegué a la puerta posterior de lo que era la oficina de dirección de la empresa.

Pegué el cartel que había hecho en casa de mi compañero, el cual decía: "ABAJO LA INJUSTICIA. VIVA LA DEMOCRACIA", exactamente igual a aquel que había colocado en el Entronque de Herradura meses antes, y volví al silo.

Mi compañero me estaba esperando listo para partir. Salimos de nuevo por el mismo lugar por donde habíamos entrado. Recogimos las bicicletas y llegamos al pueblo en escasos quince minutos. Fuimos a su casa, sacó del garaje una moto que casi no se le oía el motor, a pesar de que era vieja, y me monté con él, saliendo por la carretera que da a Consolación. Una vez en el pueblo, me dejó cerca de la Terminal, en una de las primeras paradas de la carretera de Viñales.

Me dio la mano en señal de amistad, aquella amistad efímera, rápida, donde se cruzaron las palabras necesarias y no se hicieron preguntas de ningún tipo. Todo lo que habíamos hablado se refería a la misión que debíamos cumplir. Vi partir la moto de mi compañero de horas y esperé hasta que un ómnibus que iba para Viñales me recogió. Eran las seis de la mañana y a esa hora el ómnibus venía con muy poco personal. Antes de llegar a la ciudad de Viñales, descendí, caminé a pie hasta la salida para Puerto Esperanza y cogí una botella hasta el lugar donde había entrado a dejar las armas y vi desaparecer el carro. Seguí a pie y llegué hasta una casa de un pescador que me habían indicado como segura, aunque no debía hablar nada con sus habitantes.

En aquella casa modesta, como si me conocieran de toda la vida, me brindaron almuerzo. Después me senté en la cocina a escuchar la radio hasta que fueron las nueve de la noche, hora que, según me dijo el dueño de la casa, era propicia para hacer "mi visita".

Fui por las calles menos concurridas y llegué hasta la de Saturnino. Entrando por la puerta lateral, que daba al patio, atravesé este y fui a los fondos de la casa de Inocencio, donde vi que la luz del patio estaba encendida. Era la señal de que todo estaba en orden. Toqué a la puerta de la forma previamente acordada.

Mi amigo Inocencio me dejó entrar con la mayor rapidez y me dio un abrazo estrepitoso cuando le dije que la misión había sido un éxito.

—Te andarán buscando por varios días por aquella zona y podremos movernos con más tranquilidad —dijo Inocencio.

—Veremos si muerden la carnada —dije con una sonrisa en los labios.

"Ahora decidiremos quiénes son más inteligentes, ellos o nosotros", pensamos ambos como si estuvieran nuestros cerebros en conexión directa. Y cuando hicimos el comentario, nos reímos durante mucho tiempo.

Aquella noche nos juntamos a Saturnino, le conté todo con lujo de detalles, y nos dedicamos a planificar nuestra próxima misión. Sacarme de allí y ponerme en un bote rumbo a la Yuma.

CAPÍTULO 33

El teniente Salcedo se extrañó cuando Gilberto le solicitó un día de permiso. No hacía ni un mes que estaba en La Palma y en ese tiempo no había usado su descanso reglamentario. Siempre estaba haciendo algo y parecía que lo único que le interesaba era el trabajo. No era correcto, a pesar de ser su jefe, preguntarle la causa de su pedido, pero le causaba extrañeza.

Sabía por el informe que normalmente recibía de todos sus subalternos, que Gilberto no visitaba a nadie, ni siquiera a su madre, su único familiar.

A pesar de que desde que lo enviaron a trabajar con él no estaba sintiéndose a gusto, y para darse cuenta de ello no había que ser muy experto, intentaba ser eficiente y demostrar que era trabajador y se ocupaba de las misiones que se le asignaban.

Desde que cayó en desgracia, según los informes por actuar por cuenta propia como si el Departamento de Seguridad fuera suyo, aparentemente intentaba limpiarse de toda la suciedad que había creado.

Sabía que por su exceso de autosuficiencia habían sido culpadas personas que eran inocentes de los cargos que se le imputaban. Él hacía informes que resultaban fatales para esas personas, y con el tiempo sus superiores se pudieron dar cuenta de que eran exagerados y en algunos casos falsos. De ahí que todos sentían roña por él, porque quedaba claro que todo lo hacía para sobresalir y elevar su prestigio, con fines de ascender dentro del Departamento.

Era conocido por todos su carácter introvertido, poco amigable, y que no se relacionaba con nadie, incluso con sus compañeros. Otro detalle que resaltaba era que no se le conocían mujeres. Ni amigas ni enamoradas ni novias, ni siquiera que tuviera relaciones con alguna de las mujeres que todos sabían eran livianas, algunas por recibir favores y otras por alguna que otra regalía.

Por eso aquel pedido le había llamado la atención. Claro que accedió inmediatamente, no tenía argumento alguno para negárselo, aunque como se dice vulgarmente "por si las moscas", pidió a uno de sus mejores amigos y colaboradores que se vistiera de paisano e intentara con mucha precaución ver qué iba a hacer aquel "maquiavélico oficial" que le habían obsequiado como presente. No era fácil tener gente que ni sus superiores quieren al lado, y él sabía que aquel puesto no era una simple unidad de la Seguridad, aquel era uno de los lugares que el Comandante en Jefe acostumbraba visitar, aunque fueran pocas veces en el año, y no podía permitir tener a alguno de sus miembros haciendo algo que pudiera traerle dificultades en su trabajo.

Siempre había actuado con rectitud y honestidad, por esa causa lo habían colocado en aquel lugar, lo que para él era un honor, y no estaba en condiciones de perder credibilidad por causa de un irresponsable o un ambicioso sin escrúpulos. Conocía muchos casos iguales, que en su opinión personal denigraban la buena imagen de la Revolución, pero todo lo que se hiciera para protegerla era válido a pesar de que supieran que era incorrecto.

Vergara aceptó el pedido de Salcedo. Era el mejor oficial que había conocido, como persona y como jefe, además, sentía mucho orgullo de trabajar para aquel Teniente que acostumbraba a reconocer a sus subordinados cuando tenían éxitos en las misiones que se les asignaban. Jefes así no abundan. Cuando a uno le piden una tarea, más que por constituir una orden, no importa cuál sea, es preciso tratar de realizarla con el mayor placer.

Era un pedido un poco fuera de lo común, vigilar a un oficial de su propio Departamento, pero aquel Capitán no le cayó bien desde que llegó. En primer lugar era poco sociable, en segundo lugar le daba mala espina aquel sujeto que nunca se quitaba las gafas oscuras, y, por otro lado, había oído comentarios de otros compañeros que lo conocían de antemano, que había tenido "problemas" y que el comandante, jefe del departamento en Pinar del Río, no tenía buen concepto de él.

Alguna cosa extraña había en el ambiente; tenía que cumplir el encargo con la mayor discreción, como le había aconsejado Salcedo. Se vistió de civil y utilizó su viejo Ford de 1952, que andaba muy bien a pesar de los años, y esperó a que el Capitán saliera en su Chevrolet para seguirlo.

Vio que el Chevrolet tomó la carretera a Puerto Esperanza, entró en la ciudad y se fue a la Unidad de la Seguridad; de allí fue a una calle cerca de la playa y entró en un CDR. Estuvo una media hora y continuó hasta el Entronque de San Diego, continuó hasta Paso Real, fue hasta Cubanacán, y de allí se dirigió hasta Alonso de Rojas.

En Alonso de Rojas tomó por una carretera hasta llegar a los silos de arroz, donde varios días antes habían hecho un atentado. Aún se podían ver los destrozos de las mangueras, que no se podrían reponer en mucho tiempo.

Una hora después aproximadamente, salió de allí y fue de nuevo a Alonso de Rojas, deteniéndose en una casa que tenía una inscripción que decía Dirección Municipal de los Comités de Defensa de la Revolución. Pasaron más de dos horas hasta que salió de nuevo, esta vez fue por la carretera de Consolación, continuó hasta el Entronque de Herradura y, utilizando un camino de tierra, se fue campo adentro.

Vergara, temiendo ser descubierto, fue hasta un camino a cien metros de allí, entró en un monte que camuflaba su carro y aguardó.

Casi tres horas estuvo esperando hasta que por fin lo vio salir, ahora con rumbo al Entronque de Herradura de nuevo. Gilberto fue a la Jefatura de Policía, por lo que Vergara debió esperar otra hora. De ahí el Capitán salió en su caro rumbo a Puerto Esperanza y regresó al CDR donde había estado anteriormente. Unos minutos después volvió por la carretera a La Palma y se fue a la Unidad, guardando su carro en el patio. Finalmente, fue directo a su cuarto.

Vergara se dirigió a procurar a su Jefe y le informó detalladamente el recorrido y los lugares en que había estado. Su jefe le agradeció el favor, pidiéndole que no hiciera comentarios a nadie sobre su pedido. Esto iba a ser un secreto entre los dos.

Salcedo analizó lo que su compañero le había informado. Tal y como lo había sospechado, aquel sujeto estaba de nuevo haciendo actividades por su cuenta. Debía informarlo al Comandante y esperar sus órdenes al respecto.

Al otro día se presentó Gilberto en busca de órdenes de una forma normal y rutinaria. Haciéndose el desentendido, Salcedo le preguntó si se había divertido algo durante su permiso. Gilberto, un poco desconcertado con la pregunta, le dijo que había ido a visitar unos amigos en Pinar del Río y de paso había almorzado en su restaurante preferido.

—Te gusta la comida de Rumayor. Es excelente —le dijo en forma amigable—. Gilberto, como eres el oficial de mayor graduación aquí, y yo tengo la reunión mensual con el Comandante, te ordeno que no salgas de la Unidad hasta que regrese —dijo en tono normal, pero con la severidad con que se da una orden.

—No se preocupe, compañero Teniente, no saldré de aquí hasta que me ordene lo contrario —dijo Gilberto con actitud de subalterno.

Salcedo llegó a la oficina del Comandante y como siempre fue recibido con un abrazo, cosa esta que lo llenaba de orgullo, porque su Jefe máximo en la provincia lo trataba no como un subordinado sino como un amigo.

Después de tomar un sabroso café, que le ofreció la simpática secretaria, y de recibir las órdenes de las misiones que debía efectuar, Salcedo le pidió permiso al Comandante para hablar de un problema un poco personal, como lo definiera.

—Claro, chico, cualquier problema que tú tengas y que yo pueda ayudarte..., siempre estaré a tu disposición —dijo con mucho cariño el Comandante.

—Sabe, es una situación un poco penosa, pero en base a la amistad que usted siempre me ha brindado, le voy a ser sincero.

Contó al Comandante todo lo que había hecho, incluso en forma no oficial, porque se lo había pedido a un amigo y no a un subalterno.

El Comandante se quedó muy pensativo y, después de una pausa de reflexión, le dijo:

—Salcedo, si fuera otra persona quien me estuviera diciendo esto, lo iba a tomar de otra forma, pero tratándose de ti, que eres de una honestidad a toda prueba, y con respecto a un sujeto como Gilberto, te agradezco lo que hiciste.

Y agregó:

—Ahora no es de interés particular tuyo, quiero que me hagas un informe sobre ello y que no le pierdas pie ni pisada a ese cabrón. Debes mantenerme al tanto de cada paso que dé. Es una orden.

Elogió su trabajo en La Palma, le dijo incluso que él estaba con las condiciones ideales para mejorar de cargo, que le gustaría tener hombres dedicados y a toda prueba como él a su lado, y que estaban debiéndole un ascenso.

Despidió a Salcedo con otro abrazo, muy familiar y sincero, y le pidió que lo dejara, puesto que tenía una reunión muy importante después.

—No dejes de pasar un día de estos por casa con tu esposa, almorzamos juntos y jugamos un poco de dominó —le dijo a modo de despedida.

No había dudas, el tal Gilberto estaba metiéndose en camisa de once varas; a otro podía engañarlo, pero a él no, porque desde que lo vio la primera vez, algo le revolvió el estómago. Iba a velarlo hasta cuando estaba haciendo sus necesidades fisiológicas. De eso no cabía duda.

No era un degenerado con ínfulas de superioridad quien le iba a destruir su carrera y su prestigio. "Cuídate, Capitán Gilberto", pensó.

CAPÍTULO 34

El plan que habíamos elaborado era interesante, y me agradó desde el primer momento. Inocencio y Saturnino iban a arriesgarse, pero me dijeron que yo no debía tener sentimiento de culpa alguna, porque, al contrario de lo que pudiera pensar, ellos estaban entusiasmados por hacer algo útil en la vida.

—Nosotros los viejos tenemos que demostrar que servimos para algo y no para esperar pacientemente que la muerte nos llegue —dijo Inocencio.

—Yo además de que estoy viejo con carajo, tengo un cáncer que dicen los médicos que está curado, pero yo sé que el cangrejo cuando te agarra con sus tenazas no te suelta más —dijo Saturnino, un poco en broma, un poco en serio.

—Estamos dispuestos a dar nuestra vida, que ya poco nos resta, si fuera necesario —dijo Inocencio y recalcó—: No tengas miedo por este par de viejos, que a nosotros lo que nos queda es una afeitada.

Había dos propuestas y las dos eran buenas. La primera era irme en un bote con Saturnino hasta un pequeño cayo que está entre Cayo Inés de Soto y Puerto Esperanza, allí esperar al otro día en que Inocencio iría de día con su bote, que estaba mejor preparado, y dejarme este. Después Saturnino lo recogería.

La segunda era parecida, solo que esta sería ir desde Puerto Esperanza hasta la playa Pajarito, pasando por El Rosario, allí sería recogido por Inocencio y llevado hasta un cayo conocido por ellos entre Pajarito y Cayo Arenas, siguiendo el mismo esquema anterior.

Como los dos eran buenos, pensamos decidir por uno u otro en el momento ideal para la salida y eso estaba en manos del tiempo.

Ambos lobos de mar se dieron a la tarea de analizar todo lo referente al estado del tiempo en los próximos siete días. Había que tener un margen amplio, aunque la travesía podía hacerse con un tiempo ideal hasta en tres días, no podíamos confiarnos en que todo saldría a las mil maravillas.

Dos días después nos reunimos, esta vez de tarde, y decidimos que era aquella la noche de mi partida. En el bote de Saturnino irían los suministros, los neumáticos las cuerdas, las armas y todo lo que no fuera a entorpecer el viaje de Inocencio, que sería de día.

Un nerviosismo me atacó todos los miembros, tanto los superiores como los inferiores. Temblaba como la tierra en un terremoto, no podía contenerme. Hice un esfuerzo sobrehumano, pensé para mí que yo no podía acobardarme en aquella hora decisiva y pude contenerme minutos después. Cené bien y abundante y me dispuse a esperar a las once de la noche, que era la hora acordada para partir.

Todo lo tenía organizado. En dos sacos vacíos de azúcar prieta coloqué todo el material. Saturnino me dijo que saldría primero y que cinco minutos después, si no regresaba, saliera yo. Así lo hice, y con la ayuda de Inocencio, que vigilaba para todos los lados, me dirigí a la playa donde estaba el bote de Saturnino. Lo abordé y salimos; yo prácticamente acostado en el fondo del bote y mi amigo remando. Había que ver la facilidad con la que aquel hombre, pese a la edad y su problema de salud, remaba y desplazaba el bote por las aguas tranquilas de la playa. Eran muchos años de experiencia.

Cuando perdimos de vista la costa me levanté y le solicité que me dejara ayudarlo, pero me contestó que yo tendría que remar mucho a partir del día siguiente. Seguimos por espacio de unas dos horas y por fin llegamos a un pequeño cayo que era prácticamente de unos cincuenta metros de diámetro, solamente constituido por mangle en su superficie.

—Cuando la marea sube llega a reducirse en un veinte y cinco por ciento —me alertó Saturnino—, así que te recomiendo que vayas para el centro del cayo, no te dejes ver por nadie, si sientes algún ruido de avión escóndete lo más que puedas de manera que no sepan que estás ahí. Me advirtió que Inocencio, de no tener problemas, estaría en el cayo al atardecer y que no desperdiciara las provisiones, me podrían hacer falta en el futuro. Me dio un abrazo de aquellos que se dan solo a los hijos queridos y me deseó suerte. Memoricé el nombre de sus hijos y la dirección de uno de ellos, y le prometí que iría a visitarlo y le contaría lo que había hecho por mí. Lo vi marcharse remando con aquella naturalidad que daba envidia, hasta que se perdió de vista.

Entré en el mangle del cayo, me situé en su centro, lo más protegido que podía para no ser visto por nadie y me acomodé como pude para dormir hasta que amaneciera; de día debía tener mucha cautela y estar con los ojos muy abiertos.

De mañana, con la salida del sol, desperté. Estaba comido por los mosquitos, los cuales ni había sentido picándome. Saqué una lata con comida del día anterior, que se podía echar a perder, e hice mi desayuno, llenándome la barriga para que pudiera resistir el día entero. A partir de ese momento solo tomaría agua, pero en pequeñas cantidades, como me habían enseñado Inocencio y Saturnino.

El día parecía que no pasaba. Yo medía la ascensión del sol por la mañana milímetro a milímetro y la caída por la tarde, que fue aún más penosa.

Por mi mente los pensamientos fluían unas veces con optimismo, otras con pesimismo. Pensaba que habían detectado la salida la noche anterior, después que habían cogido a Inocencio... De esa forma fue pasando lento y aplastante el día hasta que a eso de las cinco de la tarde veo a lo lejos un bote con velas que se acercaba al cayo por la zona prevista. Reconocí el bote de Inocencio y su figura, un regocijo inmenso me invadió completamente. Las cosas iban viento en popa, pensé mientras veía el bote acercarse a la playa.

Ahora faltaba la etapa final, que era arriesgada, porque a pesar de que había recibido instrucciones de gente con experiencia, no era lo mismo la teoría que la práctica.

Sería mi prueba de fuego. Pero estaba decidido a hacerlo. Los riesgos no importaban, la decisión y la valentía para realizarlo estaban impregnadas en todos los poros de mi piel.

Corrí al encuentro de mi amigo Inocencio con una sonrisa en la cara como hacía mucho tiempo no exhibía. Tal era mi felicidad.

CAPÍTULO 35

Gilberto estaba seguro de que aquel acto de Alonso de Rojas había sido obra de Homero, simplemente tenía que comprobarlo, y lo haría solito sin interferencia de nadie, porque Salcedo le había colocado un vigilante que no lo dejaba tener iniciativas.

Solicitó un día de permiso, desde que estaba allí no había disfrutado de un solo instante, todo había sido trabajo, se consideraba con derecho a ello. Salcedo, aparentemente, no le dio mucha importancia a su solicitud, aunque le resultó un poco chocante la forma en que lo miró. Él sabía que aquella mirada escrutadora quería descubrir algo, sospechaba que daría informaciones al Comandante, las que podrían ser desagradables para él. Que pensara lo que quisiera, él tenía que hacer unas averiguaciones por su cuenta y no era ningún delito hacerlo.

Fue hasta Puerto Esperanza a ver si había algo nuevo con relación al incidente con aquel viejo pescador. Conversó con el oficial de la Seguridad, el cual le informó que no había visto nada anormal. Después fue con el presidente del CDR cercano, y este le dijo que estaba velando día y noche, pero que no había detectado nada anormal desde entonces. El viejo Inocencio solo salía de día como le habían ordenado y con poca frecuencia.

De ahí fue hasta Alonso de Rojas, habló con un conocido del Comité Regional de los CDR que le parecía de confianza, y llegaron a la conclusión que alguien de afuera había ayudado para colocar los carteles.

Fue a los silos y se entrevistó con el administrador, con los que esa noche estaban de guardia y con otros obreros de allí que eran de confianza según el Secretario del Núcleo del Partido. Eran contradictorias las opiniones, porque en la Unidad decían que alguien que no conociera a fondo la zona y aquella empresa no podría llegar hasta allí y seleccionar el lugar con tanta precisión. Podía tener la ayuda de alguien de fuera, pero aquello había sido obra de gente del patio.

Revisó las fotos del cartel del Entronque de Herradura y las que colocaron en la puerta de la Administración y comprobó que no solo decían lo mismo, sino que era la misma letra, los mismos rasgos. No cabía duda alguna, era obra de Homero.

De allí volvió a Puerto Esperanza, tenía que estar bien alerta, él no se iba a dejar engañar de nuevo. Aquello de ir al sur a hacer una actividad para llamar la atención sobre la zona era a todas luces una tentativa de querer confundir las investigaciones. No lo iba a engañar el Homerito aquel. Quizás a otro, pero a él, de eso nada.

En su mente se dibujó la estratagema de una forma clara. Hacía una actividad casi firmada por él de puño y letra en el sur, entretenía a la gente por esa zona y sus alrededores, mientras tanto, escapaba por el norte. Porque estaba seguro de que quería salir de Cuba. ¿Qué objetivo tenía estar allí sin su familia? Él conocía a este tipo de gente romántica que no puede vivir sin las personas que aman. Amor, ¿qué palabra era esa? Había pensado en ello instintivamente, pero no sabía realmente el significado de aquella palabra. No lo sintió por su madre, que era la persona que más apreciaba. También no tenía por qué amar a nadie, sus padres lo habían hecho defectuoso, no había encontrado alguna mujer con vergüenza en toda su vida, ni que lo mereciera, no tenía hermanos (ni eso le habían dado sus padres), no tenía hijos, entonces por quién iba él a sentir ese sentimiento que todos tenían como el más lindo y profundo del mundo.

Por tanto, el tal Homero debía estar planeando su fuga para reunirse con su mujercita y aquel niñito con cara de bobo. Pero no contaba con que para engañarlo tenía que ser más experto de lo que era.

Hizo de nuevo contacto con el del CDR, que parecía un perro con rabia cada vez que se le hablaba de gusanos contrarrevolucionarios. Sentía tanto odio hacia ellos como él por Homero.

Regresó a La Palma, no debía ausentarse por mucho tiempo para que no sospechara nada el tenientico. Estaba cansado, por lo que fue directo para su cuarto y se dio una ducha fría para refrescar las neuronas; continuó pensando en todo lo que estaba planeando para agarrar a su enemigo mortal.

Desayunó bien temprano y se presentó al jefe, el cual le solicitó que quedara al mando de la Unidad, tenía que ir a la reunión mensual en la Jefatura Provincial. Eso le dio mucha alegría interior puesto que le parecía que era un reconocimiento a su trabajo. Por fin estaban haciéndole justicia.

Lo único que no le gustó fue aquella observación de lo bien que se comía en Rumayor, pero realmente era verdad, uno de los pocos lugares donde se podía saborear una comida criolla era allí. No daría importancia a aquella observación de su jefe.

De paso, al estar al frente de la unidad, podía hurgar con toda su paciencia en los archivos del Teniente, a los cuales nunca tuvo acceso desde su llegada.

Se sentó en la mullida butaca giratoria de Salcedo, reconociendo que tenía buen gusto el muy cabrón; incluso por primera vez se percató de lo bien ordenada y hasta bonita que estaba su oficina. Cuadros del Comandante en Jefe, de Raúl, del Che, de Camilo, paisajes del Valle de Viñales, de Soroa, y unas fotos familiares. En una aparecía con su esposa, al parecer recién casados. En otra, con sus dos hijos, él y su mujer muy sonrientes y con caras de felices. De nuevo sintió aquella angustia que le oprimía el pecho cuando veía fotos de familias unidas y felices. ¿Sería que algún día él tendría una igual en su despacho, quizás en las oficinas centrales del Departamento... y quién sabe si en el Ministerio del Interior...?

Una cosa que le había llamado la atención era que ni ellos podían entrar a la casa que el Comandante tenía en las afueras. Aquella sí era gente desconfiada. La seguridad personal del Jefe no creía ni en su madre. Le metían caña a cualquiera sin distinción. Recordó una vez que Fidel estaba de visita y el Ministro del Azúcar vino a tratar un asunto con él sin tener permiso. Los segurosos del Jefe lo cogieron por el cuello, lo montaron en el carro y le dijeron que se perdiera de allí lo más rápido posible. ¡Qué gente más jodida aquella! Ni una mosca entraba allí sin permiso del Comandante.

Incluso él había pensado alguna vez que si se encontraba con el Comandante en Jefe podría pedirle que lo trasladaran para La Habana, le diría que había estado con las tropas del Che, de su capacidad e inteligencia, pero después de pensarlo mejor decidió que no era aconsejable enfrentarse a aquellos tipos, porque no estaban mirando si era un oficial del G-2 o un Ministro o un miembro del Comité Central del Partido. Al Jefe solo se acercaba quien él quería y le interesaba.

De noche regresó Salcedo, lo notó con cara de preocupado, quizás le habían halado las orejas en la Dirección Provincial, pensó. El Teniente le dijo que podía ir a descansar después de hacerle preguntas sobre las incidencias del día, y Gilberto se retiró. Estaba cansado de no hacer nada. Nada cansa tanto como el reposo, decía Martí. Él coincidía con el Apóstol, porque eran varias las semanas que no tenía la oportunidad de detener a alguien o interrogar a algún sospechoso. Si no fuera por el jodedor de Homero estaría con un aburrimiento terrible. Quería actividad, pero estaba seguro de que dentro de poco iba a tenerla y conseguiría sus objetivos. Estaba tan seguro de ello como que se llamaba Gilberto.

CAPÍTULO 36

Saturnino regresó a Puerto Esperanza bastante cansado. Hacía mucho tiempo que no remaba tanto y la actividad lo había agotado. Dejó el bote amarrado en la playa y fue directamente a su casa. Cuando entró, notó que Inocencio estaba en el patio esperando por noticias. Lo tranquilizó y fue a dormir.

Al otro día despertó todo molido de los huesos, con dolores en los músculos y en las articulaciones. Desayunó y fue a ver a Inocencio, que ya estaba en pie. Le contó todo con lujo de detalles y el lugar exacto por donde debía llegar para ser reconocido por mí.

Inocencio almorzó temprano y a las tres de la tarde, cuando el sol estaba más suave, fue con naturalidad a su bote, montó y salió remando hasta unos cien metros, después desplegó las velas y con un impulso sostenido fue alejándose de la costa rumbo a aquel cayo, donde muchas veces había pasado noches esperando que apareciera un banco de peces. Su preocupación era que otros pescadores eran asiduos a aquellos cayos para descansar o esperar buen tiempo. Pero yo sabía que él iba a llegar por un lado exacto y solo me mostraría cuando reconociera su bote.

Tanto yo como Saturnino habíamos tenido mucho cuidado de no pasar cerca de los puestos de los guardafronteras y de los lugares donde habitaba gente que todos sabían eran chivatos profesionales. Esos tipos, velaban a todo el mundo, incluso a ellos mismos, gratis, o quizás no tan gratis, porque con sus bajezas ganaban prestigio de combatientes revolucionarios y eso les podía favorecer la obtención de cargos y puestos dentro de las cooperativas o en la fábrica de mariscos de la ciudad.

Cuando estaba a medio camino, Inocencio tuvo un presentimiento, miró hacia atrás y comprobó que de lejos lo estaba siguiendo otra embarcación. Podía ser otro pescador que estaba por la zona, pero por un sí o por un no, cambió el rumbo y se acercó de nuevo a la costa. Iba a cerciorarse de que no lo estaban siguiendo.

En efecto pudo ver que la otra embarcación lo estaba siguiendo y como no era un tonto para delatarse, fue hasta un lugar en que normalmente acostumbraba a pescar, arrió las velas, ancló su bote e hizo como si estuviera pescando.

Poco tiempo después vio acercarse el otro bote, y disimuló lo más que pudo, concentrándose aparentemente en su labor. El otro hizo lo mismo, entablando una lucha simulada para ver quién se cansaba antes.

Después de más de media hora, Inocencio levantó el ancla e hizo una maniobra para acercarse a ver quién era el que lo estaba importunando, comprobando que era seguido por Fortunato, el presidente del CDR de su cuadra; tremendo chivatón que se pasaba la vida velando a todo el mundo y le tenía tremenda roña por causa de Daniel.

Ahora sí tenía que inventar, y en grande, porque ese elemento era peligroso y cualquier paso en falso podía echar a perder todo el plan, que con tanto trabajo se había elaborado, y poner en riesgo mi vida y la suya propia.

Pasó cerca de Fortunato y sonriéndole le dijo:

—Compay, no tengo suerte hoy, no se me ha pegado ni un guajacón.

Fortunato, obligado a decir algo que tuviera sentido, le contestó que él estaba igual y que pensaba que era hora de regresar a casa. Diciendo esto soltó el ancla y pensando que Inocencio iba a regresar dio vuelta para seguirlo.

Ahí fue cuando Inocencio le hizo la maldad. Casi atravesándose en su camino, dio otra virada brusca y pasando por el lado contrario, dijo como para sí mismo: "Voy hasta Cayo Arenas, porque en días pasados encontré un banco bien llenito de rabirrubias". Infló al máximo las velas y, aprovechándose de una ráfaga de viento a favor, se alejó raudo y veloz, dejando sin saber qué hacer al hijo de puta de Fortunato. Seguramente este, viendo que Inocencio iba a darse cuenta de que era demasiada la persecución, decidió regresar a avisar al Capitán de las intenciones del pescador, para que lo fuera a buscar a Cayo Arenas, que estaba más cerca de La Palma que de Puerto Esperanza. Sabía que, a pesar de que era un viejo, Inocencio tenía un carácter que cuando se ponía bravo era una fiera.

Él debía caerle simpático a la gente del G-2, pero arriesgar a que le dieran una puñalada y lo dejaran para que se lo comieran los tiburones no estaba en sus planes. No era tan valiente como para hacer locuras.

Inocencio, notando la retirada de Fortunato, cambió su rumbo lo más ágil que su embarcación le permitía, dirigió su proa al pequeño cayo donde yo estaba esperándolo.

Debía indicarme que saliera urgentemente, porque después que fueran por las inmediaciones de Cayo Arenas y no lo vieran, y que tampoco regresaba a Puerto Esperanza, la situación iba a ser difícil de controlar, porque no tenía cómo dar explicaciones de la desaparición de su bote.

Divisó, después de navegar sin disminuir la velocidad, el cayo que buscaba. Entró por la zona que habíamos acordado y me vio salir a la playa a recibirlo con una sonrisa en el rostro.

Sin muchos preámbulos me contó lo que había pasado y las sospechas de estar siendo vigilado y perseguido por Fortunato.

Me ayudó a traer las cosas del centro del cayo y después de tener todo arreglado de manera que me fuera fácil tenerlas a mano, me conminó a zarpar lo antes posible.

Yo estaba visiblemente preocupado con Inocencio. Sabía que cuando lo detuvieran iban a maltratarlo.

Inocencio me dijo en tono autoritario:

—Te vas con el barco como estaba previsto, y no hables más nada que el tiempo es oro. De mí olvídate, que yo sé arreglármelas —me montó a empujones y me ayudó a salir, no sin antes recordarme las orientaciones más elementales y desearle buena suerte.

Dirigí la embarcación en el rumbo exacto y despidiéndome, mientras él me saludaba con la mano en alto desde la playa, sentí un verdadero orgullo por la valentía de aquellos dos pescadores que me habían ayudado con una solidaridad y honestidad a toda prueba.

Durante un buen tiempo, estuve pensando en ellos. No me podía concentrar en la navegación, por lo que haciendo un esfuerzo mental me dije a mí mismo que de aquella manera no iba a llegar muy lejos, porque unido a mi inexperiencia estaba la falta de concentración en lo que debía hacer.

Pensé en mi familia, en Dolores y Vladimir, que estaban esperando por mí. En lo que le sucedería si cometía algún error y regresaba a las costas de Cuba, y repetí mentalmente todo lo que Inocencio y Saturnino me habían enseñado.

Era el momento en que la teoría debía ser aplicada. Confié en Dios y en la Virgen de la Caridad del Cobre, protectora de los marineros; recé un Padre Nuestro y un Ave María y me dediqué de lleno a la difícil tarea que tenía por delante. Sabía de antemano que una vez más Dios Todopoderoso me ayudaría.

CAPÍTULO 37

Fortunato estaba velando día y noche a Inocencio y a Saturnino. Él iba a ganar muchos elogios de los compañeros del G-2. Posiblemente lo ayudaran a lograr que lo promovieran en la Cooperativa. Deseaba siempre el cargo de administrador, pero siempre se lo negaban, se creía que era incapacitado para ello.

Sabía que alguna cosa extraña estaba ocurriendo en su cuadra y para demostrar que era un cederista experto, vigilaba todos los pasos que daban los viejos.

Una noche pasó por el frente de la casa de Saturnino y oyó una conversación de tres personas en el patio. No cabía duda de que algo tramaban aquellos sinvergüenzas. No quiso llamar al compañero del G-2, no tenía hechos concretos de lo que estaba pensando.

Eran pasadas las once de la noche y notó un movimiento sospechoso en casa de Saturnino. Esperó a ver qué pasaba, pero no vio nada por el frente. Decidió ir a dar una vuelta para ver si detectaba algo, y entonces vio salir el bote de Saturnino. "No puede ser que ese viejo, que no puede con su alma le haya dado por la locura de ir a pescar a esta hora", pensó.

Hacía tiempo que Saturnino no sacaba el bote de su casa y aquello le olió mal.

Trató de buscar un bote para ir detrás de él, pero se había perdido en la noche; regresó a ver qué estaba haciendo Inocencio. Vio la luz de la sala encendida, aunque no consiguió discernir si había alguien.

Esa noche no iba a dormir hasta que no viera regresar a Saturnino. Si antes del amanecer no lo veía llegar avisaría bien temprano al Capitán. Lo llamaría personalmente por teléfono.

Bien avanzada la madrugada comprobó que llegaba. Saturnino dejó el bote en la orilla amarrado y entró en su casa. Era probable que al viejo loco aquel le diera por hacer una de sus últimas pesquerías. No pudo comprobar que trajera pescados en las manos.

Se tiró en la cama y casi no pudo dormir, por lo que su esposa le recriminó que la estaba molestando. Le advirtió medio dormida y con la lengua trabada:

—Mañana te las vas a ver conmigo. Vas a decirme dónde estabas con esos trajines de madrugada.

Cuando despertó fue hasta la playa, dio un vistazo en la lancha de Saturnino y no vio nada anormal, pero comprobó que no había pescado. No había restos de carnada ni nada que supusiera una pesquería.

La lancha de Inocencio estaba allí también, pero él no había salido a pescar hacía días. Tendría que vigilar a los dos, alguna cosa estaban tramando y no debía ser nada bueno. Más tarde llamaría al capitán Gilberto y le informaría todo lo que había pasado desde la noche anterior, pero quería tener más elementos para ofrecer, por lo que se dedicó a vigilar ambas casas. Ese día no iba a trabajar, después le pediría al Capitán para que lo justificara en el centro de trabajo. Iban a considerarlo un héroe, por lo menos los revolucionarios, los demás siempre lo habían considerado un chivato. Él no era chivato, esa palabra no le gustaba cuando la oía, él era un fiel guardián de las ideas y principios de la Revolución, por ello tenía que ocupar algún puesto importante algún día, porque no todos eran sacrificados por la causa.

Casi no almorzó; le pidió a su esposa que le sirviera en el portal, desde donde podía ver los movimientos de la casa de Saturnino, no así la de Inocencio, que quedaba en el fondo de la primera.

Por tanto, salió de allí y se situó en un banco que había cerca de la playa, de donde divisaba las dos casas. Eran dos conspiradores, de eso estaba seguro, y había alguna cosa entre manos con la CIA, porque la gente del G-2 estaba muy interesada en ellos.

De tarde vio que Inocencio iba para la playa en dirección de su lancha, se escondió detrás de una pared y constató que él mismo salía mar afuera. Fue hasta su lancha rápidamente y comenzó a maniobrar para alcanzar el bote de Inocencio, que después de la reparación que le había hecho estaba ligerito como una pluma.

Lo divisó en la lejanía y sin acercarse mucho para no ser reconocido, siguió al viejo lobo marino, hasta que pudo comprobar que se aproximaba a la costa. Tuvo que acercarse a él, porque de lo contrario no iba a poder ver con claridad si desembarcaba, montaba a alguien o se detenía a pescar. Se dio cuenta de que hizo lo último, porque lo vio nailon en mano, haciendo maniobras de pesca.

Echó el ancla y se hizo el que estaba pescando también, y después de un tiempo vio que Inocencio levantaba se ancla y salía en dirección contraria a él. Dirigió su bote de nuevo en su persecución, no podía dejar de visualizarlo, había muchos cayos en aquella zona y de momento podría perdérsele de vista.

Estaba a pocos metros cuando vio que aquel viejo loco hizo una maniobra y dio la vuelta de sopetón pasándole casi por delante. Mientras cruzaba le oyó decir que no había tenido suerte aquella tarde y que buscaría otro lugar. No podía dejar que se escapara y un poco más discretamente regresó para situársele detrás. Aquel viejo era una fiera con la vela y el timón. Volvió a dar la vuelta, le pasó por el lado y siguió por el rumbo que llevaba al principio. Fortunato se quedó sin razonamiento en aquel momento, era demasiado regresar y seguirlo, porque seguro se lo iba a recriminar. Aquel viejo era un cascarrabias y todo el mundo le tenía miedo cuando se ponía bravo, porque se convertía en una fiera. Era peligroso en aquel lugar solitario que alguien lo atacara. Con seguridad lo llevaba de carnada a los tiburones y nunca más se iba a saber de él. Lo mejor era regresar. Iba a informarle al Capitán en cuanto llegara, y vería lo que este le ordenaba.

Sabía que "en aquella cueva había cangrejos", como decían los pescadores cuando estaba ocultándose algo, el cangrejo cuando está en peligro se mete en la cueva y no hay quien lo agarre.

Llegó a la playa y fue directamente al puesto de la Seguridad, pidiendo al soldado que estaba de guardia que llamara a La Palma al Capitán Gilberto del G-2, tenía una información urgente que darle.

Poco después le informó a Gilberto de todo el movimiento extraño que había detectado y fue a su casa a esperarlo, como le había ordenado el Capitán.

Ahora Fortunato estaba trabajando directamente con un oficial del G-2, iba a ser la envidia de todos sus compañeros. Quizás lo eligieran Presidente Municipal de los CDR.

En cuanto Gilberto estuvo enterado de todo, trató de concluir lo más rápido posible lo que estaba haciendo y sin pensarlo mucho regresó para la Unidad e inventó una excusa banal para que lo dejaran ir a Puerto Esperanza a resolver un problema particular, según le dijo a Salcedo.

CAPÍTULO 38

Gilberto estaba en un recorrido por un comercio, donde se había hecho una denuncia de venta ilegal. Era una orden ridícula de su jefe investigar aquello, que era competencia de la policía y no de la Seguridad del Estado. Ellos estaban siendo pagados para ver problemas de seguridad no de mercado negro. Pero, ¿qué remedio le quedaba? Tenía que ser obediente y no podía reclamar mucho, se daba cuenta de que nadie lo "tragaba" en aquella Unidad. Todos tenían mucho cariño por el teniente Salcedo. ¿Quién había visto que los subordinados tuvieran ese tipo de sentimiento hacia sus jefes? Jefe era para ordenar, mandar, ser temido, ser respetado, no para ser adorado por sus subalternos. Los únicos que debían ser adorados eran el Comandante en Jefe y el Ministro de las FAR, el general de ejército Raúl Castro.

Eran blandenguerías que no soportaba. Por eso el Jefe de la Policía, que era un inepto, cada vez que tenía algún pepino llamaba a Salcedo y, como siempre, este accedía a realizar misiones estúpidas que no tenían nada que ver con sus obligaciones.

Recibió por radio un recado de una llamada telefónica de Puerto Esperanza, de un presidente de un CDR.

El Teniente le autorizó la ida a Puerto Esperanza y utilizó su Chevrolet, en vez del jeep oficial, para no tener que ir con el chofer, que era guatacón del jefe.

Fue a todo lo que daba en aquel cacharro que le habían dado. Se lamentó del estado deplorable en que estaba y soñó con el carro de cero kilómetros recorridos, nuevo de fábrica, que seguro le iban a asignar para su uso particular en un futuro no muy lejano, cuando descubriera y prendiera a Homero y aquella cuadrilla de contrarrevolucionarios; seguramente agentes de la CIA. Si no lo fueran fabricaría algunas pruebas para que lo parecieran, en eso él era un maestro, sería condecorado, elogiado, ascendido, porque nadie lo había ayudado, él personalmente se había ocupado de todo, y suyas serían todas las glorias.

Llegó a casa de Fortunato, que se había convertido en un aliado importante de su misión, y escuchó con atención lo que le decía su informante, preguntando hasta lo más mínimo para poder hacerse una idea concreta de todo.

No había duda, se estaba gestando una actividad importante, quizás sería relacionada con la salida de Homero. Era evidente que todas las maniobras de dos viejos que no eran afectos a la Revolución y su olfato diciéndole que Homero estaba por detrás de todo, lo iban a conducir al triunfo.

—¿A Cayo Arenas dijo Inocencio?—, preguntó de nuevo—. Tenemos que dividir las fuerzas, tú tienes seguramente amigos pescadores que conocen bien toda la cayería. Te ordeno que consigas algunos de ellos y salgas a revisar uno por uno todos los cayos de los alrededores, por pequeños que sean, en busca de indicios. De más está decirte que vayas armado; y si ves al tipo que te he descrito anteriormente, al tal Homero García, no vaciles ni un momento, lo prendes en nombre de la Seguridad del Estado. Estás autorizado a ello.

—Lo único que te pido es que no informes a los compañeros de la Seguridad local, esta es una misión a la que estoy asignado personalmente —dijo con énfasis de orden y no de petición—. Mientras tanto, yo iré hasta la playa de Pajarito y revisaré personalmente Cayo Arenas y sus inmediaciones.

Montó en su carro y le colocó hasta el fondo el pie en el acelerador. Parecía un loco por aquellas calles, y poco después por la carretera hasta Pajarito.

Llegó media hora después y fue con el Administrador de la pequeña cooperativa de pesca que había en aquella pequeña playa. Le ordenó que preparara el barco más rápido que tenía, que reuniera varios pescadores prácticos en la zona y fueran comprobadamente revolucionarios. Al escuchar las disculpas que intentaba dar el estúpido aquel, Gilberto lo recriminó por haber obstruido las labores de la seguridad nacional y lo amenazó con que lo reportaría a sus superiores si no cumplía sus órdenes con rapidez y discreción absoluta.

El pobre hombre tuvo que salir corriendo a buscar una lancha de motor que estaba preparada para salir a trabajar. Tenía miedo de la Seguridad, aquella gente no creía en nadie, pero también estaba preocupado, la cuota de combustible que le habían asignado para el mes estaba agotándose y no había podido cumplir con los planes de productividad; eso le iba a traer graves consecuencias.

Habló con dos de los pescadores que más confianza le ofrecían y les explicó que era una misión del G-2, por lo que no debían negarse.

Trajo la lancha con los dos pescadores, y Gilberto le ordenó que fuera él también.

—Capitán, yo tengo un montón de cosas para resolver aquí y voy a perder la captura de hoy si no busco hielo —trató de excusarse para no participar de aquella aventura medio loca.

—Como si se pudren todos. Me importa un carajo —dijo Gilberto de mal genio por la objeción a cumplir su orden.

¿Qué pensaban aquellos idiotas, que iban a entorpecer sus planes? Si no se agilizaban les entraría a tiros. Juró por su madre.

Por fin consiguió salir en la lancha, que no era muy rápida, de lo cual se quejó al administrador de la Cooperativa.

—Era la mejor y más rápida que tenía. Somos una Cooperativa pequeña, sin recursos, compañero Capitán —dijo el pobre hombre.

—Entonces dale al máximo de velocidad, directo a Cayo Arenas y cada vez que pasemos por alguno pequeño entra para revisarlo.

Él no era hombre acostumbrado al mar. Desde que se montó y sintió los bandazos de las olas en el barco y el vaivén interminable comenzó a sentirse mal. Su piel se puso fría como el hielo, la cabeza le daba vueltas sin parar; y unos deseos horribles de vomitar acabaron por hacer que se derrumbara en el piso de la embarcación. Sintió unas náuseas horribles y acabó vomitando.

Tenía que sobreponerse a todo aquello, ¿cómo iba a comandar hombres en una misión si no reunía las condiciones para acompañarlos en un barco? Hizo un esfuerzo sobrehumano y consiguió sentarse. Vio en el rostro de los pescadores unas miradas entre ellos de burla disimulada y pensó que aquellos ignorantes le debían respeto, y, si no lo mostraban, iban a arrepentirse. Él no estaba para jueguitos y si estaba pasando por aquello era por su falta de costumbre.

Cada vez que pasaban por un pequeño cayo, pedía a los pescadores que se acercaran. Él personalmente, pistola en mano, lo reconocía. En algunos no era necesario ni descender, se podían revisar desde la embarcación, y así, después de un viaje, que fue un martirio por su estado deplorable, llegaron a Cayo Arenas.

—Capitán, este cayo es grande, va a tomar mucho tiempo para revisarlo —dijo uno de los pescadores.

—Nos dividiremos y lo buscaremos entre todos —refutó.

—Nos perdona, pero nosotros no estamos armados, y si ese sujeto que usted dice es muy peligroso y está armado nos la vamos a ver muy mal.

—Nunca vi gente tan cobarde como ustedes —dijo Gilberto—; iremos juntos —continuó.

Aquellas palabras no cayeron bien en los pescadores. Eran gente honesta y simple, pero no eran cobardes. Simplemente no iban arriesgar la vida por causa de nadie.

Descendieron del barco y dejaron a uno cuidándolo, y el resto con Gilberto. Registró palmo a palmo aquel cayo que no tenía fin. Demoraron mucho en la búsqueda. Los pescadores, agotados y resentidos por el trato que le dispensara aquel oficial, pidieron regresar.

—Compañero Capitán, si yo fuera a esconderme no lo haría en un cayo tan grande y, a su vez, donde viene tanta gente —dijo uno de los pescadores.

—¿Dónde lo harías? —interrogó Gilberto lacónicamente.

—Hay muchos cayos pequeños entre Puerto Esperanza y Cayo Inés de Soto, que serían ideales. Allí solo van los pescadores cuando están cansados y a resguardarse de algún mal tiempo.

Regresaron entonces a Pajarito. Al llegar, Gilberto descendió de la lancha y, sin siquiera dar las gracias y con muy mal genio, montó en su carro y salió para Puerto Esperanza. El razonamiento de ellos era muy lógico. Si estuviera por aquellos cayos ya Fortunato lo hubiera localizado.

Al llegar a Puerto Esperanza pasó directamente por el CDR. La esposa de Fortunato le dio un recado de su marido, se encontrarían en las oficinas de la cooperativa.

Llegó y se encontró de cara con Fortunato, varios pescadores, Inocencio y Saturnino.

Fortunato, haciéndose el importante, le dijo como si se tratara de un informe militar:

—Compañero Capitán, encontramos a los dos sujetos sospechosos, en el bote de Saturnino —y señaló a este—. Venían de las inmediaciones de cayo Inés de Soto. Los hemos interrogado, pero no conseguimos saber nada aún. El bote de Inocencio no aparece por ningún lado.

Gilberto comprendió que habían adelantado un paso importante. Haría un interrogatorio a aquellos y los haría hablar de cualquier modo. Fue a la oficina del Administrador y pidió que les trajeran a los sospechosos y lo dejaran solo con ellos. No quería testigos.

—Ustedes saben que ayudar a contrarrevolucionarios es delito. Se llama complicidad. Digan lo que saben de Homero García y prometo que no serán castigados debido a su avanzada edad —dijo con su estilo habitual al interrogar.

—Nosotros no sabemos nada de esa persona que usted menciona —dijo Inocencio.

—Yo tampoco conozco a nadie con ese nombre —replicó Saturnino.

—No voy a dar rodeos, no tengo mucho tiempo. Ustedes saben las consecuencias que tiene colocarse frente a frente con la Revolución, porque sus hijos ya pagaron por sus errores —dijo encarando a los dos y añadió—. No sólo ustedes sino además su familia puede ser castigada, incluso su hijo, que está cumpliendo pena —se refirió a Inocencio—, puede salir perjudicado si yo hago un informe negativo, digamos que él es cómplice suyo en las actividades de ese gusano inmundo.

—Ustedes no valen nada —dijo airado Inocencio—. Mandan para la cárcel a personas inocentes y encima de eso amenazan a pobres viejos como nosotros que no hemos hecho nada de malo.

Gilberto se contuvo para no dar unas cuantas bofetadas a aquel viejo insolente.

—No te entro a patadas por tu edad y porque no estoy en el lugar ideal, si no te ibas a comer esas palabras.

—Nosotros sabemos que ustedes no respetan ni a los viejos —dijo Saturnino.

—Ustedes son los que no se dan a respetar ayudando a personas que en complicidad con la CIA y los yanquis quieren perjudicar la buena marcha de la Revolución.

—Nosotros no sabemos nada de CIA ni de yanquis, ese invento de ustedes es para perjudicarnos de forma gratis —Inocencio encaró a Gilberto al decir estas palabras.

Gilberto lo cogió por la camisa y lo levantó de la silla para darle una zurra a aquel renegado y falta de respeto. Se contuvo. Tenía que actuar con más inteligencia. Debía tener control para no excederse.

Salió de la oficina y le preguntó a Fortunato si había encontrado algo sospechoso.

—Bueno, Capitán, no sé si será de alguna importancia, pero en uno de los cayos vimos algo que parece sospechoso. Restos de lo que parece una persona que pasó algún tiempo allí.

—Coño, ¿por qué no me lo dijiste antes? Yo perdiendo el tiempo interrogando a estos dos viejos testarudos y a lo mejor Homero está bien lejos de aquí.

Llevó a los dos pescadores a la Unidad de la Seguridad y pidió que los dejaran encarcelados hasta que regresara. El oficial que estaba al mando le preguntó cuáles eran los cargos. Gilberto, molesto y con un mal genio que no podía contener desde hacía algunos días, le dijo:

—Pon lo que te dé la gana, pero me los dejas aquí hasta que vuelva. ¿OK?

—Son dos viejos, y personas queridas en la población —dijo el oficial.

—Son dos cómplices de actos contra la Revolución y como tal serán tratados hasta que se pruebe lo contrario, lo cual dudo, porque tengo pruebas suficientes para incriminarlos. Cuando regrese haré toda la documentación.

—Entonces espero su regreso para hacer el acta oficial.

Gilberto salió indignado. Esos burócratas de porquería eran los que más atrasaban la marcha victoriosa de la Revolución. ¿Cuándo aprenderían que con esas boberías se convertían en estorbo?

Regresó a la Cooperativa y ahora se dirigió con Fortunato y sus amigos a la Unidad de Guardafronteras.

Habló con el Jefe de la Unidad y le dijo con aire de superioridad que estaba en una misión altamente peligrosa, en persecución de un connotado agente de la CIA y que necesitaba el apoyo de ellos para su captura; tenía informes fidedignos de que estaba huyendo en una embarcación a los Estados Unidos, llevando planos de gran valor estratégico.

El Jefe de la Unidad le dijo que tenía que solicitar permiso de la dirección Central de Guardafronteras para poder movilizar una lancha artillada.

Gilberto insistió en que mientras más tiempo se perdiera menos posibilidades tendrían de capturarlo.

El Jefe de la Unidad se retiró unos pocos minutos y dijo que habían accedido a su pedido, pero que la responsabilidad de la operación era de ellos.

Gilberto se incomodó con la actitud del oficial, pero no discutió nada, lo que quería era salir ya.

Fueron hasta el muelle, montaron en una lancha grande bien equipada, hasta con antiaéreas, y salieron llevando los pescadores que eran conocedores de la región y sabían el cayo donde supuestamente estuvo Homero escondido.

Llegaron al cayo, lo inspeccionaron y realmente vieron huellas de la permanencia de alguien. El olfato de Gilberto no lo engañaba. Homero había estado allí.

Dio la descripción del bote de Inocencio a los marineros del guardacostas y salieron rumbo norte en persecución de su mortal enemigo.

Era ahora o nunca.

CAPÍTULO 39

Salcedo fue informado rápidamente de la actitud extraña de Gilberto, desde el momento en que este recibió la llamada telefónica de Puerto Esperanza. El teniente decidió que era mejor autorizar su pedido de salida y, en cuanto lo hizo, llamó al Comandante y lo puso al corriente.

La reacción de su Jefe había sido inmediata y enérgica.

—Voy a ocuparme personalmente de ese asunto —dijo a Salcedo—. No es por quitarte la autoridad, en fin de cuentas es un oficial de mayor grado que tú.

—Comprendo, mi Comandante. Es hasta un alivio para mí, porque tengo el asunto de los infiltrados por la zona de Las Cadenas…, donde tengo la mayor parte de mis fuerzas.

—Estoy de acuerdo contigo, Salcedo. Concéntrate en esa misión, que yo me ocupo de Gilberto, pero me tienes al tanto de lo que haga ese estúpido —terminó la conversación telefónica.

El Comandante llamó a la Unidad de Puerto Esperanza y pidió noticias de Gilberto. El oficial que estaba al mando de la Unidad le dijo que había estado haciendo unas averiguaciones por allí y después se había marchado. Por lo que sabía, estaba detrás de un agente de la CIA, al cual estaban dando cobertura supuestamente dos pescadores de aquel lugar.

La oficina de la Seguridad de Puerto Esperanza ya había sido contactada por el propio Comandante para que rindiera informaciones sobre la actividad del capitán Gilberto, sin ellos saber los motivos. Algo habían deducido, y era que la actividad de aquel Capitán no estaba bien vista por el Comandante. Pero era un oficial de alta jerarquía en la provincia hasta hacía poco, y el hecho de que lo ubicaran en La Palma, bajo el mando de un Teniente, los dejaba en una situación ambigua. ¿Qué hacer? ¿Cooperar con el Capitán o no? Lo que sí era imprescindible era informar al Comandante personalmente, como lo había ordenado, de todos los pasos del oficial.

Cuando Gilberto trajo a los dos pescadores para que los mantuvieran detenidos, llamaron al teniente Salcedo y a su vez lo informaron al Comandante.

Recibieron la orden de no encarcelar a los viejos y mantenerlos en sus casas bajo control y estrecha vigilancia.

Inocencio y Saturnino fueron liberados, no sin antes advertirles que tenían prohibido salir de sus casas.

Un oficial fue hasta la Cooperativa y se enteró de todos los pormenores de la actividad de Gilberto, de los pescadores que lo estaban ayudando, y al recibir la información de que el Capitán había salido con una lancha guardacostas en la búsqueda de un tal Homero García, de nuevo informó al Comandante de todo lo investigado.

Por su parte Salcedo, que estaba metido de lleno en una infiltración de su territorio, porque habían encontrado una lancha rápida inflable y una persona había visto tres individuos desconocidos por los alrededores e internándose en el monte, no podía seguir los pasos de Gilberto, pero los informes que le llegaban lo dejaban estupefacto. Desde que lo vio llegar aquel sujeto supo que este le iba a traer complicaciones. Le colocaron un hombre a su mando con más grados que él y encima de ello, castigado por realizar actos por iniciativa propia sin contar con el mando superior. Sabía también que eso se pagaba con la expulsión del Cuerpo, pero por motivos que desconocía no lo habían hecho. Tendría que cargar con ese fardo pesado y nadie podía predecir las consecuencias que le iba a traer.

CAPÍTULO 40

El Comandante solicitó a su secretaria y le dio una lista de llamadas, entre ellas al Ministro del Interior.

La secretaria fue atendiendo su pedido de inmediato. La primera llamada era para hablar con el teniente Salcedo de la Unidad de La Palma.

El Comandante concordó con el Teniente de que era mejor que se ocupara él del caso de los infiltrados, pero le recomendó que lo mantuviera al tanto de Gilberto. No podía sacarlo del caso, porque era en ese momento un subalterno suyo y no quería quitarle la moral.

Ordenó a la Unidad de Puerto Esperanza que lo tuvieran al tanto de las actividades del Capitán y que no hicieran nada sin consultar directamente con él.

Cuando habló con el Ministro, le informó de todo lo que estaba ocurriendo. Ya en informe anterior había sido orientado por el propio Ministro que dieran una oportunidad a Gilberto, pero que al menor desliz se lo informaran de inmediato.

El Ministro le ordenó en primer lugar investigar personalmente; segundo, abortar alguna misión que pudiera comprometer la imagen del Minint, muy especialmente en aquellos momentos en que estaba próxima la reunión de Derechos Humanos en las Naciones Unidas. Tendrían que velar mucho por la imagen, ya deteriorada internacionalmente, de los desmanes que ellos estaban haciendo con la población y en especial aquel caso del estomatólogo Homero García, quien había sido, según todas las evidencias, juzgado y culpado siendo inocente. El capitán Gilberto tenía un rol principal en la condena. En tercer lugar, hacer un informe bien detallado del caso para, si fuese necesario, limpiar el nombre de la Institución, expulsar de las filas del Minint a aquel elemento para poder usarlo como chivo expiatorio de todos los actos injustos que pudieran ser imputados a la Organización.

El Comandante se reclinó en su butaca de cuero y lamentó haber sido tan indulgente con Gilberto. No cabía la menor duda de que aquel sujeto tenía grandes problemas sicológicos, si no era un demente.

Podía haber tenido una actitud más inteligente. En definitiva el Capitán no era de la provincia de Pinar del Río y ese hecho hubiera sido un pretexto para "devolverlo" a la suya. Le hubiera evitado los problemas que ahora estaban preocupándolo.

Pero no era hora de lamentaciones, iba personalmente a ocuparse del asunto. Mandó a pedir su jeep de operaciones y cuando estaba dando orientaciones a su secretaria, recibió un recado urgente.

Tomó el teléfono de seguridad máxima y recibió una orden de inmediato cumplimiento. Debía ir a la zona de Cubanacán, el Comandante en Jefe había decidido ir a una cacería con un personaje político internacional importante, y debía ocuparse personalmente de los preparativos de la seguridad del Jefe.

¡Qué momento más jodido aquel para ocurrírsele al Comandante en Jefe ir de caza! A esa hora tenía que dejar todo y ocuparse de aquello. No había excusa ni pretexto. Dejó a cargo de su secretaria que le informara sobre el caso Gilberto y salió a millón para la granja Cubanacán. Jefe es jefe y las órdenes no se discuten, se cumplen, pensó.

Estuvo todo el día ocupado con la visita de Fidel; ya tarde en la noche, llegó a su oficina y vio los recados que su secretaria le había dejado. No le gustaban nada los últimos acontecimientos en relación a Gilberto, pero estaba totalmente agotado. Hacía más de veinte horas que no pegaba un ojo y el estrés que le producían las visitas del Comandante en Jefe lo dejaban totalmente exhausto. Dormiría unas horas y de mañana saldría para Puerto Esperanza. Iba a resolver personalmente la situación. Ordenó a uno de sus oficiales para que llamara a Puerto Esperanza y soltaran a los dos pescadores que Gilberto había mandado a detener. Por causa de aquel impertinente la Comisión de Derechos Humanos lo podía perjudicar si se enteraban de que dos viejos, uno hasta con un cáncer, estaban detenidos sin una prueba convincente.

Se levantó con jaqueca, aquella que le hacía imposible trabajar con agilidad. Sabía que aquel día no iba a ser agradable.

Llegó a su despacho y aún no se había sentado derecho en su butaca cuando su secretaria le pidió permiso y le comunicó algo que le erizó hasta el más mínimo pelo de su cuerpo. Gilberto había salido en una lancha guardafronteras a perseguir al tal Homero.

Pero, ¿qué estaba pasando en su provincia? ¿Todo el mundo se había vuelto loco de momento o aquel desgraciado le había virado de pies y cabeza su territorio?

Llamó urgentemente a Guardafronteras y se enteró del incidente con Gilberto. Las mentiras que inventó para poder llevarse la lancha artillada.

¿Era posible que aquellas cosas estuvieran ocurriendo? ¡No podía creerlo!

Salió en su jeep para Puerto Esperanza y, en cuanto llegó, recogió a un oficial y fue directamente a la casa de los pescadores.

Fue cortés y pidió disculpas por la rudeza con que habían sido tratados por el capitán Gilberto. Intentó, sin hacer presión, ver si podía recibir aluna información de aquellos pescadores, pero fue imposible. Estaba hablando con personas que tenían un alto concepto de la honestidad, se dio cuenta al momento.

Salió para la Cooperativa y se enteró de algo que no le habían informado y que le aumentó la jaqueca como nunca. En la salida que habían hecho los pescadores al mando de Fortunato, habían averiado dos lanchas y herido a un pescador que habían confundido con la persona que estaba buscando el Capitán del G-2, según le dijo el administrador. El pescador había dado queja oficial a la Policía por haber sido agredido en alta mar, porque cuándo estaba pescando entró en un cayo a descansar y lo habían tiroteado, por suerte no lo habían alcanzado con una bala, pero tratando de esconderse se había fracturado un pie. El pobre hombre estaría fuera del trabajo por lo menos tres meses, y él era independiente, por lo que su familia iba a padecer mucho. Su numerosa prole dependía de lo que él llevaba a casa como sustento.

Le informaron que aquellos pescadores estaban en la lancha guardacostas con el Capitán.

Pidió comunicación con la lancha inmediatamente y, por mediación del Jefe de la Unidad, ordenó que regresaran inmediatamente a la Base.

Casi estalla su cabeza cuando le respondieron que estaban siendo amenazados por el capitán Gilberto, fusil en mano, para continuar en la búsqueda. No querían entablar una lucha con Gilberto, que tenía el apoyo de dos de los pescadores armados, sería una carnicería, e intentaban negociar con él.

Estaba con tanta jaqueca y de tan mal humor que tuvo que pedir disculpas al Jefe de la Base de Guardacostas por exaltarse al incriminarlo por facilitar la lancha a Gilberto.

Pidió por radio a su secretaria que informara al Ministro de todo lo ocurrido y esperó alguna respuesta. Fue a la Unidad, pidió una cama para recostarse un poco, le parecía que la cabeza iba a explotar de un momento a otro, tomó dos tabletas más del medicamento que utilizaba normalmente para su hemicránea, como le había dicho que se llamaba su enfermedad el neurólogo que lo atendía.

Minutos después llegó la respuesta del Ministro. Debía pedir un helicóptero y buscar a Gilberto y traerlo detenido para Pinar del Río. Después iba a hacerle un juicio militar. Ese tipo de actitudes no podían permitirse; según dijo la secretaria, fueron palabras textuales del Ministro.

Pidió un helicóptero y, mientras llegaba, al parecer como efecto de los medicamentos, se quedó dormido unos minutos.

CAPÍTULO 41

Cuando me alejaba del cayo, y vi la figura de Inocencio empequeñecerse hasta perderse de vista, no pude ni imaginar lo que me esperaba en aquella travesía.

Me concentré en todo lo que me habían enseñado. Ahora era el momento de poner en práctica la teoría. Pensé: "Si aprendí a hacer tantas cosas complicadas de mi carrera, ¿cómo no voy a poder aprender estas?". Pero no es lo mismo sacar una muela o hacer una obturación que aventurarse en un mar donde hasta los pescadores más expertos, que habían dedicado toda su vida a aquella profesión, habían fallecido luchando contra las inclemencias.

El mar es lindo, es beneficioso para la humanidad, porque nos provee de alimentos, sirve como medio de transporte y muchas otras utilidades, pero es traicionero, cuando menos te lo esperas coloca en tu camino peligros insospechados. Desde terribles tiburones y otros peces peligrosos, hasta mal tiempo, calor que te deshidrata y quema la piel, hambre, sed y aquella sensación absurda de estar rodeado de agua y no poder beberla. Estaban los vientos traicioneros, las olas inmensas, las corrientes marítimas y muchas otras cosas que hacían que fuera amado y querido, pero también temido por todos.

Existen los estudiosos del mar, los oceanólogos, también los estudiosos del tiempo, los meteorólogos, y otros muchos "ólogos", pero hay una Universidad que se llama la "UNIVERSIDAD DE LA VIDA", que no imparte clases teóricas. Hay que aprender en ella sólo en la práctica. Años y más años de navegar de un lado para otro, a veces en frágiles embarcaciones que no tienen el mínimo de seguridad, de día, de noche, de madrugada; horas y más horas, a remo, a vara, a vela, a motor, en todas las formas y maneras diferentes que se puedan utilizar, para adentrarse y explorar el mar. Aquel que pasa toda su vida en esa universidad, adquiere unos conocimientos que son respetables. Ese era el caso de mis amigos Inocencio y Saturnino.

Estaba confiando en el aprendizaje recibido por mis maestros. Realmente fue muy poco el tiempo de clases, también los conocimientos básicos míos eran nulos, pero estaba jugándome lo más precioso que tiene el ser humano, la vida, y eso hace que hasta el más mentecato aprenda.

Unos vientos suaves y agradables daban impulso a mi embarcación. El mar estaba calmo con olas discretas que permitían que esta adelantara rauda y majestuosa. Así transcurrieron las primeras seis horas. El reloj lo había guardado en un saco de nailon para que no se mojara. Cada vez que lo consultaba para cerciorarme de la hora, mis recuerdos volaban a la finca del Entronque de Herradura donde yacían enterrados los restos del gran amigo de mi padre y después amigo del corazón mío, don Torcuato. Pensaba que si salía con vida de aquella aventura y con la suerte de volver a mi patria, lo primero que haría sería pedir que le dieran cristiana sepultura en un sitio a la altura de aquel gran hombre.

Con regularidad matemática consultaba la brújula y la posición de las estrellas. Analizaba las corrientes marítimas, la velocidad y fuerza del viento, todo cual me lo habían ilustrado. Aquella noche fue de luna llena y el mar se veía como si fuera de día. Estaba fresca, y me alentó mucho ver que no me había cansado prácticamente nada. Antes del amanecer, comenzó a disminuir la fuerza del viento. Llegó un momento en que mi lancha se detuvo por completo. Como estaba fuerte y con disposición, me coloqué unos guantes de piel y comencé a remar lento y constantemente como me habían enseñado. "No debes fajarte con los remos y el mar, tienes que hacer que ambos elementos sean afines", decía Inocencio. De esa forma adelantaba poco, pero no quedaba varado en espera del viento.

La rutinaria tarea de remar una y otra vez hizo que mis recuerdos volvieran a mis tiempos de juventud. Fueron jornadas maravillosas en el instituto de Pinar del Río. Allí conocí a la que fuera después mi querida esposa Dolores. Me acordé de los primeros encuentros, de las primeras miradas furtivas, de las primeras sonrisas, de las palabras entrecortadas que intercambiábamos, de la sensación maravillosa cuando rozaba su piel con la mía, de los primeros besos que prácticamente robaba, porque ella, pura y casta como se había criado, no tenía la malicia de las muchachas de su edad; los poemas que yo le hacía casi todas las semanas, principalmente los lunes, porque los fines de semana los dedicaba a escribirlos con vehemencia; las visitas a su casa, martes y jueves, porque había que cumplir con las reglas del buen vivir que tenían en su familia, muy tradicional por cierto; los años de espera, hasta que ambos nos graduamos en la Universidad, y por fin llegó el día feliz en que nuestros corazones se unieron para siempre en el altar.

Esos y muchos otros pensamientos pasaron raudos por mi mente en aquel lento bogar por el mar calmo y tranquilo.

A las diez de la mañana comenzó de nuevo la brisa, soplaba suave, pero a medida que pasaba el tiempo aumentaba la intensidad, también comenzó a aumentar el tamaño de las olas que hacían moverse mi barco con un vaivén que me dejaba un poco tonto. El hambre y la sed comenzaron a dar su aviso, pero fiel a lo aprendido, solo tomaba pequeños sorbos de agua. Ese líquido precioso había que utilizarlo racionalmente. De hora en hora comía un par de galletas y alguna que otra golosina que la esposa de Saturnino había preparado con mucho cariño a pesar de que no me conocía, ni siquiera me había visto una sola vez. Por una elemental medida de seguridad y para evitar implicarla en asunto tan delicado, no quise hacerme visible a nadie.

Al atardecer me puso nervioso la proximidad de un barco de tamaño relativamente grande. Desde que lo divisé me di cuenta de que venía con rumbo contrario al mío, a mi encuentro. Hice una maniobra, que me pareció discreta, con la finalidad de evitar el encuentro sin alejarme de mi ruta, pero fue imposible, minutos después casi estaba encima de mí a unos ciento cincuenta metros y yo no sabía cómo controlar la situación. Si aquella mole de hierro venía para encima de mí no iba a quedar ni un pedacito de Homero para los tiburones. Cuando ya desesperado vi que el navío estaba a cincuenta metros me di cuenta de que comenzaba a dar una virada para evitarme. Al parecer me habían avistado, porque al pasar por mi lado a menos de veinticinco metros, dio dos toques de aviso. Casi veía a las personas en la borda, algunas de ellas me parecía que me miraban con cara de asombro e incredulidad.

Con la misma velocidad con que se acercó, se alejó, dejando una estela de espuma por más de un kilómetro y provocando una ola de más de dos metros que suavemente elevó y descendió mi barcaza.

¿Sería que aquel barco de pasajeros avisaría a los guardacostas de mi presencia? Tanto los americanos como los cubanos eran de temer. A veces los navíos de guerra americanos te devolvían al país. Si eran cubanos en ocasiones te mataban y te tiraban a los tiburones. Yo creo que era preferible que me mataran a que me mandaran de regreso a Cuba.

El sol se puso en el horizonte y me dispuse a pasar mi segunda noche en el mar. A las nueve el sueño me vencía. Me coloqué en una posición fija, de manera que no pudiera salir de allí, y me amarré el timón al brazo, apretándolo y fijándolo a mi cuerpo de una forma que no pudiera variar el rumbo. Sabía que de un momento a otro caería en los brazos de Morfeo irremediablemente. Antes de ello abrí una lata de salchichas y con un pedazo de pan que estaba patitieso ya, me alimenté, tomé unos pocos sorbos de agua y me mantuve en aquella posición por mucho tiempo, varias horas.

Cuando abrí los ojos era de madrugada aún. Consulté el reloj y eran las cuatro y veinte de la mañana. El cansancio me había hecho dormir como si estuviera en una cama con colchón de espuma. Me solté y me moví, porque estaba medio entumecido por la posición forzada de tantas horas. Tomé unos sorbos de agua y traté de orientarme por las estrellas. Me di cuenta de que estaba un poco desviado de la ruta, por lo que corregí con mis escasos conocimientos hacia un rumbo que me pareció el correcto.

Pasaron las horas, el sol pasó del cenit una vez más y comenzó a caer la tarde. Eran las cinco y estaba totalmente aburrido. Los rayos del sol habían hecho estragos en mi piel, que estaba enrojecida y dolorosa. Me dolía todo el cuerpo y el viento se detuvo totalmente. Comencé a remar ahora con menos fuerza, porque todo el cuerpo me dolía. Pasé más de dos horas remando y hubo un momento en que no pude más y dejé de hacerlo. No disponía de más energía. Me puse a mirar para el mar esperando que el viento comenzase de nuevo y vi una aleta de un pez que me pareció de momento la de un tiburón. Fue un instante, después desapareció. Me puse muy preocupado. Pensé: "Madre mía, tiburones a esta hora en que estoy que no puedo ni moverme". Miré al cielo y pedí ayuda al Señor.

Cuando estaba intentando ver si volvía a ver el tiburón, mi cuerpo se estremeció de forma compulsiva. De nuevo un barco, ahora no parecía tan grande como el anterior, pero venía a mucha rapidez. Era oscuro, parecía militar y venía detrás de mí. "¿Dios mío, será un guardacostas cubano?", me pregunté.

No podía ser, intentaba razonar, porque debía estar muy lejos de la costa cubana para que un barco de la marina estuviese por estas latitudes.

"¿Será que sin darme cuenta estoy regresando para Cuba. No puedo creerlo. Tanto esfuerzo y sacrificio de mi parte y de mis amigos en vano?". Debía en primer lugar comprobar que era militar, en segundo que era cubano, y enfrascado en esos pensamientos vi la aleta del tiburón una vez más pasar rápidamente por mi lado.

Comencé a remar instintivamente y de una forma loca. Fuera lo que fuera, mi instinto de conservación me daba órdenes y yo las cumplía.

Cuando el barco estaba a cien metros de distancia, pude observar que era un barco de guerra, porque tenía unas torres y unos picos que parecían cañones o ametralladoras. Poco después me di cuenta de que era ¡cubano!

"¿Qué cosa horrible yo he hecho en mi vida para merecer este castigo"?, pensé mirando al cielo, intentando ver a Dios. Pero en ese momento trágico, terrorífico, incierto..., me hice una idea fija. No me dejaría agarrar vivo. Gracias a Dios había un tiburón, posiblemente hambriento y acostumbrado a la carne humana. Sabe Dios cuántos cubanos como yo, que no soportaban más vivir en aquel país gobernado por el tirano, habían servido de alimento de aquel feroz animal.

A menos de veinte metros de distancia, sin poder ver con claridad por el agotamiento físico que tenía y por lo encandilada que mi vista se había puesto por la acción continuada de los rayos solares, me pareció ver en la borda una figura conocida. Distinguí un uniforme verde olivo, una barba negra y unas gafas oscuras que reflejaban los rayos del sol, en aquella hora casi perpendiculares al mar. ¿Era una obsesión o estaba viendo fantasmas? ¡Aquel no podía ser otro que el malvado Gilberto! ¡No podía creerlo! ¡¿Estaría soñando o viendo visiones?!

El barco seguía acercándose y en esos momentos sentí un ruido que provenía del cielo. Era el ruido de un avión. Miré hacia arriba y pude ver una avioneta con dos tripulantes que me hacían señas, pero no entendía nada de lo que me querían decir. Como me señalaban para el lado opuesto del guardacostas cubano, miré en esa dirección y vi acercarse otro barco, al parecer militar también. Dios mío, otro guardacostas cubano. No basta uno. Pensé ya en estado de pánico.

De repente me acordé de mis armas. Claro que sí, en aquella confusión, y con el cansancio que tenía, me había olvidado de las armas. Me levanté de donde estaba y fui a procurarlas, pero en ese instante, sentí unos disparos que venían del barco que estaba casi a quince metros de mí. Vi a Gilberto, ahora con mayor precisión, que me disparaba con un rifle. Instintivamente me tiré al piso de la lancha, me coloqué un salvavidas que me había dado

Saturnino y me lancé al agua sin pensarlo dos veces. Iría a escudarme en el barco; pensando, además, que en caso de que me viera el tiburón que me estaba rondando desde hacía algún tiempo, seguro me atacaría. Ahí acabarían mis sufrimientos. Por lo menos iba a servir de algo, alimento de tiburones. Era preferible a ser detenido de nuevo y llevado a Cuba. Aquellos tiburones seguro que no serían tan malvados como el barbudo mefistofélico que me seguía a cuanto lugar iba.

CAPÍTULO 42

Había aprendido mucho en la Escuela Superior de Guerra del Minint. También le habían enseñado mucho en el curso de tres meses que pasó en Minsk, junto a guerrilleros de Colombia, El Salvador, Nicaragua y de países del Oriente Medio. Cada cual en su especialidad.

Él estaba contento, porque a pesar de que el curso había sido de muy corta duración, solamente tres meses, había aprendido mucho. Eran unas fieras aquellos oficiales soviéticos. Sabían de todo lo que se podía imaginar, y mucho más en el arte de hacer hablar a los enemigos.

Además había hecho amistad —si se puede decir que era amistad lo que unió a aquellos dos seres—, con un oficial de un país árabe, quien no quiso decir cuál era, pero que practicaba el fundamentalismo, una doctrina dentro del Islamismo, extremista a tal punto que sus miembros sentían placer y alegría al ofrecer sus vidas por su causa. Su amigo árabe estaba haciendo un curso sobre explosivos y minas, y lo único que logró arrebatarle como confesión fue que esos conocimientos le iban a ser de mucha utilidad, a él y a sus compañeros de lucha en el futuro, cuando se enfrentaran a los enemigos imperialistas y sionistas. Le recordaba aquel árabe a su amigo Hans, aquel que le había inculcado las ideas que ahora sabía que eran nazis. Era extraordinario el fervor que ambos tenían.

—Un día yo seré un héroe —le decía Ahmed, que era el nombre con que se daba a conocer el árabe.

Gilberto confesaba que no compartía la idea de ser héroe, mucho menos dando la vida, que era lo más precioso que tenía. Pero, sin lugar a duda, era interesante aquel sujeto, motivo por el cual habían entablado aquella especie de amistad.

Las veces que coincidían en las clases, admiraba el interés desbordante que tenía aquel tipo por aprender todo lo que enseñaban los instructores soviéticos.

Una cosa que no comprendía bien era que Ahmed no sentía apego ni respeto por todos los que como él eran árabes. Decía que sólo a los que pensaban como él, podía respetársele. No todos eran como ellos, que dedicaban su vida a sus principios. Había muchos en su pueblo, y en otros pueblos árabes, que convivían pacíficamente con los enemigos imperialistas y sionistas. Él no era igual que ellos. Él era puro. Era superior.

A Gilberto le pasaba igual, no todos sus compañeros eran como él, incluso dentro del propio Minint estaban aquellos que tenían creencias religiosas y hablaban de Dios en ocasiones. ¡Qué era aquello de creer en Dios o en religiones cuando Lenin decía que las religiones eran el opio de los pueblos!

Estaban aquellos que decían que los americanos no eran malos, que los malos eran los gobernantes que no sabían guiar a su pueblo. ¡Cómo podía permitirse que un miembro del Minint, que era la salvaguarda de la Revolución y del socialismo, dijera que había americanos buenos! Él no, él era como Hitler, él pensaba lo mismo que su ídolo. Era necesario acabar con las razas, y los americanos eran de una raza especial. Esos demócratas con sus libertades estaban acabando con el mundo. ¡Qué era aquello de libertad y democracia, donde la gente hacía lo que quería! No era posible, aquello estaba incorrecto, no se podía vivir en un país donde las leyes eran tan blandas. Había que gobernar con mano de hierro. Había que inculcar a las masas la rigidez de principios, la pureza de las ideas del socialismo y, por qué no, debían aprender con Hitler. ¡Ese sí era un gobernante con mano de hierro! Él no permitía aquellas manifestaciones de libertinaje. También Stalin era un ídolo para él. Era un gobernante firme, seguro, que no consentía blandenguerías a su pueblo. Se imponía por su fuerza de voluntad y su fervor patriótico, y así era como debía ser; quien se interpusiera en el camino del socialismo debía perecer. Stalin y Hitler eran sus ídolos.

Por eso también sintió cierta admiración por Ahmed. Aquel se veía que iba a tener futuro. El odio que sentía por los imperialistas le era de mucho agrado. Un día le preguntó:

—Ahmed, ¿por qué tú dices que un día serás héroe?

—Porque un día daré la vida por mi causa, pero con mi vida se irán muchas de las vidas de los "perros imperialistas" —contestó con una mezcla de odio por sus enemigos y orgullo de sí mismo.

Seguramente, aquel curso de tres meses le enseñó mucho. Aprendió no sólo las artes de la inteligencia militar, aprendió a tener mucho más odio a los imperialistas, a los demócratas absurdos que se jactaban de sus libertades y a todos los que se oponían a las ideas y rígidos principios del socialismo.

Lo único que Gilberto nunca había conseguido aprender era a nadar. Sentía un miedo atroz al mar, a los ríos, a todo lo que tuviera agua, incluso a las piscinas.

Parece que había tenido algún trauma de infancia que le impusiera ese miedo a veces irracional al agua, que le impedía aprender eso tan necesario. Su instructor le decía que no saber nadar era demasiado peligroso para un agente de la Seguridad, quién a veces se vería en situaciones extremadamente peligrosas. Pero no había forma de que él perdiera ese terror al agua. "Un día eso me va a traer problemas", pensaba.

De regreso a Cuba, pasó un día en Moscú, donde aprovechó para visitar la Plaza Roja y muy especialmente los mausoleos de Lenin y Stalin. Allí, admirando a sus ídolos, pensó en la causa por la cual a Hitler no le habían hecho también un mausoleo; aunque no tuviera sus restos, por lo menos una recordación a aquel que había combatido bravamente por llevar a su pueblo a la victoria sobre los impuros. Verdad que la Unión Soviética había sido contraria a Hitler, pero él tenía la seguridad absoluta de que Hitler, si hubiera ganado la guerra, habría hecho un pacto con los gobernantes soviéticos. Stalin no era tan tonto, así como para despreciar una victoria de los alemanes contra los imperialistas ingleses y yankis. Por lo menos eso pensaba su mente perturbada.

Cuando el ómnibus lo llevó al aeropuerto Sheremetievo 2, sintió que su vida iba a tener una nueva fase en lo adelante. Aquello que había aprendido iba a serle de mucha utilidad en su futuro. Llegaría lejos, él mismo se lo pronosticaba.

Pero realmente había aprendido mucho en aquel curso. Sus profesores eran excelentes, tenían la precisión matemática de un reloj. Eran eficientes y no mostraban sentimientos de flojera. Eran unos verdaderos profesores, a quienes él iba a dar continuidad en su vida profesional.

"Aquello era una verdadera escuela", pensó.

CAPÍTULO 43

Mientras dormía, el Comandante tuvo la pesadilla que lo martirizaba de forma recurrente. En ella veía, como si fuera un hecho vívido en aquel momento, el informe que su secretaria le había colocado en su mesa. Era algo que al ser recordado le producía insatisfacción, porque a pesar de que había hecho muchas barbaridades en su vida de miembro de la Seguridad del Estado, incluso matar enemigos, a veces torturar o mandar a torturar a algún agente de la CIA para obtener informaciones, nunca condenó a ningún inocente, por lo menos conscientemente.

En el informe se hablaba de la detención en La Habana de un contrarrevolucionario que se decía miembro del Comité Pro-Derechos Humanos, de nombre Juan Pérez González, que estaba repartiendo proclamas provenientes del exterior, que exhortaban a la población a no respetar las leyes instituidas, en nombre del Movimiento Pro-Derechos Humanos de Cuba y el Movimiento Cristianos por la Paz.

Esas proclamas habían llegado a Cuba de los Estados Unidos por vía aérea y se habían dejado caer en un paracaídas en la región de la carretera de Viñales, semanas atrás. En el informe se detallaba que un empleado de la granja El Rosario, había utilizado un domingo de mañana un jeep verde olivo perteneciente a la dirección de dicha granja, y, acompañado de otro sujeto, vestidos ambos con el uniforme de las MTT, después de sustraer el vehículo sin autorización, recogieron una caja de un paracaídas cerca de la represa que estaba situada en el kilómetro cinco y medio de la carretera Pinar-Viñales. De ahí llevaron la caja hasta un lugar en las inmediaciones de Viñales, donde la pasaron para un carro particular. Esta fue llevada hasta la ciudad de La Habana. En esa caja se enviaron proclamas que venían de los Estados Unidos, decían:

PUEBLO DE CUBA

EL MOVIMIENTO CRISTIANOS POR LA PAZ Y EL COMITÉ PRO-DERECHOS HUMANOS DE CUBA, QUIEREN EXHORTARLOS A QUE DE UNA MANERA PACÍFICA Y SIGUIENDO LOS PRINCIPIOS DE LA LEY CRISTIANA, SE PRONUNCIEN CON LAS AUTORIDADES DEL PAÍS, CON EL FIN DE QUE SEA REALIZADO UN PLEBISCITO PARA QUE TODO EL PUEBLO DE CUBA PUEDA DEFINIR SU FUTURO POLÍTICO. ESTE PLEBISCITO, QUE SERÍA OBSERVADO POR LAS NACIONES UNIDAS, PUEDE DEMOSTRAR A TODO EL MUNDO SI EL PUEBLO DE CUBA QUIERE CONTINUAR BAJO UN RÉGIMEN SOCIALISTA O UNA DEMOCRACIA PLURIPARTIDISTA. CUALQUIER DECISIÓN QUE TOMARA EL PUEBLO SERÍA APOYADA POR LAS INSTITUCIONES CUBANAS EN EL EXTERIOR. CON ESTE PLEBISCITO SE EVITARÍAN DERRAMAMIENTOS DE SANGRE E IMPOSICIONES AL PUEBLO DE UNO U OTRO TIPO DE GOBIERNO.

QUEREMOS LA PAZ PARA EL PUEBLO.
FIRMADO:
COMITÉ CUBANO PRO-DERECHOS HUMANOS
MOVIMIENTO CRISTIANOS POR LA PAZ

El susodicho Juan Pérez González había confesado todo sin mucha presión y se le había juzgado y condenado a cuatro años de cárcel por sus actividades.

El informe concluía las investigaciones sobre la caja que habían dejado caer en el territorio el domingo 6 de marzo de 1979.

Cuando su ayudante lo despertó, porque el helicóptero que había pedido estaba a su espera, el Comandante recordó aquel hecho con una mezcla de sentimiento de culpa, por no haber intercedido en la condena injusta que se le hizo al ciudadano Homero García, y de rabia, porque la actitud del capitán Gilberto, al condenarlo, y después al cazarlo como un animal, estaba trayendo más problemas que si los americanos hubieran invadido su provincia.

Él también era culpado, porque hizo como Poncio Pilatos, se lavó las manos con el asunto, cuando su actitud debía haber sido la que consideraba más honesta. Él también había contribuido con el encarcelamiento y la injusticia cometida contra Homero. Ahora estaba pagando las consecuencias.

Montó en el helicóptero y partieron en busca de la lancha guardacostas que Gilberto, aquel loco de remate, estaba llevando a lo que podría ser un desastre.

Durante el viaje le informaron que una avioneta, que al parecer era del movimiento contrarrevolucionario Hermanos al Rescate, estaba sobrevolando la zona, y que el guardacostas había detectado en los radares una embarcación desconocida, al parecer militar, que podría ser de los Estados Unidos.

Aquello estaba tomando un rumbo que no le gustaba ni un poco. Una lucha entre guardacostas por un fugitivo, era lo menos que había esperado que le sucediera en su vida.

Estaban cerca del lugar de los hechos cuando recibió una comunicación radial donde le informaban que el capitán Gilberto estaba tiroteando la lancha donde se encontraba un presunto "balsero", y que a pesar de que habían intentado detenerlo no lo habían conseguido, porque el Capitán amenazaba con el fusil cada vez que le pedían que no lo hiciera

—Hagan lo que sea posible por detener a ese loco —ordenó el Comandante por radio.

CAPÍTULO 44

El Capitán de la lancha guardacostas no estaba muy entusiasmado con la misión que le había impuesto aquel oficial de la Seguridad. Al final, él no era de la Seguridad y sí de las Fuerzas de Guardafronteras. Tenía sus métodos y su disciplina. Tampoco le gustaba la forma en que le daban las órdenes, como si ellos fueran los subalternos. Pero como había recibido órdenes de ayudar en aquella misión, un poco en contra de su voluntad, salió en busca de aquel enemigo que le habían impuesto.

Gilberto le había ordenado ir hasta el cayo, y de ahí subir rumbo norte, pero, ¿qué era eso de ordenarle a él, un marinero experto, una persona que solo de escucharla hablar uno se daba cuenta de que no sabía ni lo más mínimo de navegación? Pero a pesar de no saber de navegación, el Alférez Nicolás, que era el nombre del capitán de la lancha guardafronteras, se daba cuenta de que aquel hombre tenía un olfato para detectar, muy especialmente a aquel contrarrevolucionario que estaban persiguiendo. Era notable. Por lo tanto, dio órdenes de seguir esa misma ruta y, poco después de pasar el cayo, se dirigieron rumbo norte.

La lancha guardacostas se desplazaba a una velocidad vertiginosa por aquel mar, que estaba por suerte calmo y daba una visibilidad tremenda. Por tal motivo, Gilberto, al preguntarle al alférez Nicolás en cuánto tiempo podrían llegar a alcanzar a Homero, sintió un regocijo enorme al escuchar que si estaban en la ruta cierta en pocas horas lo divisarían. Además, el radar de la lancha lo detectaría mucho antes.

Pasadas dos horas, al ver que no habían conseguido detectar nada, Gilberto comenzó a hacer imprecaciones absurdas al Capitán:

—¿Por qué a estas horas aún no tenemos contacto ni por radar? —preguntaba en tono enemistado.

—Este barco tiene radares, pero no un imán que atraiga lanchas enemigas —dijo el Capitán en tono sarcástico, puesto que Gilberto lo tenía medio cansado con sus insinuaciones y exigencias.

—Yo quiero alcanzar a ese miserable ya —dijo Gilberto. Su rostro, casi impenetrable debido a la barba negra, espesa, y aquellos espejuelos oscuros, que no dejaban espacio alguno para escudriñar, podía adivinarse, estaba lívido de la rabia.

Un marinero se acercó al Capitán y le informó que habían detectado en el radar una lancha. Gilberto al oír eso fue corriendo hacia el puente y con los binoculares comenzó a escudriñar el horizonte.

—Es él, es él, estoy seguro de que es él —repetía una y otra vez, incesantemente.

El Capitán y los marineros no podían entender lo que aquel hombre estaba sintiendo. Sería un problema personal muy grave...

El segundo oficial de la lancha, que era muy amigo del Alférez y a quien tampoco le gustaba la actitud anormal de aquel Capitán de la Seguridad, le dijo en tono de broma:

—Capitán, ¿no será que el tal Homero le pegó los tarros al capitancito?

—Bueno, si no es eso debe ser algo parecido, porque nunca he visto un ser tan obcecado con una idea y con tanto odio —contestó Nicolás.

Minutos después, apareció en el horizonte la silueta de una embarcación, que fue acercándose más y más, en la medida en que la lancha iba a su encuentro. No había duda, era Homero, podía verlo con los binoculares. Gilberto tuvo una sensación de triunfo inconmensurable. Pidió a Fortunato el rifle AK y, sin oír lo que el capitán Nicolás le decía, comenzó a disparar con rabia ráfagas contra la embarcación.

—Usted no puede hacer esto. Es contra las normas internacionales —dijo Nicolás.

—Que normas internacionales ni cosa parecida. Las normas mías son acabar con ese sujeto lo más rápido posible.

—Por favor, si usted no se modera tendré que retirarle el fusil.

—Atrévase si quiere. Si se interpone en mi camino le meto un tiro en la cabeza —dijo Gilberto preso de una furia incontenible.

Fortunato y comparsa estaban con miedo, aquello no era normal. Dos oficiales, uno contra el otro. Pero ellos habían ido con Gilberto, y era a aquel al que iban a apoyar. Por tanto, se pusieron a su lado para protegerlo.

Nicolás y la tripulación estaban alarmados. Aquello no era normal. Nunca habían pasado por una situación igual. Pero pensaron que con un poco de paciencia podrían detener a aquel loco, ya que una lucha en la lancha no iba a ser beneficiosa para nadie.

Gilberto volvió a disparar hacia la lancha, donde ya podía ver el rostro de Homero. Lo destrozaría, haría de él un colador. A la tercera ráfaga que disparó, vio que Homero caía al agua.

—Le di, lo jodí —gritó enloquecido.

Después vio que Homero aparecía por el otro lado del bote y con más rabia aún volvió a disparar. Cambió de peine una y otra vez y el maldito no moría. Sería debido a que la lancha iba a una velocidad menor y las olas movían mucho la embarcación, de manera que no podía acertar.

Ordenó que pararan la lancha. El Capitán así lo hizo y elaboró un plan con sus marineros para que al primer descuido, pudieran inmovilizar a Gilberto, desarmarlo a él y sus amigos, detener al sospechoso del bote, que en esos momentos estaba resultando más simpático a la tripulación que aquellos tres personajes absurdos. Sería, como decían, un contrarrevolucionario, pero ellos eran unos locos, estúpidos y ya los tenían con rabia.

De momento informaron al capitán Nicolás que una avioneta, al parecer de la organización contrarrevolucionaria de Hermanos al Rescate, estaba sobrevolándolos y que, posiblemente, estaban filmando como ametrallaban un bote en alta mar.

—Capitán, pare con esas cosas, ¿no ve que si nos filman vamos a tener un problema internacional que va a afectar tanto a nosotros como a nuestro gobierno? —dijo Nicolás a gritos.

—No me interesa si están filmando o lo que sea, yo acabo con ese hijo de puta aunque nos filme el mismísimo Coppola.

Mientras Gilberto continuaba disparando, apareció una embarcación proveniente del norte, algo que sorprendió a todos.

—Capitán, una lancha torpedera americana a estribor —informó el Segundo Oficial.

—Gilberto, acaba con eso, estamos ahora enfrentándonos a una lancha torpedera americana, mejor artillada que nosotros y vamos a tener que enfrentarla si continúas —dijo el Capitán.

—Como si se trata de un portaaviones, me importa un carajo. Yo acabo con Homero así me tenga que enfrentar con toda la armada americana.

—De la lancha torpedera informaron por radio que no atacaran al bote —dijo un marinero.

Gilberto continuaba disparando, ahora sin control, hacía el bote de Homero; la lancha torpedera estaba acercándose y casi silbaban las balas por su cubierta. Entonces, desde la lancha torpedera, hicieron unos disparos con antiaérea, de advertencia, al aire, que pusieron en alerta a toda la tripulación de la lancha guardacostas.

El capitán Nicolás, dándose cuenta de la gravedad de la situación, hizo una seña para que dos de los marineros, en un descuido de Gilberto, trataran de sujetarlo y arrebatarle el rifle.

Los amigos de Gilberto, al ver la torpedera americana sintieron miedo y se apartaron del Capitán, quien forcejeaba con los marineros.

En una de las maniobras de Gilberto por deshacerse de los dos marineros, brincó por encima de ellos y se paró en la borda de la lancha; de momento perdió el equilibrio y cayó al mar.

—¡Socorro, no sé nadar, ayúdenme por favor! —decía Gilberto desde el agua, horrorizado e intentando mantenerse a flote.

El capitán Nicolás y la tripulación se miraron unos a los otros y, por fin, oyeron la exclamación.

—¡Hombre al agua!

Con movimientos lentos, casi de propósito, fueron a buscar un salvavidas para tirárselo a Gilberto. Amarraron una cuerda al salvavidas y fueron hasta la borda a intentar salvarlo.

CAPÍTULO 45

Estaba aterrorizado. Las balas silbaban a mi alrededor y algunas impactaban contra la lancha, la cual comenzaba a hacer agua por los agujeros. El guardacostas se acercaba y estaba a menos de veinticinco metros. Sentí que detenía los motores y pude oír una discusión entre los hombres que estaban a bordo. Vi nítidamente a Gilberto apuntando, unas veces hacia mí y disparando, y otras apuntando para los demás integrantes de la tripulación. Al lado de Gilberto, y aparentemente aterrados, estaban dos pescadores, al parecer, por la indumentaria que llevaban.

Cada vez que disparaba, yo tenía que sumergirme en el mar y tragaba buches de agua salada. Mi estado físico era lamentable. Casi no tenía fuerzas para nada.

En ese momento sentí otra ráfaga, ahora de arma pesada tipo antiaérea, pero del lado contrario. Era el barco que estaba a unos cincuenta metros y que hacía disparos de advertencia al aire.

Estaba siendo atacado por los dos lados y por ambas embarcaciones. Yo estaba en el agua, medio muerto de miedo y fatiga, sin armas y siendo atacado por dos barcos, y además una avioneta dando vueltas encima de mí. Era para volverse loco...

Sentí de nuevo las balas alcanzando mi barco. Volví a sumergirme, pero era por puro instinto, si no me habían alcanzado ya, era porque ese Gilberto era un tirador pésimo. A menos de quince metros y con un AK 47, arma esta que conocía de mis entrenamientos militares y que tiene una precisión extraordinaria... y no me había acertado, o por lo menos no me sentía herida alguna de bala en el cuerpo. Era muy mal tirador o la mano de Dios me protegía.

Después de una de las sumergidas, al tomar respiración, visualicé de nuevo la aleta del tiburón. Mi visión estaba totalmente borrosa, pero vi aquella aleta surcar el agua en mi dirección a una velocidad asombrosa.

De nuevo sentí una ráfaga de balas y mi salvavidas fue dañado por una de ellas, desinflándose. Me sumergí por instinto, y cuando intenté salir a la superficie no pude conseguirlo. Mis fuerzas no daban para ello. Comencé a hundirme en aquellas aguas transparentes. Aún conseguí, a pesar del desespero, taparme la nariz con los dedos, pero era un esfuerzo baldío, cada vez me hundía más y más. Por mi mente pasó con la velocidad de un rayo la imagen de mis seres queridos, de mis padres, mi esposa mi hijo, tantos y tantos amigos que me habían ayudado, al parecer en vano… De pronto me siento levantado por un cuerpo suave que casi con cariño maternal me estaba proyectando a la superficie. No conseguía distinguir con claridad qué era lo que me estaba empujando hacia arriba. Cuando conseguí respirar aire mezclado con agua, tuve la sensación de que había salido del cielo para la tierra nuevamente. Era como si hubiera muerto y vuelto a revivir.

Aquel pez o animal marino que me había levantado de las profundidades del mar se sumergió y apareció de nuevo. Era un delfín, no cabía duda, y me miraba como si me quisiera decir: estoy aquí para ayudarte.

Yo había visto en las películas alguna cosa referente a la inteligencia de los delfines, pero no que llegaran al extremo de salvar personas. Me acerqué a él, me aguanté de su aleta con las dos manos y monté en su lomo suave y sedoso. El pez comenzó a nadar con cierta lentitud, como si pudiera adivinar que yo estaba muy débil físicamente; se dirigía al barco que había aparecido en último lugar.

La agilidad y la destreza de esos animales marinos son impresionantes. De vez en vez emitía un sonido, como especie de un mensaje de aliento, y con el estupor que me producían todos aquellos hechos vividos en unos instantes, que me parecían años, me sentía reconfortado. Era algo sobrenatural.

De nuevo sentí a mis espaldas disparos provenientes del guardacostas donde estaba Gilberto. Conseguí mirar y alcancé a ver, con mucha dificultad, que estaba produciéndose una lucha cuerpo a cuerpo entre Gilberto, que mantenía el fusil con el cañón hacia arriba, y dos marineros del guardacostas.

Volví la mirada al frente y pude ver nítidamente el barco hacia donde me llevaba aquel divino animal. Por uno de los lados estaban varios marineros con salvavidas en las manos, amarrados por cuerdas; y me decían en inglés, como pude constatar, que me acercara más.

El delfín, como si entendiera el lenguaje de los humanos, me colocó casi debajo del lugar donde estaban los marineros. Sentí que dos salvavidas me caían encima y pude agarrarme a uno. Me lo coloqué por debajo de los brazos y comencé a sentirme izado. Por un momento miré para el guardacostas cubano y pude ver que Gilberto caía al mar y se hundía, volviendo a salir pocos instantes después.

Pude ver que los marineros iban a buscar algún salvavidas pero no sé por qué razón me parecía que no estaban con mucha prisa, cuando por fin vi que dos de ellos se asomaban con los objetos en la mano. Gilberto estaba hundiéndose y agitando una de las manos en forma desesperada. Por fin no lo vi emerger de las aguas nuevamente. Parece que había llegado la hora del juicio final.

Me sentía cansado. Escuché una voz que me decía: "Put it my hand", o algo parecido. Levanté mi brazo y fui alzado hasta la borda del barco. Lo último que mi vista logró captar fue al delfín, aquel ángel guardián que Dios me había mandado en el momento más difícil de mi vida, parado sobre la cola en forma perpendicular al mar, dando unos silbidos hermosos y con una mueca que parecía una sonrisa.

Me estaba alertando sobre mi futuro próximo. LA LIBERTAD.

CAPÍTULO 46

El comandante Pineda fue informado de lo sucedido en la lancha torpedera con el capitán Gilberto. Un informe oficial con lujo de detalles, como siempre, alterado de acuerdo a los intereses de la Comandancia Provincial de Pinar del Río, estaba sobre su buró esperando su aprobación y firma. La secretaria lo había mecanografiado durante horas y estaba dispuesta a marcharse; eran las ocho, muy tarde ya, se sentía muy cansada por el ajetreo del día.

Pineda la atajó en el momento en que se disponía a salir y le pidió que se quedara un poco más de tiempo, puesto que quería despachar el informe y quería hacerle algún cambio. Deseaba que el texto fuera impecable, que los problemas que le había acarreado el escándalo de Gilberto quedaran claros..., que no le molestaran más por ello.

En el preciso momento en que estaba haciendo las correcciones, le pasaron una llamada de su jefe inmediato superior.

—Aló, buenas noches, jefe. ¿Cómo estás de salud?

Debido al prolongado tiempo de relaciones con su jefe lo trataba con familiaridad y algo de cariño, puesto que sus respectivas esposas eran tan amigas que se visitaban con mucha frecuencia.

—Hola, Pineda. Estoy bien, gracias. Te llamo porque este caso del comemierda de Gilberto ha trascendido, y de las altas instancias del Partido, desean saber con lujo de detalles, y de forma personal y no por escrito, lo que realmente sucedió de la A a la Z, ¿comprendes?

—Entiendo, jefe. ¿Qué debo hacer entonces?

—Ven para acá lo antes posible, y a las siete de la mañana nos vemos en el parqueo de mi casa, para ir juntos a ver al Ministro.

—¿A ese nivel es la cosa?

—Por encima de ese nivel, así que puedes imaginártelo.

—OK, nos vemos a las siete de la mañana.

Aquello a Pineda le dio mala espina. El Ministro en persona quería saber todo acerca del caso de Homero García. ¿Qué le diría? ¿La verdad? Era muy engorrosa. Ya se veía enredado con el Ministro, que era un tipo intransigente, al cual había que decirle la verdad que a él le interesaba. Esa verdad era a veces muy distante de la real. Cuando a él no le venía algo bien, ahí iba la descarga y era una jodedera. Había que ser adivino para decirle de primera y pata lo que él quería.

Despidió a la secretaria después de terminar de actualizar el informe oficial, le pidió que lo mecanografiara de nuevo y se lo dejara en el buró antes de las dos de la mañana, puesto que se lo iba a llevar para La Habana.

A la pobre mujer aquello le cayó como una bomba, pero como estaba acostumbrada a aquella esclavitud, tomó el informe, lo llevó a su buró y comenzó a mecanografiarlo de nuevo.

Pineda se tiró en la cama y pidió a su chofer que lo despertara a las dos de la mañana, para salir para La Habana lo más rápido posible. Quería llegar antes de las siete para que su jefe no lo tuviera que esperar, en eso de la puntualidad era muy exigente.

Las escasas horas que intentó dormir fueron intranquilas, con pesadillas. Pensaba en Gilberto y sus burradas, la repercusión que había tenido para él y para todo el mando, y la entrevista con el Ministro le machacaba la mente. Sabía que el Ministro no se andaba con cuentos de camino, que cualquier resbalón de su parte le iba a costar caro..., y encima el problema aquel de su estúpida mujer y el recluta, que aún estaba en su mente torturándolo, no tanto porque su mujer lo engañara, sino por lo que sucedió con el muchacho. Ahora que estaba pendiente de la intención del Ministro, pensaba que le iban a sacar en cara lo que le había hecho en coordinación con Rojas. Sabía bien, él y todo el mundo, que si uno es ineficiente en su cargo, y se aparta de los lineamientos de la Revolución, no importa si fue a pelear a la Sierra, o en la clandestinidad, o si dio la vida por el Comandante en Jefe, o por el Ministro de las FAR, si entienden que uno es innecesario o ineficiente, te pasan la cuenta rápido; y solo hay dos formas de resolver, o te quitan los grados y los cargos y te ponen en plan pijama (preso domiciliario hasta que los jefes se acuerden de ti), o simplemente te fusilan, depende de la gravedad de los hechos.

Después de recoger al Jefe, fueron a la oficina del Ministro, que estaba despachando desde muy temprano. Fueron pasados a la oficina y después de los saludos de rigor, el Ministro le dijo a Pineda que le dijera todo acerca del caso.

El comandante Pineda comenzó por la detención de Homero, los sucesos posteriores a su huida, la persecución de Gilberto y, por último, el salvamento de Homero por el guardacostas de la marina de Bahamas.

Le explicó sin lujo de detalles que había sido un error de Gilberto, puesto que Homero no tenía nada que ver con el lanzamiento de la caja, y que el verdadero culpable había sido juzgado. Una inspiración interior le dijo que fuera lo más exacto posible con los acontecimientos, sin dejar detalles de por medio, aunque el Ministro lo conminaba a hablar lo estrictamente necesario.

Cuando terminó, se quedó esperando la reacción del Ministro y miró de soslayo a su jefe, que no había pronunciado ni media palabra.

—Muy bien —dijo el Ministro—. Fíjate, Pineda, lo que has dicho hoy aquí, no es lo que vas a informar oficialmente, OK, se entiende eso, ¿o no?

—Entendido, compañero Ministro —respondió en forma marcial Pineda.

—Entonces —puntualizó el Ministro—, lo que ocurrió fue lo siguiente a grandes rasgos. Después tú lo floreas y me lo envías antes para revisarlo, antes de enviar las copias pertinentes.

—El tal Homero García era un contrarrevolucionario, asesino, que había hecho varios atentados y, por ese motivo, fue encarcelado y juzgado. Como era agente de la CIA, fue ayudado por esa organización a huir, con vistas a seguir perpetrando esos atentados. El capitán Gilberto, no me acuerdo de su apellido, de forma sagaz y arriesgando su propia vida, trató de destruir a ese agente de la CIA, pero por desgracia este pudo huir, al ser rescatado en alta mar, inconsciente, por la marina Bahameña. El capitán Gilberto ofreció su vida por la Patria y la Revolución. Por ese motivo se propone al capitán Gilberto para una condecoración post mortem, por su valentía en cumplimiento de su deber, y los servicios prestados a la Revolución y al Partido Comunista de Cuba. De esta forma queda dirimida la cuestión y, como siempre, la Revolución salió victoriosa una vez más, desactivando un poderoso agente enemigo de los intereses del Pueblo. Es todo, pueden marcharse —y con estas palabras concluyo la reunión, mediante una brusca despedida.

Salieron del Ministerio, ambos militares sin decir ni una sola palabra. Ellos, que eran comprobados comunistas, que se habían ganado sus grados heroicamente en la Sierra Maestra, que habían hecho atrocidades en nombre de la Revolución, estaban mudos, confundidos, abrumados. Aquella acción era más de lo que podían esperar. Superaba todas sus expectativas.

No hablaron ni media palabra por el camino. Su jefe le pidió que lo dejara en su oficina y Pineda decidió pasar por su casa, para ver cómo andaban sus hijos, a los que hacía no se sabía cuánto tiempo que no veía.

Llego a la hora del almuerzo y encontró a todos sentados a la mesa. Su mujer lo saludó con un "¿qué tal?", sus dos hijos varones le dijeron por saludo un "¿tú por aquí, papá?", y la hembra, que ya tenía dieciocho años, lo miró, se levantó de la mesa y aduciendo que tenía clases muy importantes en la Universidad, se fue sin preguntarle a su padre cómo estaba, cosa esta que él hubiera deseado.

—¿Ya almorzaste? —preguntó Darli con desgano.
—Almorcé en el comedor del Ministro —mintió.

Los dos hijos se levantaron y, sin despedirse de sus padres, salieron del comedor, se fueron a sus cuartos y pusieron la grabadora con música rock a todo volumen, cosa que a él irritaba.

Miró por unos instantes a Darli, que estaba impasible en la mesa, fue a la nevera, abrió una soda, se tomó dos sorbos, y se disponía a marcharse cuando ella le dijo que quería comunicarle algo muy importante antes de que se fuera. Él hizo caso omiso de ella, montó en su jeep y le ordenó bruscamente a su chofer: "A Pinar, dale que jode por ahí para allá", frase con la que denotaba la irritación, su insulto, lo aberrada que le parecía su vida últimamente.

Algo falló en su familia. Su mujer lo traicionaba, sus hijos no lo querían ni respetaban, el ejemplo de abnegación y sacrificio que quiso inculcarles no surtió el efecto deseado. No bastaba la vida material que les había proporcionado, comida, ropa buena, educación, carros, todo lo que faltaba al resto de la población, menos a sus dirigentes, que tenían de todo, y a ellos les sobraba. Nada de eso tenía importancia para ellos. Incluso oyó decir una vez a su mujer que sus hijos tenían desviaciones ideológicas. Él le encomendó que hiciera todo lo posible para que eso se revirtiera, que les hablara de los sacrificios que ellos habían hecho para que tuvieran esa vida, para que no padecieran de las privaciones que ellos habían tenido en su niñez y juventud. Pero al parecer ella solo pensaba en cómo pegarle los tarros, cómo engañarlo con el primero que le pasaba por delante. Seguro sus hijos sabían lo sucedido, y en eso se arrepentía, por no habérselos contado como hacen los padres normales. Pero él, por motivos del trabajo intenso (se auto justificaba inútilmente), no había procedido como debe hacerlo un buen padre. No era un padre presente, lo sabía, y su ausencia en el día a día, le había traído sus fatales consecuencias.

Desgraciadamente tenía toda la culpa del mundo, pero no quería admitirla del todo, incluso a veces llegaba a olvidarse del nombre de alguno de ellos. "Cosas de la vida", pensó, pero qué iba a hacer él, si las tareas de la Revolución no esperaban por nadie y a él le habían dado aquella tarea, y la cumpliría así tuviera que empeñar su vida toda.

Todo le parecía absurdo, el comportamiento de su mujer, de sus hijos, de su jefe, de sus subalternos, de su Ministro, y a veces hasta la actitud del propio Comandante en Jefe lo dejaba en estado de inconformidad interior, que lo martirizaba.

Él no podía cometer ese crimen de dudar de la Revolución. Representaba a la salvaguarda de los intereses más profundos del socialismo. Tenía que retirar de su mente todas las inquietudes que lo aterraban.

Eran los problemas del jodido Homero, el hijo de puta de Gilberto, los cuidados que había que tener para expresar sus opiniones y hacer los informes. Todo conspiraba para que su cabeza estuviera enajenada, aunque sabía que tenía suficientes coraje y convicción política como para dejar de lado esas tribulaciones y continuar con su marcha, siempre al frente, siempre a favor de los más profundos y puros principios de la Revolución.

En su casa, Darli no pudo contener el llanto. Hacía tiempo debía haberle dicho a su marido que sus hijos querían marcharse del país, que no tenían fe en la Revolución, que despreciaban la vida que ellos llevaban y que otros, incluyendo sus compañeros de estudio, y hasta sus familiares, los reprochaban, llamándoles "hijos de papá", "aprovechados del Gobierno", etc., lo cual era ofensivo, y les llenaban de tristeza sus vidas.

Si conseguían hacerlo, sería el golpe más rudo que recibiría como padre y como dirigente de la Revolución.

Posiblemente le costaría el cargo, los grados y hasta el carné del Partido Comunista, que él tenía como lo más sagrado de su vida.

Ironías del destino.

CAPÍTULO 47

Fui atendido por oficiales de la marina bahameña, no de los Estados Unidos, como creía. Me dieron unas mantas para el frío, un té caliente, que agradecí sobremanera y me sometieron a un interrogatorio en inglés, en el cual no entendí nada.

—No "inglich" —dije a los que hacían aquellas preguntas.

Trajeron a un oficial que hablaba un poco de español, y que entendía algo. Este me hizo una sarta de preguntas para las cuales no tenía mucho que contestar. Aquella gente no tenía ni idea de lo que era Cuba, de su gobierno y su política. Estaban totalmente ajenos a la situación político-económica de la isla y a los padecimientos de los ciudadanos cubanos, debido al régimen Castro-comunista imperante.

Me dejaron por un tiempo solo en un camarote y después me volvieron a interrogar. Insistían mucho en saber por qué me disparaban. Me preguntaban si contrabandeaba con drogas, si las llevaba en el bote y una cantidad de estupideces que me molestaban, lógicamente, porque yo no sabía nada de drogas, ni jamás en la vida había experimentado ninguna.

Había sido rescatado por ellos, por lo tanto les debía agradecimiento y no debía irritarme por sus preguntas, pero la realidad era que me desesperaban. Al fin me dejaron quieto, me recosté en una litera y conseguí dormir a pesar del agotamiento físico.

Un tiempo después, no pude precisar cuánto, me despertaron, porque habían llegado a mi destino y había que desembarcar.

Después de darme una ropa seca y limpia, que parecía de preso, me esposaron, me bajaron a tierra y me subieron sin más en un van, que decía en letras rojas "POLICE".

Más de dos horas después, me bajaron en un edificio que a todas luces era un presidio. Me entregaron a unos custodios y me llevaron a una oficina, donde había otros oficiales, quienes me interrogaron de nuevo, esta vez en español, por suerte.

Les conté todo de nuevo, pero en mi interior estaba convencido de que todo era por gusto. No me creían "ni papa". Terminado con aquel último panel de preguntas de parte de todos los allí presentes, me dieron una bolsita de nailon con un jabón de baño, uno de lavar ropa, un cepillo de dientes y un tubo de pasta dental pequeño. Me llevaron a una galera, donde había más de cincuenta personas, todas ellas con el mismo uniforme, y me señalaron un catre. Me senté sin saber todavía dónde estaba, qué hacía allí y por qué estaba preso.

El cansancio me derrotó y quedé aletargado en aquel catre por un largo tiempo.

Sueños irregulares y confusos fueron desfilando por mi mente. Estaba viendo, como en una nebulosa, a mi familia, mi casa, la figura maléfica de Gilberto: "ojos de halcón"; y, como en una película borrosa, episodio por episodio, lo que me había pasado desde el primer día.

Cuando me desperté y me vi en aquella galera, lo único que recordé en ese instante fue un dicho popular cubano, "salí de Guatemala para entrar en Guatepeor".

CAPÍTULO 48

Me tiré todo sudado del catre y pasé la vista por aquel lugar. Los rostros de los que estaban allí, no eran en nada simpáticos. Eran caras de gente que en su mayoría parecían delincuentes. Los había negros, blancos, mulatos y hasta chinos. Todos me miraban con recelo y antipatía.

Eran las seis de la tarde según mi reloj, el cual conservaba con celo, por ser herencia de mi amigo, pero no sabía que había una hora de diferencia, o sea, que en realidad eran las siete. Todos a la vez, a una orden de los guardias, se fueron a hacer una fila en la puerta del barracón, cuchara en mano, porque estaban sirviendo la comida.

Me di cuenta entonces de que a mí no me habían dado ningún utensilio, por lo que, cuando me llegó el turno, pedí al guardia que me diera algo para comer. Este me señaló las manos y me dio a entender que comiera con las manos si quería. Era tratado como un animal. ¡Qué barbaridad! ¿Dónde estaba? ¡Por Dios! Me senté donde encontré lugar y comencé a comer aquello que llamaban comida. Pan duro y medio rancio, un tocino grasiento, una rodaja de tomate maduro, casi podrido, y de postre un dulce que nunca supe de qué era, solo azucarado.

Después de comer, todos llevaban su plato, que era de plástico, hacia una ventana, donde después de pasarlo por un chorro de agua, lo arrojaban por una abertura.

Hice igual a los demás y, cuando estaba limpiándome los dientes, se me acercó un sujeto, blanco, de entradas, bigote negro espeso, mirada hosca y voz medio ronca, que a todas luces parecía cubano igual que yo, por su forma de expresarse, y me dijo:

—¿Quién tú eres?, por supuesto que cubano. Solo te advierto que tengas cuidado, que duermas con un ojo cerrado y el otro bien abierto y no te confíes en nadie. Mi nombre es Pedro, pero todos me dicen Ovas, porque soy de un pueblito en Pinar del Río que se llama así.

—Yo también soy pinareño, a mucha honra —respondí a modo de presentación—. Mi nombre es Homero, soy estomatólogo y puedes considerarme de ahora en adelante tu amigo.

—Vas mal si de primera y pata te crees que aquí hay amigos.

—No sé, pero me parece que tienes cara de buena gente, además de que eres de Pinar del Río y todos los pinareños somos de primera, ¿o no? —le dije.

—No todos —dijo—, pero de todas formas me caíste bien. OK, amigos —me tendió una mano gruesa y callosa, fuerte, robusta, como lo hacen las personas sinceras.

Ofrecí la mía y sentí en su contacto que era buena persona, era franca. Era ese apretón de manos que se da con honestidad. No se podía equivocar.

Estuve hablando con él mucho tiempo, en voz baja, para que los demás no se enteraran. De algo me di cuenta rápidamente; el tal Ovas era un tipo respetado por casi todos allí. Lo miraban con acato y eso me daba buena espina. Si me convertía en su amigo sería respetado también. Me explicó tantas cosas necesarias para poder vivir allí que, al compararla con la cárcel cubana, la diferencia era mínima.

El día terminó y, después de apagar las luces, tal como me había orientado Ovas, dormí a medias, en un sobresalto constante, alerta.

Al amanecer nos despertaron, volvimos a hacer la fila y recibimos un cacharro de algo que parecía leche en polvo con un sabor dulce y achocolatado.

Cuando apenas había terminado, me avisaron que tenía visita. Ovas, que estaba a mi lado, dijo que posiblemente era el representante de inmigración, que no tuviera preocupación puesto que hablaban español, pero que no me ilusionara, puesto que era una visita rutinaria y poco o nada resolvían estas personas.

En una habitación un poco más agradable que las anteriores, me recibió muy atentamente un señor trigueño, alto, de bigote, que se presentó como míster Jonás en perfecto español.

Después de hacer las mismas preguntas que los oficiales bahameños, le expliqué los hechos sin pormenorizar, porque al parecer míster Jonás no estaba muy interesado en lo que le decía. Me confesó que las posibilidades de ir a los Estados Unidos a reunirme con mi familia eran muy remotas, que era muy probable que me deportaran para Cuba, lo que me provocó un pánico atroz.

—Míster Jonás, si me deportan para Cuba, estoy seguro de que me fusilan —dije con un terror no disimulado.

Míster Jonás me miró con indiferencia, habló algunas pocas cosas, de poca trascendencia y me dijo sin mucho entusiasmo que haría todo lo posible por ayudarme. Dicho esto se marchó y me devolvieron a la galera.

Me sentí decepcionado, aterrado, confuso. Había hecho todo aquello para que al final me devolvieran a Cuba.

Cuando Ovas se me acercó y notó el estado en que me había dejado la entrevista, me tiro un brazo por el hombro y me dijo a modo de consuelo:

—No temas, amigo, para Cuba no te van a llevar o me dejo de llamar Ovas.

Pero, ¿qué iba a hacer para evitarlo, si aquel señor que parecía ser un hombre importante, no podía?

—Tranquilízate, compadre —dijo Ovas con voz amistosa—. Te voy a explicar algo, que después me dirás si tienes agallas suficientes para hacerlo. De ser así, nos largamos de aquí para la Yuma.

Algo me empezó a cosquillear en las axilas, era como otras veces me sucedía, un síntoma de que estaba aproximándose el peligro.

—¿Qué le vamos a hacer? —dije con firmeza—. Cuenta conmigo para lo que sea, no soy un flojo, como podrás comprobarlo.

—Te explico con detalles después de que recibamos la visita de nuestros amigos de Miami.

—Vienen personas de Miami —pregunté ilusionado.

—No solo vienen, sino que nos traen comida decente, ropa, que buena falta nos hace para cuando salgamos de aquí, y nos contactarán con nuestras familias de Miami —enfatizó con alegría.

—¡Qué notición, compadre! —exclamé con euforia.

—Pero, acuérdate que todo es en absoluto silencio. Es necesario que seas todo lo discreto que puedas, para que todo se pueda concretar —puntualizó.

Era como si viese una luz muy intensa al final del túnel.

Me recosté en el catre y, orando al Señor, le pedí fuerzas para poder acometer esta tarea, que sólo Él, con su poder divino, era capaz de darme.

Sin saber a ciencia cierta los avatares de nuestra próxima aventura, me quedé dormido, soñando con cosas bellas.

CAPÍTULO 49

El comandante Pineda recibió una llamada del Ministerio citándolo a una reunión de urgencia.

Otra vez con la candanga de Gilberto, pensó en cuanto colgó. ¿Sería que este pendejo le iba a hacer de nuevo la vida imposible?

Llamó al chofer y salió raudo y veloz para La Habana. Últimamente había tenido muchos contratiempos y no iba a hacer esperar al Ministro ni un minuto de más.

Llegó a La Habana y fue directo a la oficina del Ministro. La secretaria, en cuanto Pineda llegó, lo pasó para la sala de reuniones donde ya estaban varios de los jefes, incluyendo el suyo inmediato, el cual no le dio ni el saludo. Caramba, tantos años de lucha juntos y este, que se decía su amigo, su hermano, ni siquiera lo saludaba. ¿Qué habría pasado? Parecía que era grave.

Se sentó donde le indicaron y en pocos instantes apareció el Ministro. Su cara denotaba que algo muy malo había pasado. Respiró profundo y mirando a Pineda con unos ojos que parecían los de un demonio. Le dijo:

—Antes que todo, ¿qué tiempo hace que no ves a tus hijos, Pineda?

—Bueno, compañero Ministro, no recuerdo bien, pero hace casi una semana que no sé de ellos. Sabe que tengo problemas con la mujer y he perdido un poco el rumbo de mi casa.

—Vamos a ver qué te parece esta grabación del teléfono de tu casa, entre tu esposa y tus hijos —dicho esto, pulsó el botón del reproductor que tenía enfrente:

"Mama, soy yo, José Miguel. Estamos en New Jersey, sanos y contentos, muy bien tratados y con mucho ánimo" [...] "Mis hijitos queridos, ¡qué alegría tan grande tengo de saber que están bien, que hayan convertido sus sueños en realidad" [...] "Te vamos a reclamar en cuanto podamos. No te preocupes" [...] "De eso hablaremos más tarde, ahora lo importante es que están bien, y que sienten mucha alegría en sus corazones".

Mientras Pineda escuchaba la grabación, sin la mínima duda de que era una conversación entre Darli y sus tres hijos, un sudor frío, profuso, que le empapaba el uniforme, lo invadía. ¿Era aquello verdad o estaba soñando? Era verdad, no cabía duda. Parecía que con cada palabra pronunciada por sus hijos le daban un martillazo en el cerebro. Cuando terminó la conversación, un pesado silencio invadió la sala. Después de este silencio atormentador, tomó de nuevo la palabra el Ministro.

—Dime, Pineda, ¿qué tienes que decir de esa conversación?, ¿qué argumentos puedes esgrimir después de oír esto?

—Yo... Yo... No sé cómo ha podido pasar esto. Usted sabe, compañero Ministro, que yo he sido un fiel y celoso cumplidor de mi deber revolucionario, de mis tareas al frente de la Seguridad. Quizás me descuidé un poco de mi familia, no le di la atención que ellos necesitaban, pero esto, esto... no me lo esperaba. Le digo con toda la sinceridad posible, no lo esperaba.

—Si un cuadro del Gobierno no es capaz de introducirle a sus propios hijos los principios del socialismo, los valores de la Revolución, ¿qué podemos esperar de sus subalternos, de las personas que él dirige?, ¿del pueblo que espera de sus dirigentes fuerza y principios radicales?, ¿del pueblo que desea que cuando hable con sus dirigidos sea con firmeza?

—Comprendo... —balbuceó Pineda.

—Déjame hablar, que no te he dado la palabra —gritó irritado el Ministro—. Mira, para decir la verdad, sin que me quede un sentimiento de rencor, sin querer empañar tu trayectoria revolucionaria, tus delitos no son para nada contrarevolucionarios. No se te puede acusar de algo que no has cometido. Pero el hecho de que existan desviaciones ideológicas en el seno de tu familia, y cuando digo, familia, no me refiero a sobrinos, hermanos, etc., de lo que se trata es de TUS HIJOS, el fruto de tu ser, y esos no son cualquiera, son tu verdadera FAMILIA... Vas a conservar tus grados, pero desde este momento estas destituido de tu cargo de Jefe Provincial del Departamento de Seguridad del Estado de la Provincia de Pinar del Río. Vas a ser reubicado en las oficinas del DTI en Aldabó en tareas administrativas y queremos, tanto yo como los que estamos aquí, quienes te consideramos como un revolucionario, que sigas alineado con los principios inalterables de esta gran Revolución. ¿Alguna cosa que decir? —exigió el Ministro—. Ya que no hay nada más que tratar, se concluye esta reunión —concluyó con amargura y decepción.

Pineda salió de la reunión a duras penas. Casi no tenía fuerzas en las piernas para caminar. Sus antiguos camaradas no le hablaron, al contrario, le dieron la espalda sin mirarlo siquiera.

Cuando llegó al estacionamiento del Ministerio a buscar su jeep, le informaron que el chofer, acatando las órdenes superiores, había partido para Pinar del Río. Le señalaron un Ford de los años cincuenta, no muy apetecible que digamos, el cual le había sido asignado.

Las órdenes habían sido tajantes. Debía presentarse en las oficinas de Aldabó de inmediato. Entró al cacharro aquel, que era como una deshonra considerando su inmaculada, salvo algunos pequeños errores, vida de revolucionario, de comunista.

Entró a las oficinas, se presentó ante el director del lugar, y le asignaron un buró lleno de papeles, y la orden de ocuparse de estos, como lo hubieran hecho con una secretaria cualquiera.

Estuvo sentado, tratando de asimilar aquello. Salió al patio y se sentó en un banco despintado e inestable. Pasó revista a lo que había sido hasta ahora su vida.

Se vio aún jovencito en la Sierra, peleando al mando de Camilo Cienfuegos, aquel hombre invencible del Ejército Rebelde, que él tanto admiraba. Recordó cuando conoció a Darli, antes Sinforosa, llenándoles el saco con boniatos y yucas; los años en que fue ascendido de un puesto para otro, siempre subiendo de cargo y de grado militar; cuando le asignaron su primera vivienda, modesta por cierto, pero confortable; cuando lo nombraron Jefe del G-2 en Pinar del Río y le asignaron la casa en que ahora vivían, una mansión de dos pisos, con piscina, garaje para cuatro carros, la cual prácticamente no había disfrutado, porque el trabajo era demasiado y había que olvidarse de los placeres de la vida cotidiana. También llegó el recuerdo funesto del día en que el capitán Gilberto le habló del caso de Homero García. ¿Por qué no se había metido de lleno en el caso, dejando al inepto de Gilberto hacer lo que quisiera? Él hubiera reaccionado de forma racional, si el tipo aquel era inocente de lo que se le imputaba, con zarandearlo un poco y dejarlo irse a su bendita casa se hubiera ahorrado todo aquel embrollo, que le costó bastante caro. Tan caro que hasta podía costarle la vida. Sí, la vida, porque para qué quería él vida si lo había perdido todo, incluso la moral de la que se vanagloriaba tanto.

Era mucho, mucho para él, demasiadas incidencias, incontables desaciertos. En aquel momento, aunque nunca había creído en Dios ni en ninguna religión, salvo cuando era niño y sus padres lo llevaban a la iglesia, miró al cielo, vio una nube blanca, bella, solitaria, cuya forma era muy parecida a un trono, en el cual, le pareció distinguir una figura de barba blanca, con una túnica que le cubría todo el cuerpo, que le decía, con una dulzura increíble: "Ven, hijo mío, yo te perdono".

Sacó de forma maquinal su pistola de la funda y diciendo "perdón", apretó el gatillo.

Un disparo resonó en aquel pequeño parque, y el cuerpo inerte de Pineda cayó suavemente frente al banco.

CAPÍTULO 50

Desperté al otro día un poco más dispuesto y alegre. Recibimos una organización del Exilio Cubano que daba una extraordinaria ayuda a los que como nosotros nos encontrábamos en aquella cárcel.

La visita correspondió a una señora entrada en canas, a todas luces simpática y locuaz.

—No te preocupes, Homero —dijo con una sonrisa en los labios que daba mucha confianza—. Todo está preparado para transportarlos a los Estados Unidos en cuanto consigan salir.

—Oiga —dije preocupado—, usted habla como si fuera muy fácil escaparse de esta cárcel.

—No te preocupes de los pormenores, que todo está previsto —dijo a modo de despedida.

Comí con verdadero placer aquellos manjares que trajo Migdalia, así se llamaba aquella buena mujer. Me probé la ropa que aportó, aunque no podía usarla allí, la guardé en un nailon transparente que me dejaron, debajo del colchón del catre.

Ovas estaba esperándome en la galera con muy buen semblante.

—Mira —dijo señalando un periódico de Miami, El Nuevo Herald.

Observé en primera plana una noticia sobre el estado del tiempo y de momento no entendí qué tenía que ver con la salida de la cárcel.

"El huracán de intensidad 2 con vientos de más de 100 kilómetros, azotará en las primeras horas de mañana las Bahamas. Se están tomando las medidas de precaución por las autoridades, puesto que a pesar de que no tocará tierra, los vientos huracanados y la lluvia intensa se harán sentir en todas las islas".

—¿Y un huracán nos va a sacar de aquí? —pregunté estúpidamente.

—El huracán no, pero vamos a aprovecharlo para la fuga —y diciendo esto comenzó a explicarme detalladamente lo que íbamos a hacer.

Era solo esperar a que el dichoso huracán acabara de llegar. Nunca en mi vida había tenido tantos deseos de que un fenómeno natural tan devastador como este llegara. Pero era la salvación del grupo, que según me dijo Ovas, iba a participar en la fuga.

Al amanecer ya se sentían las ráfagas batiendo con fuerza en la cárcel. Las ventanas estaban cerradas, pero como casi todas tenían defectos o estaban mal clavadas, comenzó a entrar el viento con tal fuerza que producía un ruido fantasmagórico. Silbaba con tanta fuerza que daba miedo oírlo, mucho más sabiendo que cientos de personas estábamos encerrados en aquella galera.

Ovas vino a verme y me señaló que lo siguiera hasta los baños. Cuando llegaron, se subió encima del hombro de uno de los que allí estaban, tomó un barrote de hierro de la ventana que previamente había sido aserrado y lo desprendió con poca fuerza. Con ese barrote hizo presión en los dos restantes que se doblaron, dejando una abertura de poco más de setenta centímetros, justo lo necesario para deslizarse por él con cierta dificultad.

Amarraron varias sabanas, unas a otras haciendo como una cuerda, la cual fijaron por un extremo a uno de los barrotes y el otro extremo fue colocado fuera. El viento arreciaba, la electricidad había sido cortada para evitar accidentes. El día se hizo oscuro por la presencia del fenómeno atmosférico, que daba espanto sólo de oírlo. Las ráfagas de lluvia entraban con fuerza por la ventana.

—Vamos de uno en fondo, primero el más delgado para probar la resistencia de las sábanas —dijo Ovas.

Dicho esto, un mulato de unos cuarenta y cinco años, de nombre Roberto, se dejó caer sin mucho esfuerzo a pesar del viento y la lluvia y, después de unos segundos sentimos unos tirones, señal de que había llegados sin dificultad al suelo.

Ovas me señaló para que saliera y así lo hice, encontrándome con Roberto, que estaba agachado mirando para la garita, que en aquellos momentos debido al huracán estaba desierta.

Cuando terminó de descender el último de los seis que participábamos en aquella fuga, Ovas señaló el camino a seguir con la mano derecha y con la izquierda nos invitó a seguirlo.

Llegamos a la cerca de alambre que normalmente estaba electrificada, aunque no en ese momento, debido el corte de la corriente. Con un alicate que sacó del bolsillo, Ovas cortó los pelos de alambre inferiores y comenzamos a pasar a gatas por debajo de los superiores.

No había un alma por aquellos alrededores, era imposible pensar que estuviéramos haciendo aquello en circunstancias tan especiales. Sólo unos locos desesperados lo podían hacer. Las autoridades se darían cuenta de la fuga solo al terminar de pasar el huracán, así que disponíamos de un tiempo limitado para llegar al lugar planificado por Ovas, que era el único que tenía esa información.

—Yo desconfío de todo el mundo —me había dicho, y en efecto sólo él sabía lo que había que hacer. Sacó una especie de mapa de las calles por donde teníamos que pasar. Caminar se hacía difícil por causa del viento y la lluvia, pero con gran esfuerzo, conseguimos adelantar varias cuadras. Sabíamos que en cuanto se percataran de la fuga, saldrían detrás de nosotros como lobos hambrientos. En una de las esquinas había un bar que, como todos los edificios y casas, estaba cerrado a cal y canto. No había un alma en los alrededores. Ovas llegó a la puerta y tocó fuerte, cuatro veces, espaciadas. De adentro se oyó una voz que decía una frase que nadie, menos Ovas, entendía.

Era una contraseña, a la cual Ovas contestó como habían convenido. Abrieron la puerta, por donde a duras penas se podía atravesar, debido a la bestial fuerza del viento.

Un mulato viejo, de más de setenta años nos recibió, y cuando el último de nosotros pasó, nos pidió ayuda para poder cerrar la puerta nuevamente.

Hablaba muy mal el español, conseguíamos entenderlo a duras penas. Sin mucho miramiento, Ovas le pidió que fuera rápido al grano, por temor a la persecución que harían las fuerzas policiales.

El anciano explicó la ruta a seguir de allí en adelante, nos dio una botella de ron, unas velas, fósforos, un nailon con galletas, otro con una barra de jamonada y un galón de agua. Nos despidió, nos deseó suerte y ayudó a abrir la puerta de salida.

Salimos. Eran muy fuertes las ráfagas de viento con lluvia que alcanzaban los cien kilómetros por hora en algunos momentos, impidiéndonos caminar. Haciendo un esfuerzo sobrehumano, tomándonos de la mano para no perdernos o ser arrastrados por la fuerza del viento, llegamos a un portón de hierro, que daba entrada al jardín de una casa. Seguimos a Ovas, quien nos condujo a una pequeña casa de mampostería. Con una llave que el anciano del bar le había dado a Ovas, entramos a la casa. De lejos se conseguía divisar con cierta dificultad una mansión de estilo victoriano.

CAPÍTULO 51

Habían pasado apenas cinco días de la muerte de Pineda. Darli estaba desconsolada y furiosa, porque en represalia por el incidente con Yaser no la habían dejado participar del funeral. Recibió una llamada telefónica en la que le informaban que recogiera todos los efectos personales más importantes, iban a asignarle otra vivienda. Los motivos, según le dijeron, eran que aquella casa resultaba demasiado grande para una sola persona, sin más ni más.

De momento sintió mucha furia, a todas luces pensaba que era una represalia hacia su persona, pero después, cuando pudo pensar mejor, se dio cuenta de que la casa le producía muchos recuerdos, y la mayoría eran desagradables. Sería mejor cambiar de ambiente, y eso la calmó.

Cuando estaba recogiendo su ropa y colocándola en cajas de cartón, se encontró con la pequeña caja fuerte que había en el armario. Esta caja había pertenecido a la familia que había vivido allí antes que ellos, o sea, los dueños originales, a los cuales el Gobierno había intervenido. Estos habían marchado a los Estados Unidos cuando fueron perjudicados en sus negocios y propiedades.

Recordó que en dos o tres ocasiones su marido la había abierto; ella por haberlo visto, recordaba la combinación. Sin pensar, por simple curiosidad, abrió la caja y encontró en su interior varios documentos, en carpetas, que se referían al trabajo de su marido, lo cual no le despertó interés. Pero en el fondo, envueltos en papel de periódico, encontró dos paqueticos, que resultaron ser fajos de billetes. Uno era de dinero cubano, al parecer varios meses del salario que Pineda casi nunca sacaba de sus sobres porque él tenía todos sus gastos pagados por el Minint y prácticamente no compraba nada, a no ser muy necesario. Cuando contó vio que ascendía a $9,874 pesos. Al abrir el otro paquetico, le sorprendió ver que eran dólares americanos. Había unas notas escritas a mano por Pineda, que decían más o menos: cargamento de drogas interceptado en el cabo de San Antonio, otro decía: grupo contra de Consolación del Sur. Pagado por la CIA.

Darli no era muy inteligente e instruida, pero no era boba. Ese dinero americano había sido guardado en sigilo por Pineda. Con lo introvertido y desconfiado que había sido, estaba segura de que nadie más que él, y ahora ella, sabía de su existencia.

Guardó ambos paquetes en lo más profundo de una de las cajas de ropa, junto a su lencería, porque pensaba que por muy degenerados que fueran no se atreverían a buscar dentro de su ropa íntima. Para algo le serviría en el futuro, pensó e hizo bien, puesto que su futuro no sería muy agradable mientras viviera en Cuba con ese régimen.

Al otro día se presentaron varios soldados, al parecer del SMO, y dos oficiales del Minint. Sin mucho hablar, y con pocos miramientos, comenzaron a cargar la "mudada", solo objetos personales y algunos adornos no costosos. Cuando les preguntó a los oficiales si podía llevar algunos de los muebles de cuarto, sala o comedor, le dijeron simplemente que no.

Observaban las pocas cajas que cargaron y en ocasiones las registraban sin pedir permiso. Darli estaba nerviosa pensando que podían encontrar el dinero, pero, gracias a Dios, no lo encontraron.

En estos últimos tiempos había empezado a creer de nuevo en Dios, como lo hacía cuando estaba en la Sierra con su familia, que era muy creyente.

Eso le había fortalecido el espíritu y, sin darse cuenta, había sentido un alivio interno que la mantenía calmada. Esto no lo había experimentado desde hacía mucho tiempo. Era una paz que le ayudaba a sostener las tribulaciones que había pasado de unos tiempos a la fecha.

La llevaron en un jeep, salieron del barrio de Miramar, atravesaron el túnel de Línea, tomaron la calle Paseo y, después de atravesar la plaza de la Revolución, fueron directo a la Vía Blanca y de ahí entraron al barrio de Santos Suarez. Llegaron a la calle Gómez y pararon en un edificio con aspecto de estar desatendido por muchos años. Bajaron sus cosas del camión, le abrieron la puerta de entrada y le dieron la llave. No se despidieron de ella. Volvieron a su jeep y se fueron, dejándola parada en la puerta sin que ella supiera qué hacer.

Entró a la sala, muy pequeña, que tenía por mobiliario un sofá para dos personas y una butaca, ambos de aspecto muy simple. Pasó a la otra habitación, el cuarto de dormir, con una cama de hierro con un colchón duro e incómodo, una cómoda, y un armario pequeño, de dos hojas. Siguió a la otra pieza, el comedor, de tres por tres metros; y, por último, la cocinita y el bañito, en el cual cabían apenas dos personas. Un patiecito de piso de cemento, donde había un tanque de agua de cincuenta y cinco galones y un muro de cemento que dividía su apartamento del vecino de al lado.

¡Qué diferente de la mansión donde había vivido hasta ahora! ¡Qué generosa esa "Revolución" cuando le convenía, y qué sádica y malvada cuando no! Ya estaba dándose cuenta de la realidad. Cuando era la esposa del comandante Pineda, Jefe del G-2 en la provincia de Pinar del Río, tenía una vida de burguesa, ahora que era la ex esposa del difunto Pineda, al cual ya no guardaban mucha simpatía que digamos, por los "errores" cometidos, era una simple ciudadana de Cuba, sin privilegios, sin ostentaciones, por así decirlo, una más del montón, una ciudadana "DE A PIE" como todos.

Pasó varios días organizándose, acostumbrándose a su nueva situación. Unas veces reparaba en lo que estaba haciendo y se preguntaba por qué había ciudadanos que no estaban con la Revolución. Ella pensaba que eran personas arrogantes, ambiciosas, malintencionadas, a las que había que combatir como lo hacía su exmarido. No estaba bien que se opusieran al sistema, debían ser como ellos, unos Revolucionarios ejemplares. Ahora estaba dándose cuenta de que la equivocada era ella. Ella que vivía en un mundo de fantasía, una burbuja de jabón gigante, que se estaba reventando en su mente.

Por suerte, pensó, le habían dejado una pensión modesta que le permitiría malvivir. Además, tenía el dinerito que había sacado de la caja fuerte y unos pesitos que siempre guardaba para hacer algunas de sus compras.

Cansada de tanto ajetreo y pensamientos, fue a casa de una vecina, que era la presidenta del CDR. Se presento como la viuda de un Comandante y pidió permiso para llamar por teléfono.

Una de sus amigas, de las pocas que tenía, que también estaba en desgracia por haberse divorciado de su marido, dirigente de alto nivel. Acordó con ella que les avisaría a otras dos que estaban en situación semejante, para ir al Floridita a tomarse unos traguitos y conversar de su nueva vida como "divorciadas".

Cuando se vieron en las afueras del restaurante, después de saludarse efusivamente, pidieron una mesa y se dispusieron a olvidar las penas.

Por suerte, una de ellas, en sus tiempos de opulencia, había entablado amistad, se diría que más que amistad, con uno de los capitanes del restaurante, que ese día estaba trabajando, quien les facilitó la entrada.

Pidieron unas bebidas y su correspondiente picadera: unos entremeses de jamón y queso y aceitunas aliñadas.

Pasaron horas conversando, bebiendo y comiendo, como cuatro amigas que no tenían problemas en sus vidas. Llegó un momento en que la conversación comenzó a enfocarse en sus problemas personales. Cada una transmitió su situación actual, lo mal que les había ido en los últimos tiempos, las dificultades que antes ni conocían, las colas para la bodega, para la tienda de ropa, horas y horas al sol que les quemaba la piel, antes tan sedosa, el tener que andar a pie, porque solo una de ellas pudo conservar su Lada de antes del matrimonio… y todas las vicisitudes de la vida real de ahora.

Darli, con cierta precaución, preguntó cuánto costaría un auto que no estuviera en mal estado en esos momentos. Ella ya sabía que los únicos carros que podían comprarse eran los anteriores al año 1959; esos autos estaban en muy mal estado, muchos de ellos, por lo que preguntó por autos que no estuvieran muy "cacharreados".

La más experta del grupo, al parecer, era María José, que se relacionaba mucho con el Ministro de Transportes y había trabajado en uno de los talleres de autos del Gobierno Provincial de La Habana, como subadministradora de la unidad. Tenía contactos con los mecánicos, quienes la ponían al tanto de esos menesteres.

—¿De qué moneda estamos hablando, pesos cubanos o dólares americanos? —le preguntó a Darli.

Y Darli, muy precavida, le dijo que de pesos cubanos.

—Mi hija, con pesos cubanos no puedes comprar más que un cacharrón. Además el bulto de pesos que tienes que tener es de ampanga.

Rosa Helena, que era la más seria en el grupo, y con la que Darli en ocasiones hablaba cosas que en aquellos tiempos parecían problemáticas, y por la que siempre sintió simpatía, le dijo:

—Darli, no tengas miedo decirnos que tienes dólares, porque todas nosotros los tenemos, de una forma u otra, y no andamos diciéndolo por ahí a voz en cuello, pero entre nosotras no tenemos por qué tener miedo y ocultarlo.

—Bueno, a ver, en dólares. ¿Cuánto podrá costar un carro más o menos confiable? —preguntó Darli.

—Un auto confiable, como tú dices, que además tenga traspaso oficial, para que nadie pueda cuestionarlo, puede estar entre los cinco mil y nueve mil dólares —dijo María José—. Además, tenemos las personas adecuadas que no dirán jamás, que se los compraron en dólares —recalcó.

—Muy bien. Digamos que entre cinco y seis mil dólares —se franqueó Darli.

Quedaron entre las cuatro en ayudar a Darli y, después de unas copas más, se despidieron, concluyendo así unas horas reconfortantes espiritualmente, de las cuales todas estaban necesitadas.

Desde que Darli se mudó para el nuevo barrio, un primo de una de sus vecinas, que había tenido cierto acercamiento con ella, y que un par de veces había notado que había simpatía mutua entre ambos, le dijo que era mecánico. Ella le contó que posiblemente se comprara un carro que una amiga le vendía, y que si no era molestia, le gustaría que lo revisara en cuanto lo tuviera. Él se ofreció con mucho gusto a hacerle el servicio, gratis, por supuesto, como le dijo con mucha seriedad, puesto que no era una persona interesada, y con lo que ganaba en el taller donde trabajaba le era suficiente para mantenerse.

Días después, le avisaron para la compra del carro. Fue a casa de su amiga María José para verlo. Era un Chevrolet 1957, dos puertas, rojo y blanco, que estaba al parecer muy bueno, por lo menos bonito estaba, según le dijo a su amiga. El precio se le daba bien, porque eran $4.800 dólares. Hicieron lo necesario para el traspaso de propiedad. Quedaron entre el vendedor y ella en que era un regalo de un viejo amigo, y Darli se fue con su lindo auto a enseñárselo a Pepe, el primo de la vecina, para que le diera su opinión.

Pepe probó el carro, lo miró bien, en busca de herrumbre o alguna pieza en mal estado, pero al no encontrar ningún defecto, lo aprobó y le dijo que había hecho una gran compra. Él, como persona discreta, no preguntó el precio ni nada, y ella se lo agradeció.

Acordaron ir a tomarse unos traguitos al Habana Riviera, donde estaban poniendo un show muy bueno, y al que Pepe tenía acceso por amistad con el gerente del Hotel, ya que era el mecánico que le atendía el auto.

Pasaron una noche maravillosa y al final le ofrecieron a Pepe una habitación en el hotel. Allí comenzó para Darli un romance como el que nunca en su vida había tenido. Ella encontró su media naranja, el hombre serio, formal, cariñoso, experto en el amor y en la cama, en fin, el hombre ideal. A partir de ese día, sería la mujer más feliz de la vida.

Pero había una situación en la cual nunca hubiera ni pensado. Pepe le confesó que era disidente del Gobierno, que había estado preso por sus ideas contrarias dos años en el Combinado del Este, cárcel donde recluyen a la mayoría de los que se oponen a la Revolución Castro-comunista.

De momento reaccionó, por la mentalidad que tenía anteriormente, y confesó a Pepe su temor. Pepe le explicó que él no había hecho ningún acto del cual tendría que arrepentirse, que él era un objetor de conciencia, que solo expresaba sus ideas sin hacer nada ilegal.

Cuando Darli sopesó la situación, tan incongruente, después de mucho pensarlo y analizarlo profundamente, se decidió por el corazón, dejó de lado su antigua vida, su antipatía por el que pensara contrario al Gobierno. Pensó en sus hijos, que tampoco eran simpatizantes de la Revolución y decidió vivir una nueva vida, abrir de lleno las puertas de su corazón a aquel hombre que la providencia había puesto en su camino y olvidarse de todo lo malo que le habían inculcado.

Sería ella y más nada que ella, pese a todo. Sería libre de pensamiento, como lo había soñado. Sería, por fin, FELIZ.

CAPÍTULO 52

Eran las siete de la noche en la ciudad de Miami. En un modesto apartamento de Hialeah, estaba sentada a la mesa la familia Pérez, terminando su cena. Agustín Pérez Delgado había sido en Cuba uno de los mejores especialistas en Ginecología, profesor universitario que trabajaba en el Hospital de Maternidad de Línea. Por haber llegado a los Estados Unidos mayor de cincuenta y cinco años, con escasos conocimientos del idioma inglés y una gran cantidad de familiares en Cuba, a quienes debía ayudar económicamente, se le hizo difícil hacer la reválida del diploma de Doctor en Medicina para ejercer su profesión, lo que más ansiaba.

Por esas cosas del destino, que no están escritas, tuvo que dedicarse a buscar el pan diario, para su familia en Miami y para la de Cuba, haciendo innumerables trabajos, ninguno de ellos relacionado con su perfil.

Era una verdadera lástima que un cerebro con tantos y tan firmes conocimientos, con la experiencia de tantos años dedicados a la práctica y la docencia médica, tuviera que trabajar en aquellos disimiles puestos, que si bien no eran degradantes le producían mucha tristeza, sobre todo por el hecho de darse cuenta de que sus capacidades estaban tiradas al olvido.

El teléfono sonó y nadie se decidía a tomarlo. Era un fastidio que llamaran a hora tan impropia. Quizás se tratara como otras veces de molestos anunciantes que no daban tregua con sus impertinencias a toda hora.

Por la insistencia de la llamada, Agustín miró a su suegra Rosalía y le pidió por favor que se fijara en el call ID, ya que ella era las más cercana al teléfono.

Ella dijo que la llamada no era de nadie conocido. Agustín iba a decirle que no contestara, pero, por un instinto muy particular, decidió levantarse y, después de leer el nombre de la persona que llamaba, tomo el auricular y con voz medio desganada contestó:

—Aló

Del otro lado de la línea una voz femenina, agradable y cortés le pidió disculpas por la hora de la llamada:

—¿Doctor Agustín Pérez?, ¿es usted el que habla?

—Soy yo, dígame.

—Le habla Migdalia Granda. Pertenezco a una organización del exilio que da ayuda a personas de origen cubano, que están detenidas en las Bahamas.

Estas palabras le presagiaron algo extraño.

—Su número de teléfono me lo ofreció su amigo de Cuba, el doctor Homero García, estomatólogo de Pinar del Río.

—Homero... Ah, ya me acuerdo, sí, Homerito. Dígame, ¿qué le sucede a mi amigo?

—Pues Homero está preso en una cárcel de Bahamas. Salió de Cuba en bote y fue recogido por la marina bahameña. Como ustedes siempre fueron buenos amigos, y él no sabe la dirección ni el teléfono de su tío, donde están su esposa y su hijo, por haberse mudado recientemente, me pidió que lo llamara para ver si usted por casualidad lo sabía.

—¡Qué lástima!, yo tampoco lo tengo. Precisamente estaba hablando en estos días con mi esposa y le comentaba que debíamos entrar en contacto con ellos.

—Bueno, me disculpa por la molestia. Por favor, si se entera de ello, háganle saber que Homero está preso en Bahamas, y me avisa —dijo Migdalia.

—No tenga pena, que no es molestia alguna. Si me entero de algo inmediatamente le hago saber a este número de teléfono.

—Gracias. Buenas noches.

Agustín estaba cansado, pero su amigo Homero se encontraba en una situación difícil y su familia tenía que saberlo. Sin pensarlo dos veces, terminó de comerse el postre, fue al baño, y salió en su auto, directo a la casa donde vivía Dolores con anterioridad.

Llego a la 70 ave y la 7 street del SW y buscó la casa donde había vivido Dolores. Tocó a la puerta y le abrió una señora gruesa, de cabello corto que, recelosa, le preguntó quién era y qué deseaba.

Le explicó lo que lo traía allí y con ansiedad le preguntó si sabía a dónde se había mudado Dolores.

Ella le contesto que no, pero que una amiga del trabajo sí lo sabía, le indicó que entrara y llamó por teléfono a su amiga. La amiga le dio la nueva dirección de Dolores y, raudo, salió en busca de ella. Estaba medio perdido en su busca, porque ella ahora vivía en un barrio tipo condominio cerrado, donde cuando entras a veces no sabes cómo orientarte. No había encontrado a un portero o alguien que le indicara una pista, hasta que vagando de calle en calle, dio con la casa que buscaba.

Salió a recibirlo Vladimir, el hijo de Homero, al cual conocía muy bien, porque él mismo fue el que lo recibió en el parto.

—Mamy, aquí está el doctor Agustín —llamó Vladimir a su mamá.

Dolores, que estaba en la cocina, corrió de inmediato a abrazar a su gran amigo, con el cual tenía lazos muy grandes de amistad.

Después de saludarse efusivamente, el doctor le contó sobre Homero.

—¡Homero preso de nuevo! —dijo Dolores angustiada.

—Sí, pero esta vez no es en Cuba, por lo menos.

—¿Y qué debo hacer? —preguntó ella con ansiedad.

Agustín le explicó que debía llamar a Migdalia, quien había hablado con Homero en la cárcel de Bahamas. Ella le explicaría algunas cosas importantes.

Agustín se disculpó por tener que irse tan rápido, tenía que trabajar temprano por la mañana, y le pidió a Dolores que le informara de las novedades.

Dolores corrió para el teléfono y llamó a Migdalia, la cual le contó con lujo de detalles la entrevista con Homero. Le pidió su dirección, tenía que contarle algunos detalles que eran personales.

A los treinta minutos se detenía el auto de Migdalia frente a su casa. Después de los saludos de rigor, Migdalia pasó a la casa, se sentó y le contó con lujo de detalles lo que había acordado con Homero, los planes que tenían y la necesidad urgente de traerlos a Miami.

A tal efecto, habían contactado con un lanchero que se dedicaba a contrabandear por esos lados y que por una modesta suma los traería a todos desde Bahamas.

Ella no debía preocuparse, le dijo Migdalia, porque la organización a la que pertenecía, correría con los gastos, y después, cuando Homero empezara a trabajar, podía pagarlos poco a poco.

Dolores no podía pensar fluidamente. Todo aquello le ponía la carne de gallina. Otra vez Homero, el amor de su vida, estaba en problemas. "¡Hasta cuándo!", dijo para sí mirando el cielo, como preguntándole al Señor con mucha angustia. «Dios mío», pensó, «concédeme esta petición. Tráeme a mi esposo sano y salvo. Te lo pido de todo corazón».

Migdalia la observó en aquel trance momentáneo y respetó el momento. Adivinaba lo que estaba pasando por la mente de aquella buena mujer, pero lo que no podía imaginarse era la increíble odisea que había pasado Homero hasta ese momento.

CAPÍTULO 53

Encerrados en aquella pequeña casa, que por los instrumentos que había allí suponíamos fuera destinada a la jardinería de la mansión, pasamos la noche, aunque apenas pudimos dormir por el ruido infernal del huracán.

Cuando aparecieron los primeros rayos del sol, sentimos la calma que se produce después de toda tormenta, y decidimos abrir discretamente la puerta de la casita.

Ovas, que era el que sabía a quién contactar, salió y, cubriéndose con los arbustos, que producto del fenómeno atmosférico estaban medio derrumbados de costado, llegó a la parte posterior de la mansión. Tocó a la puerta de lo que parecía ser la dependencia de empleados.

Contactó con la empleada de limpieza y persona de confianza de la dueña, la cual estaba ya esperándolo desesperada, porque tenía temor de que no hubiéramos llegado por la fiereza del tiempo. Ella le dijo que esperara un tiempo en la casita por una visita que recibiría.

Efectivamente, una media hora después llegó la empleada, de nombre Maritza, con una señora de aspecto distinguido, que a todas luces parecía la dueña de la mansión.

Fue presentada como Doris Urquiza y Zubizarreta, cubana residente en Bahamas, que había emigrado de Cuba en los años sesenta después que Fidel y su cuadrilla hubo despojado de sus bienes a su familia. Eran poseedores de un central azucarero, dos fábricas de ron y otra de pienso. A duras penas habían podido sacar parte de sus riquezas, que unidas a lo que tenían depositado en bancos de Bahamas por su diversidad de acciones, les dio la posibilidad de reorganizarse y volver a los negocios que el comunismo le había incautado en Cuba. Bahamas ahora era su nueva morada y su renacer en el mundo de los negocios.

La señora Urquiza explicó que iban a contactar con unos lancheros; se dedicaban entre otras cosas a transportar personas de forma "irregular", no quiso decir "ilegal", para que nos llevaran hasta Miami. Además, dijo que las personas que la habían contactado se habían puesto en contacto con nuestras familias y los tenían al tanto de los acontecimientos. Sólo faltaba que pudiéramos salir de allí sin dificultades, con el favor de Dios. Debíamos estar tranquilos, sin dejarnos ver por el día; nos sacarían en la noche.

El día pasó de forma lenta y con un calor insoportable, pero todos teníamos conciencia de que si nos descubrían la pasaríamos mal.

Pasadas las tres de la tarde, sentimos un vehículo de la policía bahameña frente al portón. Con mucho cuidado nos asomamos y estuvimos en alerta máxima pensando lo peor. ¿Seríamos devueltos a la cárcel?

La empleada que nos había recibido a su llegada, salió al portón a atender a los militares. Estuvieron conversando unos pocos minutos y posteriormente se marcharon. Después de un lapso pequeño, Migdalia vino a explicarnos que habían estado a preguntar sí habían visto a personas extrañas merodeando por la mansión.

Migdalia les había dicho que la señora estaba ocupada en sus negocios, por lo que no podía atenderlos en esos momentos, pero que no tenían conocimiento de ninguna anormalidad en sus propiedades. Ella les explicó que no tuvieran preocupaciones, ya que la señora gozaba de gran prestigio y le tenían mucha consideración y respeto en las altas esferas del Gobierno. Nos recalcó que siguiéramos teniendo mucha precaución y no nos dejáramos ver.

Más tarde, Migdalia nos trajo una cena apetitosa y abundante. Comimos hasta hartarnos y, cuando anocheció, vino con la señora Urquiza; nos trajeron agua, comida ligera y unas linternas especiales que debíamos usar para avisar a los lancheros.

Fuimos al lugar convenido en la costa y esperamos la hora exacta. A las once en punto llegó una lancha con un motor muy silencioso y, después de alumbrar varias veces con la linterna, que emitía una luz violeta, abordamos. La lancha era de unos veinticinco pies, venían dos hombres blancos de más o menos cuarenta años de edad, que sigilosamente nos indicaron a cada cual su lugar en la lancha.

A poca velocidad nos desplazamos por la costa, todavía estaba llena de sargazos y suciedad dejada por el huracán. Cuando nos habíamos alejado más o menos un kilómetro, le imprimieron a la lancha la máxima velocidad. En la oscuridad de la noche, pudimos constatar unos bultos oscuros situados en el fondo de la lancha, que nos dejaban poco espacio para estirar las piernas.

Los tripulantes no hablaron nada absolutamente. Durante dos horas la lancha se deslizó con elegancia y velocidad, pero después, el tiempo comenzó a ponerse feo, el aire sopló fuerte y las olas movieron aquella embarcación como si fuera una cáscara de nuez.

De momento se comenzaron a vislumbrar unas luces. Al preguntarles a los tripulantes, nos confirmaron que eran las luces de la ciudad de Miami.

De momento y con gran susto para nosotros, oímos el sonido de unas sirenas, y vimos unas luces rojas y azules que se acercaban a nosotros. Eran los guardacostas de los Estados Unidos. No había que ser genio para saberlo.

El que al parecer era el que comandaba la lancha le dijo al otro unas palabras en inglés que no entendimos, pararon la embarcación y con ademan brusco nos indicaron que nos tiraremos al mar. De momento nos resistimos, pero portando sendas pistolas automáticas en las manos, nos empujaron sin miramientos al agua, diciendo que nadáramos o nos ahogaríamos sin remedio.

Ovas les dijo que solo teníamos dos salvavidas, pero ellos, sin siquiera mirarnos, emprendieron una fuga rauda y veloz en sentido contrario a los guardacostas, cuyos tripulantes, en pos de ellos, no se dieron cuenta de nuestra presencia en el mar.

Dos de nosotros no sabían nadar bien, por lo que les dimos a ellos los salvavidas, el resto, fue nadando rumbo a las luces que le indicaban su libertad y, lo más preciado, su salvación.

El mar se iba embraveciendo a medida que nosotros avanzábamos a duras penas, brazada a brazada. Un sentimiento de pesar me oprimía el pecho, primero porque siempre había algún obstáculo en mi vida, segundo, preocupado con la suerte de mis compañeros, principalmente por los que no sabían nadar bien, puesto que yo, que era un nadador bien entrenado, la estaba pasando difícil para poder avanzar. Por ratos me abollaba, quedando flotando por unos minutos para poder recabar fuerzas y llenarme los pulmones de aire.

Brazada a brazada, fui viendo cada vez más cerca las luces de Miami y, en el instante en que mis fuerzas no dieron más y comencé a hundirme, sentí una cosa dura a mis pies y me di cuenta de que estaba en la orilla.

CAPÍTULO 54

En aquel momento me di cuenta de que daba pie. Frente a mí conseguí ver difusamente una playa de arenas blancas de unos pocos metros, y después un muro o malecón de un metro de altura aproximadamente. Caminé hasta la playa con mucho esfuerzo y me tendí en aquellas arenas tibias, desmadejado. Respiré profundamente para reponer el oxígeno en mis pulmones y descansé unos minutos. Después de sentirme mejor caminé hasta el muro y me subí en él viendo que al otro lado había una calle o carretera y a lo lejos unos faros de un automóvil que se me acercaba.

Me paré firme en una orilla y le hice señas para que parara, pero el vehículo pasó por mi lado sin detenerse.

De momento no sabía qué hacer, hacia dónde dirigirme, si a la derecha o a la izquierda. Daba igual, había luces de edificios a ambos lados. Comencé a caminar por instinto y al cabo de unos minutos vi acercarse otro auto, esta vez de frente. Le hice señas y esta vez el auto, después de pasar lentamente por mi lado, paró y me indicó que me acercara.

"Gracias a Dios hay muchas personas buenas en este mundo", pensé. El conductor del vehículo me preguntó de lejos qué hacía en ese lugar a esas horas. Le contesté:

—Soy balsero cubano y acabo de llegar. Por favor ayúdeme que estoy perdido.

—Venga amigo, entre en el carro que lo voy a llevar a donde usted quiera —dijo con cara sonriente el chofer.

—Mi nombre es Gustavo, soy cubano igual que tú y estoy a tu entera disposición. ¿Hacia dónde vamos?

—No sé, dije desorientado. Solo sé que mi familia vive en Miami.

—Mi amigo, Miami es muy grande. Aquí hay varios millones de personas, en gran parte cubanos. Debe decirme una dirección exacta para poder ayudarlo.

—No sé bien, porque mi esposa e hijo, que viven con mi tío, se mudaron hace poco y no sé su dirección, o mejor dicho, no la recuerdo, ya que perdí el papel donde lo había anotado.

—No tienes un teléfono para contactar.

—Solo el teléfono de la familia de un amigo mío que venía en mi grupo y del cual me separé en plena mar.

Entonces recordé al resto del grupo. ¿Qué les habría pasado? ¿Habrían podido llegar a la costa igual que yo?

Le dije el número de teléfono que había memorizado y el señor sacó del bolsillo un teléfono celular, artefacto que no había visto en mi vida, y llamó al número indicado.

Escuché que le dieron una dirección, me la repitió dos veces para que la memorizara y nos encaminamos a esta.

Llegamos a una casa de dos pisos, lujosa por fuera a más no poder. El barrio donde estábamos se llamaba Cocoplum, o algo así, y según el chofer del auto era un barrio de ricos.

En la puerta de la casa había varias personas, entre las que distinguí a mi amigo Ovas, el cual vino a mi encuentro y me dio un fuerte abrazo. Me dijo emocionado:

—Estamos en la Yuma compadre, no te dije que íbamos a llegar.

Comenzamos a reírnos a mandíbula batiente, dándonos tremendas palmadas en la espalda por la alegría de reencontrarnos, ya libres finalmente.

Le di gracias al señor que me condujo hasta allí y me cuidó con esmero, contra viento y marea. Una vez que se había ido no me di cuenta de que solo me había dicho su nombre, Gustavo.

Era así, unos con mal carácter y voluntad, que te maltrataban y te asesinaban si podían, y otros, ángeles guardianes que te daban la mano sin siquiera pensar en recompensas. Así es la vida. Ese era el mundo en que vivía.

CAPÍTULO 55

La familia de Ovas, por lo que pude saber, estaba muy bien económicamente. Me recibieron con mucho cariño. A pesar del poco tiempo que hacía que Ovas había llegado, le había contado a su familia, a grandes rasgos, los acontecimientos que habíamos vivido en los últimos días. Ellos habían sido avisados por las personas que los contactaron en la cárcel de Bahamas y estaban esperándonos cerca del lugar donde se suponía que los debían desembarcar los lancheros.

Me ofrecieron ropa limpia y nueva, muy bonita por cierto, y después de darme una reconfortante ducha tibia, me vestí y comí un sándwich cubano que me sació totalmente el apetito.

Allí, tanto Ovas como yo, contamos a grandes rasgos las peripecias vividas en los últimos tiempos.

Anselmo, el primo de Ovas, me dijo que lo que yo había pasado era digno de una novela, necesaria para que todo el mundo supiera de la barbarie que habían impuesto los Castro y sus compinches al pueblo de Cuba, y en especial a mí, que sin comerla ni beberla, había estado al borde de la muerte, maltratado y humillado hasta la saciedad. No sabía cómo no me había vuelto loco con tanto atropello.

Me sugirieron que pasara lo que restaba de madrugada descansando y se ofrecieron para ayudarme a conseguir la dirección de mi familia lo más rápido posible.

Después de desayunar opíparamente y ya totalmente lucido y fresco, me recordé del teléfono de mi amigo el doctor Agustín, e inmediatamente me comunicaron con su casa.

Desafortunadamente, ni Agustín ni María, su esposa, estaban en casa, pues habían ido ya a trabajar desde muy temprano. Contestó su suegra, la cual dijo que ya Agustín había contactado con mi familia. Esta facilitó su dirección y teléfono y rápidamente llamé a Dolores. Después de insistir sin suerte, me di cuenta de que Dolores debía estar en el trabajo a esa hora y Vladimir en la escuela, por lo que pedí al primo de Ovas que me llevara a la dirección que tenía, para esperar que regresaran.

—¿Vas a estar todo el día esperando a que lleguen frente a la casa? —me preguntó Anselmo—. Es más prudente que esperes a que la contestadora te pida que dejes un recado y, cuando te llamen, vuelves en el instante. Aquí si ven a una persona desconocida parada mucho tiempo frente a una casa, llaman a la policía pensando que es un maleante de los que aquí abundan.

Hice caso a lo que Anselmo me decía, al fin de cuentas, no tenía ni idea de cómo funcionaba la vida cotidiana en Miami.

Con el celular de Anselmo, que ya estaba aprendiendo a usar, llamé, y esperé a que saliera la contestadora. Dejé el recado del número de teléfono y la dirección donde estaba.

—Disculpa, Anselmo, es que yo deseaba aunque sea ver la casa donde viven mis dos amores —dije angustiado.

—Entonces te llevamos a tu casa para que la conozcas, le dejas un recado en la puerta y en el contestador del teléfono; así te sentirás mejor.

—No saben lo agradecido que estoy con tantas atenciones y molestias —dije compungido.

—No son molestias, aquí estamos para ayudarnos y servirnos los unos a los otros, puesto que por eso somos pinareños —exclamó jocosamente Anselmo.

Fuimos en su auto, un BMW último modelo, "cero millas", como dicen aquí. ¡Qué belleza de auto! Nunca pensé que me montara en un carro así, yo que creía que mi Studebaker 57 era el auto más lindo del mundo. Sólo de pensar que estaba en el fondo del mar pudriéndose de óxido, y siendo hogar de los peces que abundan por esos mares, —¡me daba una nostalgia...! Aunque tenía la suerte de que aquellos malvados del G-2 y la pandilla de comunistas hijos de puta, no lo estarían disfrutando en aquellos momentos.

Llegamos a la casa (por lo menos sería mi casa en lo adelante), "mi casa". Según me explicó Anselmo, era un "taunjaus" o algo así, que era una casa que estaba unida a otras de igual estilo y forma. Me pareció muy bonita por fuera.

Aquel iba a ser en un futuro casi inmediato mi "nido de amor". Allí viviría día a día con mi querida Dolores y mi amado hijo Vladimir. ¿Cómo estarían? ¿Gordos?, ¿flacos?, con caras de alegría o sufrimiento. Eran preguntas de mi subconsciente, que se repetían una y otra vez.

A instancias de mis nuevos amigos, fuimos a dar una vuelta de reconocimiento por Miami, en parte para que conociera la ciudad y en parte para que me entretuviera y no me machucara tanto el cerebro con la espera.

Me llevaron al "Dauntaun", que es el corazón de la ciudad, a la "sagüesera", la Pequeña Habana, donde vivían la mayoría de los cubanos, a la playa de Miami Beach, todo muy bonito, pero en mi cabeza solo había lugar para mi bella familia. En mi corazón estaban sus nombres bordados en oro.

Almorzamos en un restaurante cubano, muy famoso, que se llama La Carreta, comida igual a la que se hacía hace muchos años, antes de la dictadura comunista, en Cuba.

Regresamos a casa, el tiempo pasaba, mis amigos trataban de distraerme, pero yo estaba ensimismado en un solo pensamiento, mi familia.

Eran las cinco y cuarto de la tarde, mi desespero llegaba a su límite, estaba ansioso, intranquilo, molesto..., y de pronto, el teléfono comenzó a sonar. Sin dejar que terminara el primer timbrazo, tomé el auricular y contesté:

—Aló, aló, aló, ¿eres tú, Dolores? —dije con ansia irreprimible.

—Soy yo, mi amor —contestó aquella voz que me sonaba como campanillas de cristal. No pude decir nada más. Un nudo se me atravesó en la garganta y no me dejaba pronunciar ni una palabra.

Del otro lado de la línea también silencio. Estábamos pasando por el mismo trance psicológico.

Por fin, después de un esfuerzo descomunal, empecé a hablar con cariño, con amor incontenible, con aquella que era mi razón de ser. Pedí que me pusiera a Vladimir con angustia en la voz.

—Papi, papito, ven rápido que estoy esperando por ti —dijo Vladimir con su voz articulada y graciosa.

—Ya voy, mi hijito lindo —dije a duras penas.

CAPÍTULO 56

Dolores estaba desesperada por encontrarse conmigo, y yo también con ella, así que dije:

—No hablemos más, voy para allá inmediatamente.

—Ok, te esperamos con los brazos abiertos, mi amor.

El encuentro fue maravilloso, mucho más emotivo de lo que había soñado tantas veces. Tanto Dolores como Vladimir me decían tantas cosas a la vez que me tenían aturdido.

Dolores me hizo su historia, que era en extremo bella, relatando cuanta solidaridad y cariño encontró por parte de todos desde que llego a Miami. El encuentro con sus tíos, ya viejecitos, con sus primos, que vivían un poco lejos de allí, pero se habían trasladado a Miami para ayudar en lo que le hiciera falta a ella. Ellos vivían en Palm Beach, y tuvieron a Dolores por un tiempo viviendo en su casa.

Dolores comentó el encuentro rápido con Rosita, amiga y compañera de Facultad, quien la llevo con su padre, dueño de varios negocios, entre ellos uno de los mejores restaurantes de Miami. Allí enseguida le consiguieron trabajo, primero por la izquierda, como se dice en Cuba, y después legal.

Contó cómo se fueron desarrollando las cosas gracias a la ayuda todopoderosa de Dios en cada momento.

Rosita era la que llevaba toda la administración del restaurante y dos negocios más que tenía su padre. Estaba embarazada de su tercer hijo y le faltaban pocos meses para parir.

Le enseñó todo lo que hacía, de principio a fin, como si fuera su hermana carnal; la introdujo en el mundo de la administración capitalista, que era diferente de la socialista, totalmente diferente de la que ellas hacían en Cuba. Cuando Rosita fue a parir, dejó a Dolores al frente del negocio, con el consentimiento de su padre, que también era una magnifica persona.

En principio, a Dolores le parecía que aquello era como echarse el mundo a cuestas, pero después, con el tiempo, se dio cuenta de que ella podía hacerlo, y mucho más.

El salario, que cuando comenzó era de siete dólares la hora, pues estaba en etapa de aprendizaje, fue aumentando al poco tiempo, primero a diez, y más recientemente, con las nuevas responsabilidades, había llegado a veinte dólares la hora. Ella nunca pensó llegar a tener un salario de esa envergadura. Mi tío, cuando ella sacó su licencia de conducir, le regaló un auto que estaba muy bueno mecánicamente, pero que los cubanos en broma le dicen "transporteichon"

Era un Oldsmobile de 1978, lo que para ella significaba un carro de lujo. Comenzó a hacer las compras del mercado, ir al trabajo, y viajes cercanos.

Cuando Rosita parió, desafortunadamente no pudo comenzar a trabajar de nuevo. Amén de sus dos hijos anteriores, el que había nacido ahora tenía una malformación en el corazón, requería de todo su cuidado, hasta que pasando el tiempo, pudiera ser operado. De esa forma se convirtió oficialmente en la administradora de Papá Goriot, que era como se llamaba el restaurante de Leonel, padre de Rosita. Este señor era muy emprendedor, serio de carácter, pero afable y sincero, quién le tenía mucha confianza.

Rosita, al saber que no podría trabajar más de momento, se compró un van familiar. Entonces le ofreció a Dolores su auto nuevo del año, un Toyota que era muy bonito y económico, y que por haber dado una buena entrada, pagaba unas mensualidades modestas, fáciles de asumir por Dolores. El primo de Rosita era el gerente del Dealer, quien aceptó de buena gana que Dolores asumiera los dos años que faltaban por pagar.

—Pero, ¿para qué quiero yo dos carros? —había preguntado Dolores.

—Muy fácil, ahorita llega Homero y tú le dejas el Oldsmobile —contesto Rosita.

Entonces Dolores me llevó al garaje, donde tenía guardado su carro, cubierto con una lona para protegerlo del polvo. Lo descubrió y vi su auto de cuatro puertas, color oro, automático.

—¡Madre mía! —exclamé asombrado, perplejo. Y en ese momento pensé: "Resulta que llego a los Estados Unidos y de primera y pata tengo casa, carro y por supuesto la otra c (de cariño), que es importante también".

Me dijo que Leonel, dado el poco tiempo que ella llevaba en Miami, le había servido de cosigner, y con un pago pequeño de entrada, había comprado aquella linda casa, que no era lujosa, pero tenía todo lo necesario para que una familia viviera cómodamente. Cuando yo comenzara a trabajar, entre los dos, pagaríamos las mensualidades.

Estaba seguro de que no muchas personas habían tenido nuestra suerte y veía la situación pasada como una pesadilla. El pasado, pasado sería, de ahí en adelante mi vida sería feliz, honorable, no tendría que ocultarme para manifestar cualquier opinión. Nadie me perseguiría por tener opiniones diferentes de los demás, ni siquiera del Gobierno. Viviría por fin en un país democrático y trataría de olvidarme de los sufrimientos que me había acarreado el gobierno comunista.

Yo debía olvidar aquella película de horror que no deseaba ver, ni que nadie la viera.

De ahora en adelante viviría una nueva vida, como a la que todo ser en este mundo aspira, como la que deseaba para mis compatriotas, que se debatían en la miseria por causa de la dictadura Castro-comunista.

Quería olvidar todo lo malo. Quería borrar de mi mente y mi corazón la increíble odisea de Homero García.

FIN

SOBRE EL AUTOR

Jesús Uriarte nació en San Juan y Martínez, provincia de Pinar del Río, Cuba. Hijo de un bodeguero y un ama de casa, creció en un hogar de clase media. Estudió bachillerato en el Instituto de Pinar del Río y se graduó de Estomatólogo en la Universidad de La Habana. Luego, hizo la especialidad de Cirugía Máxilo-Facial y fue profesor de esta especialidad en el Departamento de Estomatología de Pinar del Río, adscrito la Universidad de La Habana.

Cuando trabajaba en el Hospital Miguel Enrique de la ciudad de La Habana, es contratado por el PNUD (Proyecto de Desarrollo de las Naciones Unidas) para entrenar en su especialidad a doctores en la República de Mozambique. Al terminar su contrato, viaja de forma clandestina, vía Sudáfrica, a Portugal, Madrid y finalmente llega a Brasil, donde se desempeñó como cirujano dentista por nueve años.

Su vida profesional fue siempre coronada por el éxito, pero en el año 2002, por razón de la ascensión del presidente Lula da Silva al poder en Brasil, es demitido de su cargo de comisionado de la Prefeitura de Criciúma, Santa Catarina, por motivos políticos. Por esa razón, decide viajar a los Estados Unidos, donde, por la avanzada edad, la barrera del idioma y los escasos recursos económicos, decidió no seguir su carrera profesional y se dedicó a la noble tarea de dar atención a los balseros cubanos que llegaban a los cayos de la Florida en precarias embarcaciones, contratado para ello por la USCCB (Conferencia de Obispos Católicos de los Estados Unidos). Gracias a esta humanitaria labor, pudo constatar las vicisitudes que enfrentan los ciudadanos cubanos que añoran vivir en libertad.

Actualmente está jubilado y vive en la ciudad de Hialeah, Miami-Dade, Florida. Allí se dedica a escribir novelas, algunas de las cuales comenzó hace veinte años y permanecen inéditas, pero espera que su publicación pueda servir como testimonio de una época dolorosa que no merece Cuba ni ningún otro país.

uriartepublishing.com

www.ingramcontent.com/pod-product-compliance
Lightning Source LLC
LaVergne TN
LVHW041802060526
838201LV00046B/1089